Christian Moser-Sollmann

Ohne WHAM! und ABBA

Christian Moser-Sollmann

Ohne Wham! und ABBA

Roman

Dachbuch
Verlag

Dachbuch Verlag

1. Auflage: September 2020
Veröffentlicht von Dachbuch Verlag GmbH, Wien

ISBN 978-3-903263-17-8
EPUB ISBN 978-3-903263-18-5

Autor: Christian Moser-Sollmann

Lektorat: Nikolai Uzelac
Korrektorat: Ines-Mercedes Freitag, Teresa Emich
Satz & Umschlaggestaltung: Daniel Uzelac
Umschlagmotiv: Akos Boekoe
Druck und Bindearbeiten: Rotografika, Subotica
Printed in Serbia

Besuchen Sie uns im Internet
www.dachbuch.at

Der Text ist meine Party
und mein Bild ist kein Messer
Kolossale Jugend

Nun, sagte ich, wenn ich ein Taugenichts bin, so ist‘s gut, so will ich in die Welt gehen und mein Glück suchen.
Joseph von Eichendorff

1
Alles, was gut aussieht, ist für die Galerie

Eine Faust, hart wie eine gefrorene Kartoffel, fliegt auf meine Nase zu. »Der Romed blutet! Der Romed blutet!«, schreit das einzige Mädchen unserer Taekwondo-Gruppe. Ich spüre, wie mir warmes Blut von der Lippe langsam übers Kinn rinnt. Ich liege am Boden des Turnsaals und habe gerade meinen ersten Vollkontaktkampf durch ein Knockout verloren. Verheerend für meine weitere Laufbahn als Kampfsportler! Ich war mir sicher, zu gewinnen, aber der Kollege hat eine kurze Unaufmerksamkeit beinhart ausgenützt. Ich wollte vor meinen Sportkameraden glänzen und habe meinen Gegner mit einem Luftsprung attackiert. Aber alles, was gut aussieht, ist für die Galerie und nicht effizient. Er ist ausgewichen und als ich gelandet bin, habe ich für eine Nanosekunde das Gleichgewicht verloren. Ich habe meine Deckung vernachlässigt und er hat einen kompakten Schlag in meinem Gesicht geparkt. Mit voller Wucht, ohne abzustoppen, wie wir es gelernt hatten. Ich habe ihn richtiggehend eingeladen, mich zu vernichten und kann jetzt nicht mal mehr aufstehen. Und das Beschämendste ist – der Kampf hat keine zwanzig Sekunden gedauert. So schnell zerstört sonst nur Bruce Lee seine Gegner.

Ich ignoriere die hämischen Kommentare meiner Trainingspartner und schließe die Augen, um nicht von ihren abfälligen Blicken durchbohrt zu werden. Trotzdem höre ich sie: »Voll der Anfängerfehler. Wer wie ein junger Hund losstürmt und dabei seine Deckung vergisst, verdient eine blutige Lippe.«

Mir ist schwindlig und ich übergebe mich. Meine Knie zittern wie bei einem Föhnsturm. Erst nach zwanzig Minuten Erholungspause kann ich wieder richtig stehen. Das Bluten hat aufgehört, ich muss nicht ins Krankenhaus, doch meine Lippe ist auf das Dreifache angeschwollen. Ein bisschen sehe ich jetzt aus wie Mick Jagger.

»Kühl das daheim mit Eis und geh‘ schlafen. Ab morgen trainierst du dann dreimal so hart.« Mein Trainer tröstet mich mit ein paar Weisheiten aus seinem Motivationshandbuch: »Erst durch Niederlagen wird man besser. Weißt du, dass auch Bruce Lee seine ersten zwei Kämpfe verloren hat? Ab sofort machst du jeden Tag nach dem Aufstehen hundert Liegestütze.«

Alles in allem war er zufrieden, weil ich nicht geweint habe. Ich muss noch viel härter trainieren, meinem Gegner immer in die Augen schauen und darf niemals, absolut niemals meine Deckung vernachlässigen.

Am nächsten Tag in der Schule habe ich noch immer rasende Kopfschmerzen und sehe erbärmlich aus mit meiner Schlauchbootlippe. Natürlich kommentiert meine Lieblingsmitschülerin Babsi das hämisch:

»Hey, Karate Kid! Bist in deinem Dorf gegen eine Stalltür gerannt oder hat dich ein Pferd getreten?«

Um von meiner Schmach abzulenken, muss mir dringend was einfallen.

»Ach, vergiss‘ meine Lippe. Ich hab‘ heute Nachmittag frei und du nicht. Mein Großonkel ist gestorben und ich muss zum Begräbnis. Das ist so lässig.«

»Mensch, Romed, bist du nicht traurig?«

Babsi blickt bemüht entrüstet.

»Wieso denn? War nur einer meiner hunderttausend Onkels. Ich habe eine Riesenverwandtschaft. Ich habe ihn nicht mal gekannt. Der Mann war 95. Er ist nun sicher erlöst«, sage ich und lächle Babsi entschuldigend an. Sie hätte auch gerne frei.

Babsi ist eine noch größere Minderleisterin als ich. Wir fiebern beide unserer Matura entgegen. Sie steht auf acht »Genügend«. Sie ist nicht blöd, nur faul. Seit der dritten Klasse sitze ich in der ersten Reihe rechts, direkt vor Babsi. Viele Taugenichtse denken fälschlicherweise, vorne rechts zu sitzen wäre blöd, weil man dann im Blickfeld des Lehrers ist. Doch das stimmt nur teilweise. Mein Klassenvorstand Ratzinger hat mich vor drei Jahren wegen meiner ausufernden Schwätzereien auf diesen Platz strafversetzt. Allmählich lerne ich seine pädagogisch gut gemeinte Maßnahme zu schätzen; ganz vorn kann ich ungestört schwindeln, wobei mich die Lehrer in Ruhe lassen, weil sie die Spitzbuben in den hinteren Reihen vermuten.

Eine Stunde muss ich noch schwätzen, dann kann ich mich endlich niederlegen. Philosophielehrer Mayerhofer betritt die Klasse. Mit seinem Mittelscheitel, dem braunen Cordsakko und der randlosen Brille wirkt er verständnisvoll. Er schreibt mit seiner Babyschrift sein Anwesenheitszeichen in das Klassenbuch; es ist nur eine Frage der Zeit, bis sich einer meiner Klassenkameraden aufrafft, um mit einer idiotischen Scheinfrage den Unterrichtsbeginn hinauszuzögern. Mayerhofer ist ein Lehrer ohne Autorität. Das weiß er selbst am besten, weshalb er sich möglichst lange ans Klassenbuch klammert.

»Romed, was ist denn mit deiner Lippe passiert? Egal, ich habe schon länger nicht mehr geprüft. Du interessierst dich doch für Philosophie, also beginnen wir gleich mit dir.«

Ich habe weder gelernt noch bin ich geistig bereit für eine Prüfung.

»Bitte heute nicht, ich hab‘ nicht geschlafen, weil ich solche Zukunftsängste wegen des sauren Regens habe.«

Mayerhofer lacht und antwortet: »Romed, diese Geschichte hast du mir schon vor zwei Wochen erzählt. Der Regen wird Osttirol schon nicht zerstören. Komm, hab‘ dich nicht so.«

Dann brauche ich eben stärkere Argumente als Umweltschutz, die Bewahrung der Schöpfung und meine schmerzende Lippe: »Das geht heute leider wirklich nicht, Herr Professor, dass sie mich prüfen, leider. Mein geliebter Großonkel ist völlig unerwartet verstorben. In zwei Stunden ist Begräbnis und ich bin voll in Trauer.«

Mayerhofer schaut betroffen. Ein Todesfall kommt ihm ungelegen. Er druckst herum:

»Mein aufrichtiges Beileid. Ein Todesfall in der Familie nimmt einen immer mit. Dann prüfen wir eben...«, Mayerhofer blickt kurz hoch, »... die Barbara.«

»Geh bitte, Herr Professor, muss das sein? Dem Romed geht es schon wieder viel besser. Der hat seine Trauerphase bereits überwunden. Schauen Sie ihn sich ruhig an. Er ist das blühende Leben trotz seiner geschwollenen Lippe.« Doch alles Jammern nützt nichts, Babsi wird geprüft. Neben ihr sitzt Johanna, schwarzhaarig und sehr hübsch, nur leider stumm. Sie geht ausschließlich mit älteren Jungs aus, die wie Italiener aussehen, mit Gleichaltrigen wie mir gibt sie sich nicht ab. Ich habe das verstanden, mein Banknachbar nicht. Der hat sich in sie verliebt und sich einen fürchterlichen Korb abgeholt. Kein Wunder, Jürgen ist Mitglied bei der Freiwilligen Feuerwehr. Weil ich seine Erzählungen von der Feuerwehr alle kenne und er abseits dieses Vereins kein Leben hat, rede ich so gut wie nie mit ihm. Seit ich mich erinnern kann, bekommt Babsi ein »Wenig Zufriedenstellend« in Betragen. Manche Lehrer fürchten sich richtig vor ihr. Auch die anderen Buben lassen sie in Ruhe, jeder hütet sich vor ihrer scharfen Zunge. Mich stänkert sie nie an, außer, wenn ich gerade eine geschwollen Lippe habe.

»Ein Todesfall als Prüfungsausrede. Du wirst immer dreister. Einmal fürchtest du dich vor dem sauren Regen, dann vor der Rodung des Regenwaldes. Was kommt als nächstes? Hast du Angst, dein Bergdorf könnte vermurt werden? Egal, wie dämlich deine Ausreden sind, die Lehrer lassen dir alles durchgehen, weil du so treuherzig schaust. Vor allem die weiblichen! Das muss was mit deinem Babyspeck zu tun haben, du Unschuld vom Lande. Die Lehrer glauben, du bist einer Peter-Rosegger-Erzählung entsprungen.«

Ich seufze. Dass mir unsere Lehrerinnen zugeneigt sind, hilft mir nicht weiter. Denn ich stehe unter extremem Druck. Weniger wegen meiner schlechten Leistungen; im Umgang mit negativen Noten bin ich routiniert. Vor allem in Latein bin ich grenzwertig unterwegs. Nur mit einer strategischen Mitgliedschaft bei den Pfadfindern, wo mein Lateinlehrer Stolz auch engagierter Gruppenleiter ist, kann ich halbwegs bestehen. Nein, meine Probleme sind schwerwiegender als Noten: Ich bin noch immer Jungfrau. Und: Einer meiner zwei besten Freunde hat vor kurzem zum ersten Mal mit einer Frau geschlafen – mit meiner Ex-Freundin Stella. Was bedeutet schon eine Matura, wenn ich als Einziger noch unberührt bin?

Ich sollte Barbara fragen, ob sie mit mir schläft. Mit ihren wilden Locken gefällt sie mir gut. Keiner kann so schnell und so viel reden wie sie. Wir gehen im Winter gemeinsam rodeln oder Ski fahren, im Sommer schwimmen. Ich weiß nicht, warum wir uns nie küssen. Ich muss mich zusammenreißen, um nicht dauernd auf ihre Brüste zu starren. Wenn Barbara die Wahrheit sagt und die Lehrerinnen mich tatsächlich mögen, sollte ich vielleicht versuchen, mit einer Lehrerin zu schlafen. Bislang habe ich keine Eile verspürt, weil ich für mein erstes Mal verliebt sein wollte... Erst die Glocke erlöst mich von meinen trüben Gedanken.

Statt zum Begräbnis gehe ich noch auf einen Sprung ins »Alt-Lienz«. Meinen Eltern habe ich erklärt, ich kann wegen dringend anstehender Maturavorbereitungen nicht am Begräbnis teilnehmen. Ich treffe Sid dort. Er ist ein richtiger Arsch - ich bin krank im Bett gelegen und er entjungfert meine Ex-Freundin.

Ich habe Sid beim Kauf einiger seiner ausgemusterten Computerspiele kennengelernt. Damals hatte ich vor diesem 1,90 Meter großen Riesen noch eine Heidenangst. Er hatte einen Ruf als Stänkerer, der kein Erbarmen mit Schwächeren kennt. Die Übergabe der Spiele im Pausenhof war mehr Verkaufsgespräch als Freundschaftsanbahnung. Er wollte mich loswerden, ich war ihm lästig, das spürte ich. Ich erinnere mich noch genau: Sid zündete sich eine Zigarette an und bot mir höflichkeitshalber auch eine an, die ich unter Verweis auf meine Kampfsporttätigkeit ablehnte.

»Trinken tust wohl auch nichts, oder wie? Bist' leicht ein Gesundheitsapostel?« Auch meine Kleidung kommentierte er herablassend: »Sag mal, zieht dich noch deine Mutter an? Deine Turnpatschen sind echt scheiße.«

Ich grinste verlegen, über Mode spricht in meinem Dorf niemand. Sid trug ein schwarzes Lederarmband, einen Totenkopfring, ein Flinserl, Jeans mit Karottenschnitt und Markenschuhe. Dieser Stadtmensch verhielt sich anders als meine Klassenkollegen. Ich starrte auf seine Schuhe.

»Das sind Doc Martens, du Träne. Was treibst du in deinem Scheißkaff, außer Schafen nachzurennen und Kühe zu melken?«

Sid hat eben eine schroffe Art. Hinter seiner rauen Schale ist er aber sanftmütig, das habe ich schnell herausgefunden. Er ist der Sohn meines Physiklehrers und deshalb zeigt er wenig Achtung vor den Professoren, während für mich ungebildetes Landkind Lehrer allwissende Autoritäten darstellen.

Sid spielte mit zwei Typen Karten. Einen kannte ich flüchtig vom Ministrieren, er heißt Rahim. Mit seinen Bundfaltenhosen, dem karierten Hemd, dem Mittelscheitel und dem zarten Oberlippenflaum sah er aus wie alle in unserem Alter. Der neben ihm wirkte hingegen wie ein Wesen von einem fremden Planeten. Das war Breiti. Er hatte seine blonden Haare auftoupiert – mindestens fünfzehn Zentimeter hoch und wild durcheinander; die

Stirnfransen hingen ihm bis weit über die Nasenspitze. Er trug schwarze Jeans, ein schwarzes Hemd, schwarze Socken und schwarze Schuhe. Ich fragte mich, warum Breiti schwarz angezogen war. War er in Trauer? Er sah im Ganzen irgendwie zerknautscht aus, so, als ob er gerade aufgestanden wäre.

Ich war eifersüchtig. Während ich bieder wie Rahim ausschaute, waren Sid und Breiti cool. Ich kannte kein Kleidergeschäft, wo es solche Sachen gab. Die drei verloren bald das Interesse am Kartenspiel und Rahim verabschiedete sich.

»Was hörst du denn so für Musik?«, fragte mich Breiti.

»Wham, Nena, Kim Wilde, Madonna, Falco und manchmal Abba, weil das die Lieblingsband meiner Mama ist. Hitparade halt.«

»Ich habe dich gefragt, welche Musik du hörst und nicht, ob du hirnamputiert bist. Wir sind Underground.«

»Was ist denn Underground?«

»Der Sound, den sie nicht im Radio spielen. Wir stehen auf The Cure und The Sex Pistols.«

»Kenne ich nicht«, sagte ich und lief rot an.

»Ist doch egal«, sprach mir Breiti Mut zu, »wir sind selbst erst seit einem halben Jahr Indie. Früher habe ich Grönemeyer gehört, wegen meiner Schwester. Geh‘ am Freitag mit uns weg, dann geb‘ ich dir eine Kassette. Wir treffen uns hier um sieben, dann gehen wir in den ›Club K2‹, da kostet das Bier nur 1,50 Euro[1].«

1 Im Osttirol der 1990er Jahre zahlte man wie in ganz Österreich noch mit Schillingen und Groschen, was des besseren Leseverständnisses Willen vom Autor allerdings auf Euros und Cents umgemünzt wurde.

»Ich weiß nicht, ich darf noch nicht ausgehen und Alkohol trinke ich keinen. Ich mach' Kampfsport. Wer Taekwondo lernt, darf nichts trinken, sagt unser Trainer.«

Sid unterbrach mich: »So ein Quatsch. Ich kenne deinen Trainer. Dieser Rollmops trinkt oft Bier in der ›Bahnhofsreste‹.«

»Das glaube ich nicht. Wir leben nach dem alten koreanischen Ehrenkodex.«

»Dem ist doch scheißegal, was du treibst. Machst du einen auf Samurai?«

Es folgten keine weiteren Beleidigungen und seitdem sind wir drei unzertrennlich. Das war vor einem halben Jahr.

Sid, der Draufgänger, hat also meine Ex-Freundin flachgelegt. Während ich zögerte, weil ich Stella nicht drängen wollte, wie mir meine Mama geraten hatte. Ich sollte auf den Arsch angefressen sein, aber mit meinem Zaudern habe ich es eindeutig selbst vergeigt.

»Mit einer Frau zu schlafen ist das Beste, was man sich überhaupt vorstellen kann.« Sid ist verständlicherweise gut drauf. Kaum hatte er einmal Sex, wirkt er viel erwachsener. »Das Blut stört nicht im Geringsten«, sagt er, »im Gegenteil, das ist der Beweis ihrer Jungfräulichkeit.«

Sid sagt, eine Jungfrau zu finden, sei seltener als ein Lottogewinn. Ich schlucke.

2
Warten auf den Bus

Blöde herumstehen und warten auf den Schulbus. Warten ist meine Hauptbeschäftigung. Wenn ich Glück habe, sehe ich an der Haltestelle ein hübsches Mädchen aus einer anderen Landgemeinde. Nur meine Tagträumereien machen dieses sinnlose Herumstehen erträglich.

Bei der Heimfahrt genieße ich die Winterlandschaft. Die Fichten und die Landstraße sind mit Schnee bedeckt, die Felder glitzern wie Discokugeln. Selbst die Strommasten strahlen heute gold-weiß. Im Februar ist es zum Aushalten am Land. Wenn es schneit, fahre ich mit meinen Skiern oder mit der Rodel bis vor unsere Haustür. Wintersport ist unsere Freiluftdisco. Aber damit ist bald endgültig Schluss. Anfang Juni maturiere ich und dann beginnt mein Leben. Ich werde Tirol Richtung Wien verlassen, falls mir das mein Vater erlaubt. Noch streiten wir über meinen Studienort. Wie alle Tiroler hasst er Ostösterreich und will mich lieber nach Innsbruck schicken. Was soll ich in Innsbruck? Da kann ich gleich in Lienz bleiben.

Noch trauriger als mein ereignisarmer Schulalltag und mein Dasein als Jungmann ist mein Wohnort. Ich wohne nicht mal in der Bezirksstadt, nein, ich wohne in einem vier Kilometer entfernten und auf tausend Meter Seehöhe gelegenen, kaum erschlossenen Bergdorf namens Oberdrum in einem kleinen, von meinem Vater selbst erbauten Einfamilienhaus, umgeben von Misthaufen und arbeitsamen Bauern. Täglich pendle ich mit dem Schulbus, um die vierhundert Meter Höhenunterschied zu überwinden. Drei Stunden Fußmarsch sind mir zu anstrengend, obwohl das für meine Ausdauer beim Kämpfen gut wäre. Wegen dieser Distanz ist den Kindern aus unserem Dorf der Besuch höherer Schulen übrigens lange verwehrt geblieben.

Busfahrten sind die einzige Fluchtmöglichkeit aus meinem 350-Seelen-Dorf, wo es mehr Kühe als Frauen gibt. Drei meiner fünf Nachbarn sind Landwirte, der vierte ist einer meiner vielen Onkels, der fünfte ist mein Opa und der Rest unserer Dorfgemeinschaft setzt sich folgendermaßen zusammen: Vierzehn Vollerwerbsbauern, zwanzig Nebenerwerbsbauern, ein paar Dutzend Einfamilienhäuser - welche die Zweit-, Dritt- und Viertgeborenen der jeweiligen Bauerndynastie auf den Grundstücken erbauten, die ihnen der Altbauer nach alter, nie hinterfragter Tiroler Tradition zuteilte - und ein paar zugezogene deutsche Pensionisten, die in der Abgeschiedenheit dieses, vom Massentourismus verschont gebliebenen, Herrgottswinkels ihren dritten Lebensabschnitt mit Gartenarbeiten, Spaziergängen und Bergsteigen verbringen. Bis auf meine Cousinen gibt es bei uns im Dorf keine feschen Mädchen. Die Väter meiner Volksschulfreunde reden lieber mit ihren Rindern und Schafen als mit ihren Frauen.

Mit zehn besuchte ich entgegen dem ausdrücklichen Rat meines Volksschullehrers das neusprachliche Gymnasium. Weniger aus einem ungebührlich großen Wissensdrang heraus; ich wollte endlich in Kontakt mit

Stadtmenschen treten. Wäre ich in die Hauptschule gegangen, hätte ich nämlich weiterhin mit den Dorfkindern meine Zeit verbringen müssen. Das wollte ich vermeiden, obwohl meine Freunde schwer in Ordnung sind und ich meine Kindheit genossen habe: Heuhüpfen in den Silos der Bauern, ministrieren und vorbeten, Obst stehlen sowie abwechselnd schlägern und Fußball spielen mit den gezählt dreizehn gleichaltrigen Burschen meines Dorfes. Massenschlägereien bildeten den Höhepunkt meiner Kindheit. Wir Oberdrumer raufen gerne und sind in ganz Osttirol berüchtigt für unsere unbändige Kraft. Wir sind waschechte Tiroler: stolz, treu und ein bisschen geistig unterbelichtet. Die Bewohner der umliegenden Gemeinden nennen uns »Oberdrumer Wölfe«. Wir prügeln uns mit allen und gerne auch grundlos. Einmal verteidigen wir die Ehre unserer Elternhäuser, dann müssen wir unsere Siedlung gegen umherschweifende Eindringlinge aus anderen Dorfteilen behaupten. Wenn meine Nase blutet, fühle ich mich erhaben.

Nur noch ein paar Monate, dann sehe ich diese verschneite Landschaft nie wieder. Den Schnee und die Berge werde ich vermissen. Mein Drang, wegzugehen ist aber stärker. Ich weiß gar nicht, ob ich Tirol hasse. Ich liebe mein Dorf, die Berge und meine Freunde. Auch meine Schulzeit verläuft eigentlich prima. Meinen Geschichtslehrer Wassermann verehre ich sogar.

Als Kärntner lästert er gerne über den Tiroler Freiheitskampf von 1809. Er behauptet, Andreas Hofer war ein bigotter Frömmler und geldgieriger Weinbauer, der nur in Ruhe den Franzosen Wein verkaufen wollte. Mit heimatkritischen Aussagen wie dieser hat er mich für die

Methoden der mündlichen Geschichtsschreibung sensibilisiert. Ein weiterer Verdienst Wassermanns ist es, mich zu politisieren. Er borgt mir in unregelmäßigen Abständen anarchistische Klassiker aus seiner erstklassig sortierten Privatbibliothek. »Auf die Bäume, ihr Affen«, eine Streitschrift gegen Noten- und Leistungszwang hat mich besonders überzeugt. Ich liebe die abgegriffenen Wälzer meines Lehrers. Von ihm und seinen Büchern fühle ich mich verstanden. Die anderen Lehrer vertreten einen komischen Bildungsbegriff: Wir Schüler sollen nicht nachfragen. Wassermann sagt, mit der Schule wollen die Politiker nur die soziale Reproduktion der Stände erreichen und nicht die Mündigkeit des Einzelnen. Seine Theorie habe ich nicht ganz verstanden, also hat er sie mir mit folgenden Worten erklärt: »Die oben sind, wollen oben bleiben, die unten sind, sollen unten bleiben. Du als Dorfkind sollst dein ganzes Leben lang unten bleiben. Wer denkt, ist verdächtig.«

Unsere Schule hat trotz Wassermanns Kritik auch Vorteile. Übertriebener Lerneifer ist nicht notwendig. Egal, wie wenig ich auch lerne, ich habe es bislang nicht geschafft, sitzen zu blieben. Nur zehn Jahre früher hätte ich als Landkind kein Gymnasium besuchen dürfen, denn Dorfkinder hat der Lehrer alle automatisch in die Hauptschule geschickt, außer wenn sie Pfarrer werden wollten. Erst Bruno Kreisky schaffte die bis in die 1970er-Jahre verpflichtende Aufnahmeprüfung ab und hat damit die Anforderungen ins Bodenlose gesenkt. In seiner Güte war dem Mann auch egal, mit welchen Noten man maturierte – Hauptsache positiv. Warum soll ich mich also anstrengen? Mein Ehrgeiz beschränkt sich auf die gekonnte

Vermeidung von Nachprüfungen. Ich will mit möglichst vielen Vierern durchkommen, darin sehe ich das Vermächtnis Kreiskys am besten gewürdigt. In Österreich darf sowieso jeder Idiot studieren. Ich habe mir sogar schon ausgerechnet, wieviel Studienbeihilfe ich bekommen werde. Mein Leben ist für die nächsten Jahre ausfinanziert, obwohl mir meine Eltern eigentlich gar kein Studium finanzieren könnten. Ich liebe Österreich.

Ich bin gut integriert in die Klassengemeinschaft, obwohl mir der Einstieg als Dorfdepp nicht leicht fiel. Seit drei Jahren bin ich Klassensprecher. Die Wahl verlief eigenartig: Die weiblichen Mitschülerinnen wählten mich einstimmig, aber nur knapp die Hälfte der Buben. Ich vertrage mich einfach besser mit den Mädchen und dennoch hab‘ ich noch mit keinem geschlafen. Vielleicht bin ich zu nett...

Als ich unsere Haustüre aufsperre, ist das Kopfweh weg und meine Eltern noch beim Begräbnis. Ich bin schmerzfrei und kann deshalb zur Taekwondostunde. Weil nach sechs kein Bus mehr nach Oberdrum fährt, düse ich mit 20 km/h mit meinem Mofa los. Anders komme ich im Winter nicht zum Kampfsport. Meine Eltern spielen für mich nicht Privattaxi. Um mir mein Mofa zu finanzieren, arbeitete ich schon mit vierzehn illegal auf einer Tankstelle. Von meinem Fünf-Euro-Stundenlohn habe ich mir schließlich ein gebrauchtes Mofa um 250 Euro gekauft. Es ist ein hässlicher, weiß-orangefarbener Klotz. Da Radfahren von Lienz in unser Bergdorf mit seiner achtzehnprozentigen Steigung verbunden ist, ist es so kräftesparender. Ich lasse selbst an den kältesten Wintertagen nie eine Einheit ausfallen. Wenn ich bei minus 14 Grad mit dem Mofa fahre, frieren mir fast die Knie ab. Meine Mama hat mir deshalb eigens Knieschoner gestrickt.

Das Training ist höllisch anstrengend. Ich darf am Tag vorher nichts trinken, sonst halte ich mit den Kollegen nicht mit. Bechere ich Bier, schaffe ich nicht mal vierzig Liegestütze zum Aufwärmen. Mein Trainer lacht mich dann aus und nennt mich »Mädchen«. Fortschritte beim Taekwondo sind mir wichtiger als Bier. Wir beginnen das Training mit Dehnen. Mein großes Ziel bleibt der Herrenspagat, worauf mir nur noch fünf Zentimeter fehlen. Nach dem Aufwärmen geht es weiter mit Schattenboxen und Formen, wo man die Abläufe diverser Schlagkombinationen übt. Mit jedem Hyong werden die Schlagkombinationen technisch anspruchsvoller. Formenüben ist wie Beten - je mehr man übt, desto besser wird man. Weil ich schon sechs beherrsche, einen Bruchtest sowie drei Sparrings erfolgreich gemeistert habe und nur gestern unglücklich meinen Kampf verloren habe, bin ich stolzer Träger des blauen Gürtels. Als ich mein erstes Brett zertrümmert habe, war ich richtig glücklich. Wenn man schnell schlägt, ist so ein Bruchtest aber einfach, muss ich zugeben. Schnelligkeit ist wichtiger als rohe Kraft. Nach den Formen üben wir Freikampf mit Körperkontakt. Die meisten Taekwondo-Techniken bestehen aus Fußtritten. Ich würde eigentlich lieber einen Kampfstil erlernen, der mehr mit den Händen arbeitet; aber Boxen erlauben mir meine Eltern nicht und Kung-Fu-Schule gibt es bei uns keine.

Nach dem Training gehe ich noch Schattenboxen und eine Runde spazieren, weil so viele Sterne am Himmel sind und ich mir keine Erzählungen vom Begräbnis anhören möchte. Papa ist sicher traurig, er kannte seinen Onkel im Unterschied zu mir ja. Die Sterne sind meine Freunde. Wenn ich bei minus zehn Grad alleine im Wald boxe, wirkt das bestimmt lächerlich. Durch das viele Training ist meine Kondition durchaus beachtlich. Eine Stunde Dauerlauf schaffe ich locker, obwohl mein Trainingsehrgeiz nachgelassen hat, seit ich Sid und Breiti regelmäßig treffe. Für Sport interessieren die sich nämlich überhaupt nicht.

Meine Lehrer tun so, als ob die Reifeprüfung etwas Besonderes wäre. Sie wollen mir einreden, dass ich zur Bildungselite meines Jahrgangs gehöre. Ich bin ins Gymnasium gegangen, weil ich nicht arbeiten will und nicht, weil ich besonders schlau bin. Elite, was soll das überhaupt heißen? Wassermann hat mir erzählt, dass 1990 jeder Fünfte eines Jahrgangs maturiert, um die Jahrhundertwende war es nur jeder Hundertste. Ist die Menschheit heute etwa um das Zwanzigfache klüger als damals? Wohl kaum. Unser Klassenvorstand Ratzinger bläut uns hingegen ein, wir als Schüler der Klasse 8A seien die Besten unserer Schule. Die Lehrer sollten sich nicht vom Fernsehen blenden lassen: Lateinlehrer Stolz hat seine Unterrichtsmethoden komplett umgestellt, seitdem er den bescheuerten Film »Club der toten Dichter« gesehen hat. Er klettert nun öfters ungefragt aufs Lehrerpult, um uns so einen Perspektivenwechsel zu veranschaulichen. Oft sperrt er den Klassenraum zu und unterrichtet während der Pause weiter, weil er meint, Wissensvermittlung ende nicht nach einer 45-Minuten-Einheit. Er wäre so gern charismatisch! Er hat uns ernsthaft gebeten, das derbe Wort »ficken« nicht mehr zu verwenden. Nicht, weil es frauenfeindlich sei, sondern weil es aus dem Mittelhochdeutschen kommt, von »mit dem Besen fegen« abstamme und daher eine mechanistische Reduktion des Geschlechtsaktes darstelle. Der Mann hat Sorgen.

Wie alt ich beim ersten Mal sein werde, hat mich bis zu Sids Heldentat keine Sekunde beschäftigt. Doch jetzt kann ich mit meiner Schande nicht mehr länger leben. Ich bin ein sexueller Spätzünder. Ich bin erst in der siebten Klasse gewachsen, vorher hatte ich weder Stimmbruch noch Haare am Sack. Noch mit vierzehn habe ich lieber »Die Jungen von Burg Schreckenstein« gelesen als an Mädchen zu denken. In meinem Kopf war kein Platz für Sexualität. Als ich irgendwann verstanden hatte was Pubertät heißt, habe ich meine Mutter um ein Aufklärungsgespräch gebeten. Sie hat mir empfohlen, nur mit Frauen zu schlafen, die mich gerne haben und die ich gerne habe. Sie ist überzeugt, es wäre für meine Seele schlecht, wenn ich einfach so mit Frauen schlafe. Ihre Botschaft: Sex ist etwas Wertvolles und ich soll damit warten, bis ich die Richtige finde. Ihre Erklärung stellte mich vollkommen zufrieden. Das bisherige Schuljahr verläuft, was Frauen betrifft, nicht schlecht. Babsi schreibt mir meine Italienischaufsätze, die ich dann für die Schularbeiten verwende. Ihre Banknachbarin bereitet mir sorgfältig Themenblöcke für Englisch auf, die ich mikrokopiere und in meinem Brillenetui verstaue. Ich trage Brillen nur während der Schularbeiten und wundere mich, warum das keinem der Lehrer auffällt. Mit Hilfe meiner strebsamen Mitschülerinnen bekomme ich meistens ein »Befriedigend« oder »Genügend«, ohne eine Ahnung zu haben, was genau ich da niederschreibe. Ja, die Frauen verwöhnen mich richtiggehend. Seitdem mir Babsi und Johanna helfen, habe ich nie mehr ein »Nicht Genügend« geschrieben. Wenn meine Mitschülerinnen freiwillig für mich arbeiten, meine Lehrerinnen mich wegen meines unschuldigen Lächelns nie prüfen, und ich mit 100 Prozent aller weiblichen Stimmen zum Klassensprecher gewählt werde, kann ich kein Versager sein.

Gelegentlich steckt mir ein Mädchen einen Brief zu, wo es mir nette Sachen schreibt und fragt, ob ich mit ihm weggehen will. Ich gehöre nicht zu jener Sorte Männer, die für Frauen nur Schultaschenträger sind. Meine Schlussfolgerung aus diesen Beobachtungen, wie ich es im Philosophieunterricht bei der Einführung im logischen Schließen gelernt habe, kann also nur lauten: Es liegt an mir selbst, dass ich in Liebesangelegenheiten bislang nur kümmerliche Erfolge vorweisen kann.

Weil ich mit meinem freundlichen Wesen nichts erreicht habe, ändere ich ab sofort mein Verhalten. Wenn ich als netter Junge von nebenan versage, probiere ich es eben mit Weltschmerz. Sid und Breiti helfen mir bei meiner Verwandlung. Sie ziehen mich richtig an: Statt roter Wangen und der von der Höhensonne braun gebrannten Haut kultiviere ich nun eine vornehme Blässe, die ich geschickt mit schwarzen Hemden, schwarzen Pullovern, schwarzen Socken, schwarzen Schuhen und einem kleinen Totenkopfring kombiniere. Ich kämme mich auch nicht mehr. Grufti bin ich aber keiner. Das ist auch nicht mein Ziel, ich möchte wie ein depressiver französischer Schriftsteller aussehen. Ich habe »Der Fremde« von Albert Camus gelesen und ähnlich entfremdet fühle ich mich augenblicklich von Oberdrum, weshalb ich unseren Ortsnamen häufig englisch ausspreche, was aber niemand außer Sid und mir lustig findet. Sogar ein altes, schwarzes, etwas zu großes Sakko habe ich mir gekauft. Ich müsste nur noch anfangen Gitanes zu rauchen wie Breiti, dann wäre meine Verwandlung vom fröhlichen Landbuben zum, von Frauenabweisung und Umweltzerstörung, gepeinigten Verlierer abgeschlossen. Er hat mir Kleidung gekauft und gezeigt, wie ich mir die Haare toupieren muss. Wenn ich mir auch noch ein wenig Kajal unter die Augen schmiere und diesen verwische, macht mich das geheimnisvoll. Breiti zeigt mir, wie ich auffalle. »Mode ist demokratisch«, meint er, »man braucht nicht viel Geld, um gut auszusehen. Nur Zeit und ein gutes Händchen.« Neben dem neuen Outfit bekomme ich Nachhilfestunden in Musikgeschichte. Breiti und Sid überspielen mir die wichtigsten Kassetten. Mit der Rolle des Nachahmers habe ich mich noch nie zufrieden gegeben. Mein Forscherehrgeiz ist entbrannt. Ich gebe Breiti Bestellungen nach Villach mit, wo er zur Schule geht. Musik ist in unserer Prioritätenliste nach Frauen und mittlerweile Trinken die klare Nummer drei. Aber leider hören die Frauen nur Hitparadenscheiß und fürchten sich vor unseren schwarzen Uniformen. Wir besitzen zwar die beste Musik, nur können wir sie nirgendwo anhören. In den zwei Lienzer Diskotheken wird Kuschelrock und Wham gespielt. Wir sind schon froh, wenn wir einmal pro Abend einen Cure-Song hören. Diese Situation ist für alle äußerst unbefriedigend. »Wir müssen uns unsere Freiräume selber schaffen«, schlage ich Sid und Breiti deshalb vor, »uns fehlt ein Ort, wo wir machen können, was wir wollen.«

Ich muss also mein Organisationstalent unter Beweis stellen, denn obwohl Sid und Breiti mir Musik, Mode und Biertrinken beigebracht haben, stört es sie nicht, dass wir keinen Rückzugsort haben. Bevor wir ausgehen, treffen wir uns meistens bei Breitis Mutter, weil es ihr egal ist, wenn wir dort laut Musik hören. Aber natürlich ist diese Wohnung wegen ihrer Anwesenheit nicht perfekt. Was wir brauchen, ist ein zentral in der Stadt gelegener Platz für uns allein. Wir brauchen einen Ort, wo wir laut Musik spielen, spontan Partys organisieren und bei Bedarf mit Mädchen Zeit verbringen können.

Einen solchen Sehnsuchtsort gibt es und er wird mir quasi am Silbertablett serviert. Ich bin Mitglied bei den Pfadfindern und diese besitzen ein großzügig bemessenes Vereinslokal mitten im Stadtzentrum. Das Innenstadtjuwel mit zwei Räumen verfügt als Glanzstück sogar über ein zehn Quadratmeter großes Hochbett, wo man mit einer Leiter raufklettert. Hier können locker zehn Leute schlafen. Das Vereinshaus beherbergt neben den Pfadfindern noch die katholische Studentenverbindung Salurn und einen Jugendklub namens Club K2, steht ansonsten aber leer. Dieses Haus, fünf Gehminuten vom Hauptplatz und je drei Minuten von unseren beiden Stammlokalen »Alt Lienz« und »Hoppla« entfernt, erfüllt also alle Anforderungen einer selbstverwalteten Feier- und Übernachtungszone. Es gibt Strom, einen Kühlschrank, um Bier einzukühlen, und was noch viel wichtiger ist, eine Musikanlage. Mein Plan steht also fest: Beim jährlichen Vereinsfest der Pfadfinder melde ich mich zur Überraschung aller freiwillig zum Auf- und Abbauen des Verkaufsstandes und bekomme dafür den Schlüssel zum Vereinsheim ausgehändigt. Eine Woche später halte ich zwei Ersatzschlüssel, die ich mir um 5 Euro beim örtlichen Schlüsseldienst habe nachmachen lassen, in meinen Händen. Die Mühen des zehnstündigen Standaufbaus wiegt meine kleine städtische Zweitwohnung mehr als auf, die noch dazu den Vorteil hat, gratis zu sein.

Die von uns an den Wochenenden bewohnte Bude entwickelt sich schon bald zur Zentrale unserer nächtlichen Aktivitäten. Wie bei den Schularbeiten, die mir meine Mitschülerinnen vorbereiten, frage ich mich, warum meine Eltern, meine Lehrer, die Eltern meiner Freunde, mein Pfadfindergruppenleiter und Lateinlehrer Stolz, sowie die Nachbarn gegenüber vom Vereinshaus noch keinen Verdacht schöpfen. Ich erkläre mir das mit meinem unschuldigen Äußeren. Ich schaue trotz meiner schwarzen Kleidung einfach noch immer zu brav und wohlerzogen aus, niemand verdächtigt mich eines liederlichen Doppellebens.

3
Kein normaler Tiroler geht zum Zivildienst

In unserer Clique steige ich zum allseits anerkannten Mitglied auf, während Sid Rahim nicht aufgenommen hat. Sid will unsere Gang exklusiv halten. Meinem Vater gefällt meine neue Kleidung weniger und er hasst meine Frisur. Beim gemeinsamen Frühstück, wo wir grauenhafte Volksmusiksender hören müssen, nervt er mich:

»Warum versteckst du deine Augen hinter deinen Haaren? Willst du zu einem Begräbnis gehen, weil du ganz in schwarz angezogen bist?«

Er findet solche Fragen witzig.

»Schwarz symbolisiert mein langsames Sterben, Papa«, versuche ich ihn zu ärgern. Auf so einen Schwachsinn antwortet er nicht.

Meinem Vater ist meine Kleidung eigentlich egal. Mode ist ihm so fremd wie mir früher.

Ich habe keine Probleme mit meinen Eltern. Sie sind nur etwas streng. Ich muss selbst in der achten Klasse noch um Mitternacht zu Hause sein, wenn ich freitags und samstags ausgehe. Doch sie lassen mich Bier trinken, bei Freunden übernachten und fragen auch nie nach. Ich kann mich nicht beschweren. Mein Erzeuger trinkt nicht, geht nie aus und hat keine Affären; er arbeitet in seiner Freizeit gerne im Garten und wir gehen manchmal gemeinsam rodeln und bergsteigen. Er steckt mich nie in lächerliche Trachtenkostüme oder zwingt mich, den Schützen beizutreten oder sonst den Paradetiroler zu spielen. Er ist stolz, weil ich als erster in seiner Familie die Matura mache. Nur beim Frühstück meckert er gerne, weil ich immer so stumm bin. Was soll ich schon groß erzählen? Dass ich Jungmann bin? Dass mein Freund Sid den Job statt mir erledigt hat? Ich finde es angenehm, wenn wir uns anschweigen. Die Stille hat nur einen gravierenden Nachteil: Ich höre die Volksmusik. Noch ein Grund, auszuwandern...

Für das heutige Frühstück hat sich mein Vater allerdings ein Thema aufgespart, welches ihm im Unterschied zu meiner missglückten Frisur wirklich am Herzen liegt.

»Romed, magst du dir deinen Entschluss wegen des Zivildienstes nicht noch einmal überlegen? Ich war selber bei den Pionieren und da bist du viel an der frischen Luft in den Bergen. Kein normaler Tiroler geht zum Zivildienst! Bei mir in der Klasse haben zwei Kameraden geweint, als sie damals erfahren haben, dass sie untauglich sind.«

Ich muss grinsen.

»Geweint vor Freude? Nein, Papa, ich bin eben kein richtiger Tiroler. Was soll ich beim Heer? Da muss ich mir die Haare schneiden und mich rumkommandieren lassen. Außerdem bin ich Pazifist.«

Mit dieser Antwort ist er nicht zufrieden.

»Du trainierst doch diesen komischen asiatischen Kampfsport.«

»Das ist was anderes. Ich sehe nur keinen Sinn darin, für ein Land zu kämpfen. Sein Leben für eine Nation oder eine Republik zu opfern, ist schwachsinnig. Opa erzählt mir oft, wie erbärmlich es in Russland war, und dass ihn in seiner Gefangenschaft in Frankreich nur die schwarzen amerikanischen Soldaten menschlich behandelt haben. ›We are slaves too‹, haben sie zu ihm gesagt. Das sind die einzigen vier englischen Wörter, die er bis heute kann. Ich habe keine Lust, Kanonenfutter für die herrschenden Klassen abzugeben.«

Papa versucht einen weiteren Anlauf: »Der Krieg ist lange vorbei. Das Heer braucht gebildete Menschen. Ich bin ja auch kein Militarist.«

»Stimmt schon, nur hat es bei dir noch keinen Zivildienst gegeben. Und ich habe bereits ein staatlich geprüftes Gewissen. Es war nicht einfach bei den Innsbrucker Pfeifen von der Kommission. Vertrau mir, in einem Jahr bist du stolz auf mich, wenn du siehst, wie gut mir die Arbeit mit Behinderten tut. Dort lerne ich Verantwortung.«

Das klingt nach einem versöhnlichen Schlusswort. Es benötigte einiges an Recherche, Gutachten und Zeitaufwand, bis ich überhaupt zum Zivildienst zugelassen worden bin, aber nun ich besitze ein staatlich geprüftes Gewissen. Ich bin offiziell vom Wehrdienst befreit und darf Behinderten den Hintern auswischen, statt in Wiesen herumzurobben. Mein Vater nimmt diese Entscheidung nur widerwillig zur Kenntnis. Er kann sich eine weitere Bemerkung nicht verkneifen:

»Die Tiroler Damenwelt weiß Uniformen zu schätzen. So eine schneidige Uniform verkörpert Eleganz.«

Mit diesem Makel kann ich ausgezeichnet leben.

»Papa, du kommst ja aus der Steinzeit.«

Ich kenne keine Frauen, die für das Heer schwärmen. Durch meine schwarze Kleidung spreche ich einen anderen Frauentyp an als früher. Aktiv auf Frauen zuzugehen, hat sich für mich als die falsche Taktik herausgestellt. Viel effizienter erledigen meine Freunde das Verkuppeln für mich. Außerdem ist das aktive Frauenanbraten unnötig; wenn ich gelangweilt rumstehe, umgibt mich eine spezielle Aura und die Frauen kommen von selbst, weil sie denken, ich sei geheimnisvoll. Um Frauen kennenzulernen, muss ich in keiner Band spielen. Unsere Dreierbande mit ihren billig zusammengebastelten Outfits und den auftoupierten Haaren ist Blickfang genug. Wir benehmen uns wie Rockstars, ohne in einer Band zu spielen. Wir sind auch kein Teil einer Jugendbewegung. Wir ziehen uns freiwillig komisch an, um leichter Mädchen kennenzulernen.

Meine Freunde bemühen sich redlich, gestört auszusehen. Sid trägt eine Krankenkassenbrille, schwarze Hemden und schwarze Jeans mit neongrünen Hosenträgern. Seine Schläfen rasiert er sorgfältig aus und seine Kopfhaare toupiert er zu einem Turm. Am besten gefällt mir seine Lederjacke, die er regelmäßig an der Stadtmauer abwetzt, damit sie speckiger aussieht. Breiti trägt im Gegensatz zu uns keine Doc Martens, sondern Creepers und mit seinen blonden Haaren und den Koteletten sieht er aus wie ein Rockabilly, der keinen Rock mag. Man kann es drehen und wenden, wie man will, als Vertreter einer amtlichen Jugendkultur gehen wir keinesfalls durch. Wir sehen aus wie drei Tiroler Landjugendliche, die sich weigern, wie Tiroler Landjugendliche auszusehen. Im Prinzip ist Mode nur unser Ventil, um Leute zu ärgern. Gründe, zu protestieren gibt es genug: zu wenig gute Lokale, zu frühe Sperrstunden, keine taugliche Disco, zu wenig Frauen.

»Lienz, die Schlampe, unterhält uns zu wenig«, sagt Sid oft und findet das eher lustig als provokant. Ich glaube, er mag es einfach, wenn er Wörter sagt, die andere schockieren.

Seitdem ich den Schlüssel zur Pfadfinderbude besitze, haben wir unsere eigene spießerbefreite Zone geschaffen, wie Sid das etwas hochgestochen nennt. Hier werden wir nicht schief von irgendwelchen Tränen angesprochen und wir hören die Musik, die uns gefällt. Das hat sich herumgesprochen. Wir trinken regelmäßig in der Bude Bier und etablieren eine richtige Wochenendroutine: Wir beginnen mit dem Biertrinken im »Alt-Lienz«, schauen weiter ins »Hoppla«, um kurz in die 1960er Jahre abzutauchen und gehen dann in den Jugendklub »T3«, weil dort die überheblichen Hübschen aus den Tälern herumstehen. Gegen zehn besuchen wir die Diskothek »Stadtkeller«. Dort spielen sie Musik, die so scheiße klingt wie der Name des Lokals, aber da gehen eben alle Mädchen hin und die Musik ist laut. So können wir sie ausgiebig anstarren, ohne mit ihnen reden zu müssen.

Wenn wir Frauen finden, die auch uns gut finden, besorgen wir uns ein paar Flaschen Bier vom Würstelstand vorm »Stadtkeller«, gehen in die Pfadfinderbude, legen eine Kassette ein, lassen den Raum verdunkelt und knutschen mit den Mädchen herum. Leider muss ich immer als Erster nach Hause. Jedes Wochenende bei einem Freund, also auf der Bude zu übernachten, traue ich mich nicht. Meine wenig glaubwürdigen Ausreden, warum ich bei Freunden übernachten will, funktionieren deshalb so gut, weil ich sie nur gelegentlich verwende. Ewig lange kann ich die Lieblingscomputerspiele meines besten Freundes nicht testen und wie oft findet das englische Cup-Finale im Jahr statt?

Im Alt-Lienz habe ich Stella vor ein paar Monaten angesprochen. Ehrlicher gesagt, fand ich sie so hübsch, dass sie Breiti auf mich aufmerksam gemacht hat mit ein paar einfühlsamen und motivierenden Worten. Mit ihren langen, glatten, schwarzen Haaren, schwarzem Lippenstift, schwarz lackierten Fingernägeln und einer vornehmen Blässe wirkte sie sehr städtisch. Nur ein paar Sommersprossen verrieten ihre ländliche Herkunft. Ich war schon entmutigt, weil sie mich zu ignorieren schien, doch Breiti klärte mich über Stella auf: Er kennt sie aus Villach. Sie besucht dort eine Modeschule. Deswegen ist sie so gut angezogen. Sie fahren zusammen Zug, auch dort redet sie wenig bis auf ›Hallo‹ und ›Ciao‹. Ich besorgte mir ihre Adresse und schrieb ihr einen Brief mit einer selbst aufgenommenen Kassette. Und sie hat mir geantwortet! Sie will später einmal Modedesignerin werden und hat dem Brief deshalb ein paar selbst gezeichnete Kleiderentwürfe beigelegt. Die Designs gefallen mir und sie hat Talent, sofern ich das überhaupt beurteilen kann.

Wir machten uns zusammen nie etwas aus. Das wenige, was ich von ihr weiß, hat mir Breiti erzählt. Wenn sie fünf Wörter pro Abend mit mir wechselte, war das viel. Beim vierten Treffen habe ich sie endlich geküsst. Obwohl sie erst 16 ist, küsste Stella viel besser als ich. Ich mochte ihre Zunge, sie war weich und sanft. Seitdem knutschten wir, wenn wir uns trafen. Für mich war das die ideale Beziehung. Für Stella nicht. Sie ist jünger und doch ungeduldiger als ich. Bald beschwerte sie sich:

»Warum küsst du mich nur? Du greifst mich nicht einmal aus. Die anderen Jungs bei mir im Hof wollen gleich mehr.«

»Na ja, ich will nichts überstürzen. Außerdem küsst du so gut. Da kann ich an nichts anderes denken.«

Stella schaute mich entgeistert an. Dabei habe ich nicht gelogen. Ich verspürte überhaupt keine Eile. Sie sah das anders.

»Romed, mir geht das zu langsam. Ich will was erleben. Du bist mir zu schüchtern. Ich mache Schluss mit dir.«

Ich habe so lange gezögert, bis sie mich für einen Schlappschwanz gehalten hat. Sid hat die Situation schneller überzuckert und Stellas Wunsch erfüllt.

4
Jung, hungrig und pleite oder warum Franz Innerhofer auf meine Leseliste gehört

Mein Deflorationsstress gerät langsam ins Hintertreffen. Meine Matura naht mit Riesenschritten und die Panik, bei den Prüfungen komplett zu versagen, verdrängt die Sorgen um den Makel meiner Jungfräulichkeit. Meine Arbeitsauslagerungen für die Matura laufen auf Hochtouren. Als mündliche Fächer wähle ich Geografie, Deutsch und Latein. Meine Mathematikleistungen sind dürftig, weshalb ich unser kauziges Mathegenie überrede, mein persönlicher Trainer zu werden. Er will Lehrer werden und ich überzeuge ihn, dass ich der ideale Kandidat bin, um seine pädagogische Eignung zu testen. Wenn er mich durch die Matura bringt, schafft er das garantiert bei jedem anderen auch. Zweimal wöchentlich büffeln wir, mit etwas Wohlwollen meines Lehrers werde ich Mathe mit einem eleganten »Befriedigend« abschließen. In Italienisch gestaltet sich die Situation dramatischer. Meine Lehrerin sagt mir klipp und klar, sie schenkt mir nur dann ein »Genügend« im Abschlusszeugnis, wenn ich nicht bei ihr antrete. Ich bin ihr aufgrund meiner Sympathien für den führerlosen Widerstand der Roten Armee Fraktion ans Herz gewachsen, nur zählt das vor der Prüfungskommission wenig. Sie ist die netteste Lehrerin, die man sich vorstellen kann, dazu jung, fesch und politikinteressiert, nur leider zu alt für mich. Auch sie findet es bitter, dass unsere Mädels uns öfters wegen fescher Italiener verlassen, aber die Italiener sind nun mal ein altes Kulturvolk. Dabei lacht meine Lehrerin und ich erröte. Also muss ich stattdessen Latein wählen, wo ich noch schlechter als in Italienisch und Englisch bin. Da ich fix von einem »Nicht Genügend« bei der schriftlichen Arbeit ausgehe, wähle ich die tote Sprache gleich auch für die mündliche Matura. So erspare ich mir ein Zusatzfach, falls ich durchfallen sollte. In Englisch verhandle ich mit der Lehrerin, ob sie mir nicht schon vorab den Stoff nennen kann. Immerhin einigen wir uns nach einigen Diskussionen auf eine Themeneingrenzung. Damit bin ich zufrieden. Wenn sie mir drei Themen nennt, kommt eines davon mit Sicherheit. Weil Matura ist, bin ich sogar bereit, drei Aufsätze auswendig zu lernen. Ich beknie also Babsi, mir drei 550 Wörter lange englische Erörterungen mit variablen Einstiegen und Enden zu schreiben. Sie macht sich sofort an die Arbeit. Meine Lernabwälzungen zu koordinieren, artet in echte Arbeit aus und hält mich vom eigentlichen Lernen ab. Ich frage mich nur, warum Babsi und das Mathematikgenie so lieb zu mir sind.

Für Trennungsschmerzen wegen Stella habe ich keine Zeit, weil ich gleich nach unserem abrupten Beziehungsende mit ihrer besten Freundin Sonja zusammengekommen bin. Das war nicht schwer. Sonja hat mich als ihren Freund auserkoren, weil ihr Stella brühwarm erzählt hat, wie unerfahren ich bin. Genau so einen wünscht sich Sonja: Einen Verlierer, der sich mit Küssen begnügt und alle Zeit der Welt hat, ihren jungen Frauenkörper in seiner Vielfalt zärtlich zu entdecken. Mit ihrem »Death to the Pixies«-T-Shirt qualifiziert sich Sonja auch eindeutig als freundinnentauglich. Sie ist nicht so dürr wie Stella; sie hat richtige Rundungen und ihre Brüste zeichnen sich selbst unter ihren weiten Sweatshirts deutlich ab. Sonja ist eher klein, höchstens 1,60 Meter groß, hat halblange, schwarze, stark gelockte Haare, ein längliches Gesicht und eine gerade, ziemlich große Nase. Ein bisschen sieht sie aus wie eine Gurke. Bei unserem dritten Treffen beschließen wir, die Party im Club K2 frühzeitig zu verlassen und lieber eine Zweierparty ein Stockwerk höher zu feiern. Wir steuern das Hochbett an. Sonja atmet laut, sie ist gleich aufgeregt und unerfahren wie ich.

Breiti gibt mir immer gute Tipps, um meine Unsicherheit zu überspielen. Wir knutschen eine Weile herum, dann greife ich ihr unter den Pullover und öffne ihren BH, wie es mir Breiti erklärt hat:

»Fast alle BHs haben hinten in der Mitte einen Verschluss mit einem oder zwei kleinen Haken. Du musst einfach beide Seiten des Verschlusses aufeinander zu bewegen, damit die einen Häkchen aus den Ösen der anderen Seite gleiten.« Breiti ist ein richtiger Techniker. »Das ist besser, als den BH einfach wegzureißen. Wenn du ihn richtig aufmachst, ist es irgendwie feierlicher.«

Breitis Tipps sind Gold wert! Leicht zittrig öffne ich ihren BH auf Anhieb. Sonjas Art zu küssen ist ganz anders als die von Stella. Sie genießt die Küsse mehr, manchmal seufzt sie. Besonders mag sie es, wenn ich sie an ihren Ohren und ihrem Hals küsse. Erregt wie ich bin, will ich ihre Hose aufmachen. Doch ich scheitere beim Öffnen des ersten Knopfes und es braucht eine Weile, bis ich begreife, dass ihre Jeans keinen Reisverschluss hat. Sonja scheint es zu genießen und öffnet mir ebenfalls meinen Hosenstall. Wir basteln unbeholfen am Geschlechtsteil des anderen herum. Ich weiß nicht, was ich als nächstes machen soll. Da reißt mich Sonja aus meinen Gedanken:

»Also so schüchtern wie die Stella sagt, bist du gar nicht. Sie meinte, du traust dich nicht mal ausgreifen. Ich mag mit dir nicht schlafen.«

Ich akzeptiere ihr Nein und bin nicht beleidigt.

Ich will die Sache mit dem Sex nicht überstürzen. Wenn wir in diesem Tempo weitermachen, ist es nur mehr eine Frage der Zeit, bis sie mit mir schläft. Außerdem ist das soeben Erlebte ein wichtiger Etappensieg. Beim Küssen bin ich schon recht geübt, aber meine Fertigkeiten beim Petting, wie Sid das nennt, sind noch ausbaufähig.

Ein Bier im Club K2 kühlt uns ab. Der Partyraum ist noch gut gefüllt, aber nur Sid und Breiti tanzen Slamdance zu zweit in der Mitte des Raumes. Sid küsst Stella und ich bin kein bisschen wehmütig. Wegen Frauen streiten wir nicht. Warum sollte sich Sid nicht mit meiner Ex-Freundin vergnügen? Ich habe längst eine neue Freundin.

»Alt Lienz«, »Hoppla« und der »Club K2« sind unser Bermudadreieck beim Weggehen. Breiti ist unser Anführer. Er hat angefangen, sich schwarz anzuziehen. Sid hat nachgezogen und ich habe es ihnen nachgemacht. Damit haben wir eine Lawine losgetreten. Mittlerweile laufen in Lienz sicher zehn bis fünfzehn Leute so herum wie wir. Nicht allen Jugendlichen gefällt das. Es kommt vor, dass uns irgendwelche Deppen anstänkern, nur weil wir anders aussehen. Doch im Club K2 ist alles friedlich. Neben uns besuchen den Club nur Lehrlinge, Arbeiter, Arbeitslose und vier hauptberufliche, jeweils zwei Meter große Bundesheerangestellte. Die Militärfraktion findet Sids vorlaute Schnauze lustig; seitdem darf uns niemand mehr blöd anquatschen, weil sie unsere persönlichen Personenschützer sind.

Sid, Breiti und ich spielen Außenseiter. Jung, dumm und pleite zu sein, ist unsere Bestimmung. Ich bin ein Landkind, das in einem verschlafenen Paradies lebt, wo nie etwas los ist, aber im Vergleich mit meinen Freunden bin ich ein Glückspilz. Breitis Vater starb vor Kurzem an Lungenkrebs. Breiti spricht nie darüber. Wenn ich ihn von zu Hause abhole, sehe ich immer das Bild, wo sein Vater drauf ist und Breiti als Zehnjähriger danebensteht. Breiti lächelt auf diesem Foto so sanftmütig. So glücklich habe ich ihn noch nie erlebt; auch nicht, wenn er besoffen ist. Ich würde gerne mehr von seinem Vater erfahren, traue mich aber nicht, nachzufragen. Das ist ihm bestimmt zu persönlich. Am Samstagabend an der Bar Gespräche über den Tod zu führen, ist sowieso verkehrt. Wenn er mir etwas von seinen Gefühlen erzählen will, wird er das schon tun. Durch den Todesfall wirkt Breiti irgendwie erwachsener als ich.

Auch Sids Mama ist schon tot. Ich habe ihren qualvollen Tod mitverfolgt. Sie hatte Multiple Sklerose, saß in einem Rollstuhl und konnte sich nicht mehr mit der Außenwelt verständigen. Sie saß leblos im Wohnzimmer herum, wenn ich Sid besuchte. Sie lebte schon in einer Zwischenwelt. Sid hat eine gewöhnungsbedürftige Art, seinen Schmerz zu verarbeiten: Er stänkert und schreit Leute an, allen voran seinen Vater. Ich kann ihn gut verstehen. Ihre Wohnung machte einen verwunschenen Eindruck auf mich; eine todkranke Frau und zwei Männer, ein Ehemann und ein Sohn, die mit dem langsamen Sterben überfordert waren und ihren Schmerz mit gegenseitiger Ablehnung kaschierten. Dieser Vernichtungswille, den Sid seither kultiviert, beeindruckt mich. Wenn er mich verarscht, ist er nie bösartig, eher wie ein kleiner Junge, der um Aufmerksamkeit buhlt. Mir kann er nichts vormachen: Hinter seiner zynischen Fassade steckt ein stummer Schrei nach seiner Mama. Sid beeindruckt es hingegen, wenn er Witze über mein Dorf macht und ich ihn ignoriere. Ich glaube, er denkt oft, dass er ganz alleine auf der Welt ist. Dabei mögen wir ihn und halten zu ihm. Ich selbst habe keinerlei Grund, mich zu beschweren. Sicher, ich wohne ich in einem Bergdorf, aber meine Eltern und meine Schwester sind pumperlgesund. Papa ist erst siebenundvierzig Jahre alt und beim Armdrücken habe ich nicht die geringste Chance gegen ihn.

Wenn wir an der Bar stehen und ich den Jungs zuproste und sie mir, wundere ich mich, warum ich dennoch ihren Weltschmerz teile. Warum sind wir Seelenverwandte, obwohl ich nichts Schreckliches erlebt habe? Meine einzigen Sorgen sind meine nahende Matura, ein guter Kämpfer zu werden, und wie ich möglichst bald entjungfert werde. Meine Kumpels ziehen mich nie wegen meines kleinen Geheimnisses auf. Der einzige, der mich unter Druck setzt, bin ich selbst. Sonja bestellt uns noch ein Bier, als mich Breiti aus meinen Gedanken reißt:

»Ich wohn‘ nicht mehr im Heim. Ich bin rausgeworfen worden. Mein Heimleiter ist zu mir gekommen und hat gesagt, das war's für uns. Er hat die ständige Sauferei auf den Zimmern satt. Er muss andauernd leere Flaschen und

Kisten wegräumen. Mein Zimmernachbar hat eh mit ihm diskutiert, um Verständnis für uns Jugendliche gebeten und auf die Tränendrüse gedrückt, aber es war nichts zu machen. Eigentlich ist das Ganze eh ein Glücksfall, Romed. Ich wohne jetzt in meinen eigenen vier Wänden, zusammen mit einem Mitschüler. Komm' mich doch mit Sid mal besuchen. Dann feiern wir Frühlingsbeginn am Drauufer.«

Ein herausragender Plan. Ich werde mir neue Platten kaufen, in Lienz herrscht gerade ein Versorgungsengpass. Der Verkäufer hasst mich, weil er die Tonträger, die ich bestellen will, nie in seinem Bestellkatalog findet. Ich frage Sonja, ob sie auch nach Villach mitfährt. Sie darf leider nicht, weil sie für eine Schularbeit lernen muss. Ihr Fleiß bringt mich kurz zum Nachdenken. Ich sollte selber ernsthafter lernen, doch dieser Trinkurlaub lockt mich mehr. Ich habe noch nie allein außerhalb Osttirols übernachtet. Wenn ich meine Eltern zu diesem Abstecher überreden kann, wiegt das ein schlechteres Maturazeugnis locker auf.

Ich begleite Sonja heim, um noch ein bisschen mit ihr zu knutschen. Ich bin schon ein richtiger Küsserkönig, so nennt mich jedenfalls einer der Militärfreaks halb spöttisch, halb anerkennend. Vor lauter Küssen übersehe ich die Zeit. Die eineinhalb Kilometer bis zum Stadtrand muss ich also rennen. Mein Mofa braucht bei den kalten Wintertemperaturen einiges an gutem Zureden, bis es anspringt. Eine Verspätung kann ich mir nicht leisten, da akzeptiert mein Papa keinen Verhandlungsspielraum. Als ich zu Hause ankomme, schlafen meine Eltern schon, ich sehe keine Lichter mehr und schleiche möglichst leise ins

Jugendzimmer. Mein Zimmer ist das Beste an unserem Haus! Letztes Jahr habe ich mein Kinderzimmer geräumt und stattdessen mein Jugendzimmer im ebenerdigen Kellerzubau bezogen. Das ist ein kleiner Zubau – ein in die steil ansteigende Wiese eingefügter Betonblock – neben dem Haus, wo ich meine Ruhe habe.

Ich habe nur zwei kleine Bier getrunken, verkatert zu sein, kann ich mir im Moment nicht leisten. Ich muss den ganzen Sonntag Lateinvokabeln lernen. Bei der Matura darf ich zwar ein Wörterbuch verwenden, Professor Stolz hat mir dennoch dringend angeraten, meinen erbärmlich kleinen Grundwortschatz auszubauen. Die Sonntage mit Lernen zu verplempern, muss ich noch bis zur Matura durchhalten. Mit meinem Deutschlehrer Ratzinger, bei dem ich auch in Geografie maturiere, habe ich mich bereits auf eine Literaturliste geeinigt. Bei seinen Lektürevorlieben ist er wertkonservativ und beharrt auf Mindeststandards. Ein kluger Mann. »Wir Kinder vom Bahnhof Zoo« hat er nicht akzeptiert, weil er diese Elendsreportage nicht als Literatur durchgehen lässt. Auch Franz Innerhofer wollte er anfänglich nicht akzeptieren. Thomas Bernhard mag er ebenso wenig, weil dieser schlecht über Salzburg – Ratzingers Geburtsort – geschrieben hat. Wenn es nach Ratzinger ginge, müsste ich nur viel Nikolaus Lenau, Franz Werfel, Lessing und Fontane lesen. Auch die Franzosen wie Diderot, Stendhal und Flaubert preist er mir mit flammendem Herzen an. Mit etwas Flehen und Betteln konnte ich ihm den Franz-Innerhofer-Schwerpunkt doch noch einreden. Ratzinger war aber bald versöhnt und ein wenig positiv überrascht, ja mir schien sogar, er war verwundert, als ich ihm Heinrich

Heines »Reisebilder« vorgeschlagen habe. Dass ich eine solche Geistesgröße kenne, hätte er mir nicht zugetraut. Dabei habe ich ihm immer ganz genau zugehört, wenn es spannend war. Wenn ich Spötteleien über Tirol finde, kann ich nicht widerstehen. Heine hat die Tiroler Seele böse, aber nicht ganz unzutreffend beschrieben, als er ihr eine unergründliche Geistesbeschränktheit zugeschrieben hat.

Wenn ich lese, was Innerhofer am Bauernhof so alles erlebt hat, spüre ich deutliche Parallelen zu unserem Dorfleben. Die meisten Landwirte sind lieb zu uns Kindern. Nur im verwunschenen Ortsteil spielen sich Szenen wie beim Innerhofer ab. Aber ich bin eindeutig kein Opfer, nur Beobachter. Es ist deprimierend, wie sehr die Schicksale Innerhofers jenen unserer benachteiligten Dorfbewohner ähneln.

Einige wenige Dorfbewohner, und von ihnen auch nur die Verbitterten, vergeben ihre Zuneigung sehr spärlich, wie ich ja schon von Franz Innerhofer weiß. Ich habe mich immer gewundert, warum der Herrenbauer im Dorf mit seinen 54 Kühen, 20 Schweinen und 60 Schafen den ältesten Sohn viel besser behandelt hat als den zweitältesten. Die Töchter stehen in der Hierarchie noch weiter drunter. Auf der letzten Stufe befinden sich dann die ledigen Kinder. Mein Dorfkumpel Manfred etwa, der hatte das Pech, ein lediges Kind einer Schwester vom Chefbauern zu sein und keines vom Hofherren. Der Manfred saß beim Essen nicht einmal am gleichen Tisch wie der Rest der Familie, nein, für ihn haben sie einen zweiten, kleineren Tisch daneben gedeckt.

Einer anderer im Dorf verdrischt regelmäßig seine

Kinder. Die sitzen dann am nächsten Tag immer ganz ruhig in der Schule mit ihren Blutergüssen, froh darüber, wenigstens hier sicher zu sein. Königlich behandelt wird hingegen der Erstgeborene, weil der eines Tages den Hof weiterführen wird. So hört dieser Kreislauf nie auf. Und da wir Tiroler weltweit die ersten freien Bauern waren, sind wir unendlich stolz auf unsere Höfe. Unser Lebenssinn besteht nun mal darin, Hab und Gut dem Erstgeborenen weiterzuvererben. So will es die Tiroler Überlieferung. Der Bauer im Dorf, der mich am wenigsten mag, behandelt sogar seine Jagdhunde besser als seine Kinder. Die Hunde bekommen an ihren Geburtstagen Frankfurter Würstel zu essen, während die Kinder »Muas«, einen widerwärtigen Milch-Mehl-Brei mit geschmolzener Butter oder Polenta fressen müssen. Was Innerhofer beschreibt, ist zumindest in seinem Leben und in jenem unserer Dorf-Ausgestoßenen Realität und keine Fiktion. Und allein daher ist es wert, aufgeschrieben zu werden. Die Nachwelt soll daran erinnert werden, wie böse Menschen sein können...

Doch der Ratzinger kritisiert genau diese nüchternen Alltagsbeschreibungen. Für ihn ist Innerhofer nur ein Chronist und kein Dichter. Ratzinger hat Ahnung von Literatur, weiß aber nur wenig von der Stumpfheit in manch verwunschener Bauernstube. Als Salzburger Städter glaubt er lieber den Bildern der Österreich Werbung. Er denkt, Imagebroschüren zeigen den Alltag der Landbevölkerung detailgetreu. Ich hingegen mag Innerhofer; er ist für mich eine ländliche Entsprechung des Wiener Arbeiterdichters Jura Soyfer.

Über unsere geschmacklichen Differenzen diskutiere

ich lieber nicht mit Ratzinger; er hat mir noch den »Zauberberg«, »Die Bekenntnisse des Hochstaplers Felix Krull«, »Die neuen Leiden des Jungen W.« und »Aus dem Leben eines Taugenichts« als heilende Lesekur verordnet. Diese Meisterwerke habe ich alle schon komplett verschlungen und nicht nur die Kurzfassungen aus dem Deutschbuch überflogen, wie das meine Mitschüler als Referatsvorbereitung gerne machen. Wenn mich was interessiert, bin ich strebsam. Ich bin auch der Einzige, der Deutsch als mündliches Prüfungsfach wählt, da man dafür zur Vorbereitung zehn Bücher lesen muss. Für meine Mitschüler ist das zu mühsam, für mich die schönste Zeit meines Lebens. Auch Geografie habe ich nur deshalb gewählt, weil es lernintensiv ist. Ich sitze also mit Ratzinger zu zweit in unserem Klassenzimmer und wir beratschlagen, welches Schwerpunktthema ich mir erarbeiten muss. Ich habe die Geschichte der Sklaverei in den USA und Lateinamerika sowie die damit einhergehenden Widerstandsbewegungen vorgeschlagen. Diese Schwerpunktsetzung hat er gleich akzeptiert. Er hat mich gefragt, warum ich mich als 17-jähriger Bergdorfbewohner, der noch nie im Leben einen Schwarzen gesehen hat, für das Schicksal und die politischen Aufstände der amerikanischen Sklaven interessiere, ja mich sogar mit diesem Kampf, der nicht der meine sei, voll und ganz identifiziere. Auf das Sklaventhema bin ich eher zufällig gestoßen. Beim Musikhören habe ich eine neue amerikanische Musik namens »Hip-Hop« entdeckt. Für Sid ist das inakzeptable Discoscheiße, Rumprollen und Rumprotzen widern ihn an. Mich fasziniert neben den sprechenden Trommeln das politisch Widerständige. Texte der Freiheitskämpfer Public Enemy will Ratzinger leider nicht als Quellen akzeptieren, doch ich habe wiedermal einen Ausweg gefunden und mir das Buch »Black Marxism. The Making of the Black Radical Tradition« gekauft. Diesen Wälzer muss ich nun selbstständig aufbereiten. Da er auf Englisch geschrieben ist, verstehe ich nicht alles und bin erst bei Seite 80, dennoch bin ich schon auf die heiße Spur des revolutionären Partysubjektes gestoßen. Ich erkenne einige Ähnlichkeiten zwischen den aufständischen Schwarzen und unserer Clique: Sie kämpfen wie wir für Freiheit, Party und Selbstbestimmung.

Die Fesseln der Tiroler Kultur abzuschütteln und stattdessen eine hybride Identität basierend auf das geheime und nur mündlich überlieferte Wissen der Afrodiaspora aufzubauen, lockt mich mehr, als Lodenmäntel zu tragen. Durch die Lektüre erkenne ich erst den Rassismus in unseren Lehrplänen. Ich lese, dass es auch weiße Sklaven gab und viele freie Schwarze, die erst nach und nach versklavt wurden. Es gab zum Beispiel Ladinos – hispanisierte Schwarze – und Zambos – Afro-Indianer – sowie Mestizen. Ich frage mich, warum wir so was im offiziellen Lehrplan nicht lernen. Dieser kommt mir auf einmal sehr einseitig vor. Der Autor erklärt weiters, dass der Begriff »Schwarzer« erst ein nachträgliches Konstrukt der europäischen Aufklärung war, um Afrikaner sichtbar zu machen. Das leuchtet mir ein, gegen den Hochmut der Aufklärung verspüre ich eine instinktive Abneigung. Die afroamerikanischen Sklaven haben eine schier endlose Geschichte der Ausbeutung hinter sich. Man hat ihnen gewaltsam Sprache, Familie und Heimat entrissen. Sie verfügen durch diese bitteren Erfahrungen über den

Vorsprung der Besiegten; sie hegen ein Geheimwissen, welches mich anzieht. Ihre Weisheit wird mir bestimmt dabei helfen, mein Tirolertum zu überwinden.

Die Techniken des schwarzen Widerstandes bestärken mich, die Strategie der Aneignung als erlaubten Protest zu verstehen. Unsere subkulturell befreite Partyzone ähnelt den autonom verwalteten und vom Staatszugriff befreiten Siedlungen der Quilombos, wie die entlaufenen Sklaven in Brasilien hießen. Die dort praktizierte Selbstverwaltung ohne Anführer und Gerichtsbarkeit nehmen wir als Blaupause für unsere nächtlichen Aktivitäten. Wir üben unsere eigene Geschichte der Empfindsamkeit und nehmen niemand Neuen auf, obwohl mittlerweile viele zu uns gehören wollen. Es gibt keine formale Mitgliedschaft, kein Aufnahmeritual, keinen Anführer und keine untergeordneten Chargen. Jeder von uns drei trägt sein Scherflein dazu bei, um zu helfen, den Traum der leistbaren Party und des guten Lebens zu verwirklichen…

Die endlose Feier muss vorerst warten; Vokabellernen lässt meine Gedanken zwanghaft abschweifen und ich sehe deutlich mein Bild als künftiger Partyheld. Meine Mama ist so nett und fragt mich die Lateinvokabeln ab, was auch für sie unendlich langweilig sein muss, weil sie diese tote Sprache selbst nie gelernt hat. Dennoch verfügt sie schon über einen größeren Basiswortschatz als ich, sie ist ein richtiges Sprachentalent. Eine unserer Lernpausen nütze ich aus, um ihr meinen geplanten Kurzurlaub schmackhaft zu machen. Da irgendwelche Großcousinen von ihr in Villach wohnen, mag sie die Kärntner und ist gut auf dieses Bundesland anzusprechen. Negativ fällt hingegen ins Gewicht, dass ich schon Donnerstag fahren will und am Freitag daher den Unterricht spritzen müsste. Mein Argument, dass wir Breitis 18. Geburtstag feiern wollen und ich dringend einen Tapetenwechsel brauche, überzeugt sie am Ende aber doch.

Wenn ich von meinen Eltern etwas brauche, beginne ich meine Verhandlungen bei Mama. Wenn sie mir meinen Wunsch erfüllt, kann ihn mir Papa nachher nicht mehr verbieten. Er wird die Gelegenheit bestimmt wieder nutzen, um ausführlich über Kärnten abzulästern, nicht ohne den Hinweis anzubringen, dass Osttirol in den 1960er-Jahren fast an Kärnten angegliedert worden wäre, was nur der selige Altlandeshauptmann Eduard Wallnöfer zu verhindern wusste, indem er mit dem Aufmarsch der Tiroler Schützen drohte. Nach einer längeren Abhandlung über diese Unverschämtheit der Kärntner wird er dann aber ebenfalls meiner Reise zustimmen.

Sid fährt auch mit, weil er Stella besuchen will, mit der er inzwischen fix zusammen ist. Unser Freizeitprogramm steht schon fest: Wir werden am Donnerstag Begrüßung feiern, am Freitag ab zehn Uhr Vormittag auf unseren schulfreien Tag anstoßen und uns betrinken, bis wir heimkriechen, und am Samstag exakt dasselbe machen. Mit diesem abwechslungsreichen Freizeitprogramm werden wir unsere Diskette neu formatieren, wie Sid das nennt. Übernachten werden wir zu zweit auf einem Sofa in Breitis Zweizimmerwohnung. Über Villach weiß ich nichts, außer, dass es eine altehrwürdige Eisenbahnerstadt und ein Verkehrsknotenpunkt ist. Ich will die Stadt und ihre Sehenswürdigkeiten auf keinen Fall kennenlernen oder mir langweilige Kirchen und Provinzmuseen anschauen. Breitis Kenntnisse der lokalen Ausgehmeile bieten genügend Betätigungsfelder. Er hat versprochen, uns zu Ehren die talentiertesten Partytiere zusammenzutrommeln…

Meine Italienischlehrerin hat sich noch einmal rückversichert – ich darf bei ihr nicht maturieren. Sie ist heilfroh, als ich ihr mitteile, dass ich in Latein antrete. Sie hat mir empfohlen, nach der Matura Rechtswissenschaften oder sonst was zu studieren, nur nicht Italienisch. In Biologie ist hingegen etwas Außergewöhnliches passiert: Unser Lehrer meinte, wir werden bald volljährig und wir sollten uns daher selbst benoten. Dann ist er zu mir gekommen und hat gesagt, weil ich der Klassensprecher bin, solle ich die Leistungsfähigkeit unserer Klasse beurteilen. Ich habe mich spontan für eine Zwei-Noten-Skala entschieden: Alle Kollegen, die in den letzten zwei Jahren mindestens einmal aufgezeigt haben, bekamen ein »Sehr Gut«, alle anderen ein »Gut«. Aber wie sollte ich mich selbst benoten? Wenn ich mir ein »Sehr Gut« gab, war das lächerlich, wenn ich mich mit »Gut« benotete, war das anbiedernd. Mich selbst zu benoten, war der mit Abstand schwierigste Teil seines Auftrages; mein Bio-Lehrer wollte mir mit diesem kleinen Experiment eine Lektion fürs Leben erteilen. Ich nahm also eine Münze, warf sie in die Luft und schenkte mir selbst ein »Sehr Gut«, obwohl ich die Schönheit der Zellteilung nicht verstehe.

5
Die Perle Kärntens

Sid raucht am Bahnhof. Meine Mutter zeichnet mir zum Abschied noch ein Kreuz auf die Stirn und küsst mich, was mir peinlich ist. Er ignoriert diesen Vorfall galant. Ich geniere mich, als ich merke, wie er mich beneidet, weil meine Mama noch lebt. Um keine trübsinnigen Gedanken aufkommen zu lassen, betreten wir ein geschlossenes Abteil und ziehen die Vorhänge zu. Sid hat als Wegzehrung einen Sechserträger mitgenommen. Warum Sid Sid heißt, weiß er übrigens selber nicht. Laut Taufschein heißt er Severin, aber nicht mal sein Vater nennt ihn so. Wahrscheinlich ist Sid einfach eine verunglückte Abkürzung seines Vornamens. Auch die Entstehungsgeschichte von Breitis Spitzname ist langweilig. Zuerst dachte ich, alle nennen ihn so, weil er so oft besoffen ist, aber Breiti ist nur die Abkürzung seines Nachnamens. Wenn die beiden allerdings mich aufziehen wollen, nennen sie mich Romy, weil ich unschuldig, theatralisch und geheimnisvoll wie Romy Schneider bin.

Sids Lerneifer ähnelt meinem, er plant seine Mittelschulkarriere gleich sorgfältig. Wie ich steht er auf vier »Genügend«, wird aber zur Matura zugelassen. Sid hat ebenfalls den Mathekönig seiner Klasse verpflichtet, ihm wöchentlich gratis Nachhilfe zu geben. Auch sonst ist er umtriebig. Er schleicht regelmäßig in den Lehreraufenthaltsraum und stöbert in den Unterlagen der Professoren herum, weil er hofft, etwas Verwertbares zu finden. Mit seiner Spürnase erschnüffelt er jede Lateinschularbeit. Bedauerlicherweise bunkert sein Mathelehrer keinerlei Lehrmittelunterlagen im Konferenzzimmer, weshalb Sid fieberhaft nach sonstigen Hinweisen sucht. Er hat bereit die Jahresberichte der letzten zwanzig Jahre auf die zu erwartenden Aufgabenstellungen durchforstet. Nur die Idee, wirklich zu lernen, missfällt ihm verständlicherweise; er wird höhere Mathematik nie mehr brauchen.

Mit dem ersten Schluck aus der zweiten Bierflasche erreichen wir den Villacher Hauptbahnhof. Wir kennen weder Breitis Wohnadresse noch haben wir einen Zeitpunkt ausgemacht, an dem wir uns treffen. Breiti hat uns aufgetragen, zum Leo zu kommen, eine angeblich urige Kneipe in einer schmalen Seitengasse der Innenstadt. Villach ist weitläufiger als Lienz, doch schon nach zwanzig Minuten und ohne uns zu verirren, sind wir am Ziel. Wir entern das Lokal. Niemand, den wir kennen, aber auch kein anderer Gast sitzt dort. Das finden wir nicht ungewöhnlich, es ist schließlich Donnerstag dreiviertel sechs und da werden die meisten Villacher Eishockey spielen, auch in Lienz ist um diese Zeit tote Hose. Die Einrichtung gleicht jener vom »Alt Lienz«; eine klassische Bierstube mit dicken, dunkel gebeizten Echtholztischen, Steinmauergewölbe und Bierschank. Natürlich schenkt der Wirt hier kein Falkensteiner vom Fass aus, wir sind schließlich in Kärnten. Überall kleben Trinkersprüche auf Aufklebern wie »Wanderer, hier enden deine Schritte«. Auch ein paar Bilder mit Landschaftsmalereien, denen wir keine herausragende kunstgeschichtliche

Bedeutung beimessen, schmücken die Wände. Unsere ganze Aufmerksamkeit gilt der Bierkarte, Leo bietet als Vollprofi sechs offene Bier vom Fass an. Wir bestellen uns kein Villacher, aber zwei große Hirter, um die Einheimischen gleich mal ein wenig zu necken.

Endlich taucht Breiti mit Stella und einer feiermotivierten Gruppe auf. Unserer Freundschaftsdelegation zu Ehren bleiben sie morgen geschlossen dem Unterricht fern. Breiti stellt uns seine Leute vor: Wurmi und Seppi besuchen beide die HTL und Seppi hat seine Freundin Hannah mitgenommen, dazu noch deren Freundinnen Elfie und Anne. Wurmis Spitzname ist selbsterklärend, er schaut aus wie ein frisch geschlüpfter Wurm mit Knollennase, zusammengeknautschtem Gesicht und man möchte ihn sofort knuddeln. Seppi schaut weniger niedlich als furchterregend gut aus. Er und Hannah scheinen sich zu mögen, sie wohnen schon zusammen, sitzen auch hier nebeneinander und halten die ganze Zeit Händchen. Hannah ist einen Kopf kleiner als Seppi, hat ein rundliches Gesicht, mittellange dunkelblonde Haare und noch jede Menge Babyspeck an den Hüften. Mein Blick bleibt bei Elfies Freundin hängen. Die hat mich schon bei der Vorstellungsrunde nett angesehen.

Anne hat höchstens fünf Millimeter kurze Haare, so kurz wie Sinéad O'Connor, nur knallrot gefärbt statt dunkelbraun. Tellergroße braune Augen dominieren ihr ebenmäßig ovales Gesicht und sie trägt knallroten Lippenstift, den sie sehr dick aufgetragen hat. Ohrringe oder sonstigen Schmuck trägt sie keinen. Ich habe mich verliebt! Ich weiß nur noch nicht, wie ich mit ihr ins Gespräch kommen soll. Breiti hat es sich neben Elfie gemütlich gemacht. Seine Freundin habe ich mir ganz anders vorgestellt. Sie trägt einen Pagenkopf, ist ziemlich klein und hat breite Hüften. Sie ist nicht unbedingt eine Katalogschönheit, dennoch versprüht sie eine unerklärlich starke sexuelle Ausstrahlung. Sie schaut einen an und man weiß sofort: Diese Frau genießt ihr Leben und kümmert sich nicht um ihr Übergewicht. Diese Kärntner Mädchen wirken überhaupt aufgeschlossener als ihre Osttiroler Geschlechtsgenossinnen.

Wurmi steigt hinter meinem Rücken über die Holzbank und sagt: »Ich muss pro Bier zweimal pissen. Gestern hab ich neun Bier getrunken, jetzt kannst du dir ausrechnen, wie oft ich noch hinter dir drübersteigen werde. Oder magst lieber Platz tauschen?« Nach dem dritten Bier muss ich auch aufs Klo. Am Rückweg zum Tisch kommt mir Anne entgegen. Wir schauen uns an, ich nehme ihre Hand, halte sie einen Moment lang und dann küssen wir uns. Das war nicht schwer. Ihre Wimpern sind unglaublich dicht. Anne verschwindet Richtung Toilette und ich setze mich wieder... Beim vierten Getränk bin ich schon ziemlich besoffen. Ich habe noch nie so trinkfeste Mädchen erlebt. Anne trinkt schneller als ich und spricht noch klar und deutlich. Breiti küsst mit Elfie, Seppi mit Hannah, ich mit Anne, Sid streitet mit Stella und Wurmi unterhält uns mit Schwänken aus seinem Leben. Obwohl er zu viel trinkt, ist er Vorzugsschüler und er gesteht mir, er trinkt vor allem deshalb, weil er bei seinem Äußeren kaum Frauen kennenlernt. Er hat selber eine Schwäche für Anne. Alle finden ihn nett, weil er lustig ausschaut, küssen will ihn dann aber doch niemand.

Ich bin erst seit drei Stunden hier. Anne wird gleich

merken, wie wenig ich vertrage. Ich gehe schon wieder auf die Toilette, um mich mit kaltem Wasser abzukühlen und trinke zwischendurch einen Espresso zur Ausnüchterung; vier Bier sind meine Obergrenze. Im Unterschied zu den Anwesenden, inklusive der Mädchen, bin ich ein lausiger Amateurtrinker. Mir ist schon ein bisschen schlecht. Ich frage Breiti, wo er wohnt und ob er mir seinen Schlüssel gibt, damit ich vorgehen kann. Meine Kondition ist erschöpft und morgen geht die Sauferei ja weiter. An zwei Tagen hintereinander habe ich überhaupt noch nie Alkohol getrunken.

Als mir Breiti seinen Schlüssel geben will, fragt mich Anne, ob ich nicht lieber bei ihr schlafen möchte. Da habe ich mehr Platz und bei diesem Angebot kann ich schlecht Nein sagen. Ich gebe Sid 20 Euro zum Zahlen und verabrede mich für 10 Uhr zum Frühschoppen. Kärnten ist ein Schlaraffenland! Ich schnappe mir meinen Rucksack und versuche mir den Weg einzuprägen, damit ich morgen wieder ins Wirtshaus finde. Ich kann mein Glück kaum fassen – Anne sieht tatsächlich aus wie die Sängerin aus dem Video von »Nothing Compares 2 U«. Ich versuche, möglichst wenig zu wanken und einen nüchternen Eindruck zu erwecken. Vor einem unscheinbaren Reihenhaus bleibt Anne schließlich stehen. Sie schleust mich in ihr Schlafzimmer und wir legen uns angezogen hin. Obwohl ich sie noch nicht ausziehe, höre ich mein Herz pochen. Ich bin aufgeregt, weil ich mir Sorgen mache, ob sie merkt, wie unerfahren ich bin. Sie wirkt weltmännischer und abgebrühter als ich. Weil ich es nicht wage, sie auszuziehen, erledigt Anne das selber. Sie liegt in Strümpfen und BH neben mir, doch das sehe ich nicht, weil es dunkel ist. Ich spüre es aber, weil sie plötzlich meine Hand nimmt und damit langsam über ihren Körper fährt. Schlagartig bin ich nüchtern. Ich gleite über ihre Brüste zu ihrem Bauchnabel und streichle ihre Beine. Ich ziehe mich ebenfalls aus und nun liegen wir halbnackt nebeneinander da. Anne hat eine kräftige und tiefe Stimme und sagt:

»Du bist ein Süßer. Nicht dass du denkst, ich bin eine Schlampe für eine Nacht. Ich bin nicht so gut aufgelegt im Moment. Letzte Woche bin ich draufgekommen, dass mein Freund eine Zweitfreundin hat, ohne mir was zu sagen. Die Kärntner sind alle notgeile Deppen. Du hast eh keine Freundin, oder?«

Diese Frage beendet meine Euphorie; ich habe Sonja vergessen. Ich bin weniger besoffen als panisch. Ich werde Sonja einfach verlassen, wenn ich sie wiedersehe. Streng genommen instrumentalisieren Sonja und ich uns nur gegenseitig. Sie will einen schüchternen Mann zum Knutschen, ich brauche ein Trostpflaster nach der Pleite mit Stella. Sonjas Aufgabe ist es, mein ramponiertes Selbstbewusstsein aufzupolieren. Mit Anne will ich wirklich zusammenkommen. Was soll ich antworten? Sie ist verletzt worden und ich kann ihr schlecht sagen, ich hätte auf meine Freundin vergessen, als ich sie gesehen habe. Also sage ich nichts.

Als ich aufwache, ist Anne schon weg. Sie hat mir auf einen Zettel aufgezeichnet, wie ich zum Leo komme. Sie wird nach der Schule zu uns stoßen. Mit Lippenstift hat sie auf die Nachricht einen Kussmund gedrückt; ich stecke ihre Notiz in meine Brieftasche. Ich bin verkatert und überlege, wie ich mich Anne gegenüber verhalten soll. Ich möchte ihr von Sonja erzählen und dass ich die auch sofort verlassen will, weil ich sie kennengelernt habe. Den klitzekleinen Schönheitsfehler, mit Anne rumgeknutscht zu haben, ohne ihr von meiner Freundin zu erzählen, kann ich leicht erklären: Ihr Anblick hat jeden Gedanken an Sonja unwiederbringlich getilgt.

Ich gehe schleunigst zum Leo, um mein Kopfweh aktiv mit einem Guten-Morgen-Bier zu bekämpfen. Annes Plan ist exakt, sogar die Straßennamen stimmen, und ich erreiche ohne Probleme das Lokal. Für die drei Tage habe ich 50 Euro Reisekasse mitgenommen. Ich war meinen Opa besuchen und er hat mir diese enorme Summe einfach so zugesteckt mit dem Hinweis, die Kärntner Mädchen seien die besten. Ich habe mir seinen Ausspruch damit erklärt, dass er eine Kärntnerin geheiratet hat. Seit dem Auftauchen Annes entpuppt sich Opas Spruch durchaus als Weissagung. Breiti, Sid, Seppi und Wurmi sitzen schon motiviert am Stammtisch. Seppi erzählt mir, dass mich Anne gestern geküsst hätte, weil sie seine Zweitfreundin gewesen wäre. Seppi war richtig erleichtert, als sie mich mit nach Hause genommen hat. Auch Breiti kommentiert anerkennend meine neue Eroberung: »Anne ist ein guter Fang. Elfie hat mir erzählt, du hast ihr gleich gefallen. Wegen deines Aussehens findet dich normalerweise keine gut.«

Das erste Bier schmeckt mir überhaupt nicht; ich muss mich überwinden, schon wieder Alkohol zu trinken. Wurmi und Seppi laden uns zu sich nach Hause ein, weil sie ein altes Haus bewohnen und man dort billiger als im Gasthaus trinken kann. Eine Anlage haben sie auch und der Sound ist dort besser als beim Leo. Sid und ich streichen kurzerhand unsere geplante Platteneinkaufstour. Alle Burschen schwänzen die Schule, während die Frauen brav den Unterricht besuchen. Stella hat eine gute Ausrede, sie schreibt eine Englischschularbeit. Bald habe ich einen Aufgewärmten; ich sollte langsamer trinken, weil ich ja später noch mit Anne reden will. Das Bier vertreibt routiniert mein schlechtes Gewissen wegen Sonja und als Anne gemeinsam mit Elfie und Stella das Lokal betritt, kann ich gerade noch reden, ohne zu lallen... Anne sieht heute noch besser aus als gestern, nur trägt sie schwarzen statt roten Lippenstift. Sie küsst mich zur Begrüßung mit ihrer Zunge, bestellt sich ein Bier und setzt sich gleich neben mich. Heute werden wir miteinander schlafen.

Kurz vor Ladenschluss kaufen wir eine Kiste Bier und gehen zu Wurmis und Seppis Wohngemeinschaft. Ich breche auf der Couch zusammen und schlafe ein. Ich wache erst auf, als mich jemand an der Schulter unsanft rüttelt. Ich schaue Sonja ins Gesicht... Was macht die denn hier? Die Situation ist sehr unübersichtlich. Sid redet auf Stella und Anne ein. Sonja wollte mich überraschen und ist spontan nach Villach gefahren, um mit mir unsere erste Liebesnacht zu verbringen. Stella hat ihr von mir und Annes spontaner Zuneigung erzählt und Sonja ist jetzt fuchsteufelswild. Ich suche Annes Blick. Sie wirkt etwas geknickt. Sonja schimpft mit mir: »Romed, du bist echt ein Arsch. Ich fahre nur wegen dir her, um dich zu überraschen. Und du machst mit anderen Frauen rum. Mit uns ist es aus. Ich fahr' wieder heim. Du bespringst doch alles, was dir über den Weg läuft!« Weil ich auf frischer Tat erwischt worden bin, fällt mir keine Ausrede ein. Wer rechnet schon mit Sonja in Villach? Sie kanzelt mich noch als Schwerenöter ab und dann verschwindet sie wieder. Wenigstens hat sie keine arge Szene gemacht und mir Bier über den Kopf geschüttet oder meinen Rucksack auf die Straße geworfen.

Ich will wissen, wie es Anne geht. Ich muss mich um sie kümmern. Ich setze mein gewinnendstes Lächeln auf, aber kann ihren Blick nicht richtig einordnen.

»Ihr Tiroler seid nicht besser als die Kärntner. Dabei habe ich dir von meiner Enttäuschung erzählt. Ich dachte, du wärst ein wenig rücksichtsvoller. Ich finde dich extrem nett, ich wollte dich fragen, ob wir miteinander gehen. Das geht jetzt nicht mehr.«

»Anne, tut mir leid. Es hat mich wegen dir voll geflasht. Ich habe mich extrem verknallt und kann nur mehr an dich denken. Mit der Sonja hätte ich sofort Schluss gemacht am Montag. Ich steh nur auf dich.«

»Das glaub ich dir, aber so einfach ist das nicht für mich. Du schläfst deinen Rausch auf der Couch aus und dann taucht deine Freundin auf. Ich muss das erst einmal verdauen.«

So schnell gebe ich Anne nicht auf, ich hole mir ein Bier und nehme ihr gleich eines mit.

»Jeder hat eine zweite Chance verdient. Trinken wir ein Bier und feiern weiter. Ist ja nix passiert«, sage ich und zucke mit den Schultern.

6
Murder Inc. forever

In Lienz gibt es nur eine Handvoll übler Schläger und die haben Sid und Breiti schon richtig verdroschen. Mich verschonen sie, weil einer von ihnen mit mir die Taewkondo-Klasse besucht. Als mich ihr Anführer niederhauen wollte, hat er ihn regelrecht zurückgehalten: »Lass den, den kenne ich vom Kämpfen. Der ist zwar ein schwuler Gymnasiast, aber sonst in Ordnung.« Dann sind die Brutalos einfach abgezogen. Seither lässt mein Ehrgeiz beim Kämpfen dramatisch nach. Ein Ruf als Killermaschine reicht aus, um in Ruhe gelassen zu werden. Meine Freizeitgestaltung verschiebt sich unwiederbringlich vom Kämpfen mehr und mehr in Richtung Feiern. Die besten Kämpfe sind bekanntlich die vermiedenen und beim Biertrinken brauche ich noch wesentlich mehr Übung, um mit Sid und Breiti mitzuhalten. Breiti trinkt doppelt so schnell und die dreifache Menge von mir. Er kann ein großes Bier in einem Zug austrinken. Bei einem solchen Tempo würgt es mich. Peinlicherweise muss ich schon kotzen, wenn ich vier Bier trinke. Das ist unangenehm, wenn ich herumtorkle und es nur noch mit letzter Kraft auf irgendein Klo schaffe.

Ich will mir gerade von der Bar im Club K2 ein Bier holen, als mir ein Typ mit Lederjacke und langen Haaren den Weg verstellt.

»Hey, Kasperl, stell‘ dich hinten an!«

Ich lache ihn aus und stänkere gleich zurück:

»Na ja, ein Adonis bist auch nicht grad.«

Was ist denn das für Einer? Den habe ich hier noch nie gesehen.

»Wo sind hier die geilen Weiber?«

»Gibt’s bei uns überall, aber leider gehen die hübschen Mädchen nur selten aus. Wir wohnen in Lienz«, antworte ich ungerührt.

Warum lerne immer ich die Verhaltensauffälligen kennen? Ich nehme dem Fremden ein Bier mit. Der Mann mit der Lederjacke heißt Moritz und ist Vorsitzender des Motorradclubs »Murder Inc.«. Er zeigt mir stolz das Abzeichen auf seiner Jacke und eine Pistole, die er unter seiner Jacke trägt. Er macht einen auf Rocker, aber irgendwie finde ich ihn eher lustig als beängstigend. Moritz öffnet die Flasche mit seinen Zähnen. Das beeindruckt mich mehr als seine lächerliche Schreckschusspistole. Er will mir sein Motorrad zeigen und fragt mich, ob ich mit ihm eine Runde fahren mag. Ich winke ab. Biker finde ich lächerlich, was ich aber für mich behalte. Moritz merkt mein Desinteresse:

»Bist leicht ein Popper-Schwein, wenn du dich nicht für Motorräder interessierst? Dann habe ich was für dich. Ich bin der Herausgeber der Musikzeitschrift ›Sonic News‹. Wir sind sowas wie das ›Rolling Stone‹, nur halt nicht so hängengeblieben wie diese Szene-Opas. Wir sind das Sprachrohr einer neuer Generation.«

Einen Verleger habe ich noch nie kennengelernt.

»Lässig, du machst eine Musikzeitschrift?«

»Klar! Gitarren, Bikes, Trommeln, Frauen und ein

bisschen Punkrock.«

Moritz ist beeindruckt, weil ich als Landbewohner The Cure kenne.

»Magst für uns schreiben? Du könntest neue Platten rezensieren.«

Vom Fleck weg hat er mich engagiert, nicht einmal Textproben will er. Bislang habe ich nur im Rahmen eines Schulprojektes einen Konzertbericht für den »Osttiroler Boten« verfasst, aber das stört ihn nicht.

»Ich will Frischfleisch. Ich bin 25 und ein Opa. Wir brauchen jemand, der die Stimme der Jugend glaubwürdig rüberbringt.«

Ich nicke zustimmend. Moritz bietet mir sogar Geld an, was mich sofort von der Ehrenhaftigkeit meines neuen Bosses überzeugt.

»Ich weiß, das ist nicht viel, aber du bekommst gratis Platten und wenn du gut bist, stellen wir dich fix an!«

Dieses Gespräch wird immer besser. Gratis Platten und mit dem Schreiben auch noch massig Geld verdienen, ist deutlich besser als mein letzter Ferialjob im Betonwerk.

»Und du kannst umsonst Konzerte besuchen, wenn du für ›Sonic News‹ Konzertberichte schreibst.«

Ich bin endgültig im Paradies! Moritz ist ein echter Macher.

»Na dann, lass‘ uns auf unsere Partnerschaft anstoßen. Und jetzt zeig‘ ich dir meine Maschine, ob du willst oder nicht.«

Diesen kleinen Gefallen mache ich meinem neuen Boss gerne. Vor dem Vereinshaus parkt seine Harley-Davidson. Er erklärt mir alle technischen Details des Motorrades und streichelt dabei zärtlich über den Tank. Er lebt in

Wien und kennt sich in Lienz nicht aus. Er trinkt sein Bier ex aus und wirft die Flasche auf den Boden. Moritz wird von einer dreiköpfigen Entourage begleitet. Wenn er winkt, kommen sie wie auf Kommando. Er stellt mir seine Gefolgschaft vor: seinen Bruder Manni, einen kahlköpfigen Koch namens Löffler und seinen persönlichen Bodyguard Schnee. Schon sein Bruder und der Koch wirken mit ihren Lederjacken, Tattoos und Ohrringen gefährlich. Beide tragen Totenkopfringe und braune Cowboystiefel mit Fransen. Schnee spielt noch einmal in einer ganz eigenen Liga. Moritz' Leibwächter ist ein Zweimeterschrank mit langen Haaren, Jesusbart und mächtigem Bauch. Der wiegt sicher 120 Kilo. Schnee hat seine bis zu den Schulterblättern gehenden Haare kunstfertig zu zwei Zöpfen geflochten. Als wir einander vorgestellt werden, nickt Schnee nur. Er spricht den ganzen Abend kein Wort und hält sich schweigend in Moritz' Nähe auf; als ob er sein Schatten wäre. In seinem Gürtel steckt ein Messer und in seiner mit einem »Murder Inc.« verzierten Gürteltasche lugt ein Geldbündel heraus. Die Geschäfte der Gang scheinen zu florieren. Woher Schnee seinen Spitznamen wohl hat?

Alle vier fahren Harley-Davidson, was anderes kommt für sie nicht in Frage. Ihr Fuhrpark fällt am Parkplatz des Jugendclubs auf. Der Rest der Gäste kommt zu Fuß, mit dem Fahrrad oder mit gebrauchten Mofas. Autos oder schwere Maschinen kann sich keiner von uns leisten. Lienz ist so klein, da müssen wir uns auch mit den Rockern arrangieren. Immer nur mit Sid und Breiti abzuhängen, ist sowieso langweilig. Sid war übrigens nicht begeistert, als die Rocker plötzlich an der Theke des Club

K2 auftauchten. Aber sie einfach rauskicken können wir nicht. Die haben zu viert sicher 100 Kilo mehr als wir und Moritz trägt eine Pistole. Bei dem traut sich nicht mal Sid rumzupöbeln; der hat im Augenblick aber sowieso ganz andere Sorgen. Er hat sich von Stella getrennt, weil die auf der Problemparty in Villach, während ich geschlafen hatte, mit Breiti am Klo geschlafen hat, nachdem der wieder aus dem Suff aufgewacht war. Damit schließt sich der Kreis: Breiti hatte Stella ja ursprünglich für mich aufgerissen. Als sie sich von mir trennte, weil ich nicht mit ihr geschlafen habe, sprang Sid für mich in die Bresche. Da ist es nur konsequent, wenn Breiti mit Stella jetzt zusammenkommt. Die beiden gehen nicht nur gemeinsam in Villach zur Schule, sie harmonieren auch optisch am besten miteinander. Und sein Draufgängertum gefällt den Frauen.

Ich versuche, mehr über meinen neuen Arbeitgeber herauszufinden. Moritz ist ein komischer Kauz; er öffnet auch das zweite Bier mit seinen Zähnen und präsentiert mir voller Stolz ein Klappmesser. Zum Bier isst er drei Toasts, die er in einem Bissen runterschlingt. Nach dem Imbiss fragt er mich, ob er einen durchziehen kann.

»Klar ist Rauchen erlaubt, siehst du doch.«

Moritz lacht: »Doch keine Zigaretten, du Depp. Wir wollen einen hübschen Ofen vernichten.«

Soweit ich ihn verstehe, will er etwas Verbotenes tun. Ich habe keinerlei Erfahrung mit Rauschgift und frage Breiti um Rat.

»Ich hab' das mal in Villach probiert, aber bei uns ist es unmöglich, so was zu organisieren. Leider!«

»Also wir haben nichts«, sage ich Moritz.

»Ich frag dich nicht, ob du was zum Rauchen hast, sondern ob wir was Rauchen können.«

»Ach so, nein, hier nicht, da hinten steht ja unsere Betreuerin. Aber wir könnten einen Stock höher, dort sind wir völlig unter uns.«

Moritz nickt, Breiti ist begeistert.

»Wir können nur gewinnen«, spricht er mir Mut zu.

Mir ist etwas mulmig zumute, mit den wilden Rockern alleine zu sein. Moritz lästert über unser Königreich:

»Was ist denn das für eine Bruchbude? Gibt's hier Jack Daniels?«

Ich gebe den Rockern Bier und beobachte Schnee, wie er sorgfältig drei Blatt Zigarettenpapier aneinanderklebt und Tabak aus seinem Beutel dazu gibt. Anschließend nimmt er eine nussgroße braune Masse in die Hand, erwärmt diese mit seinem Feuerzeug und bröselt kleine Stücke in den Tabak. Aus dieser Mischung dreht er eine ansehnliche Zigarette.

»Das ist echtes Haschisch«, staunt Breiti, »seit Monaten bin ich unfähig, sowas aufzustellen. Cool, dass du diese Rocker angekarrt hast. Die sind unser Schlüssel zu einem entspannten Sommer.«

Ich bin mir nicht sicher, ob ich mitrauchen will. Unser Religionslehrer hat mir den Konsum von Zigaretten mit Krebsbildern und seinem Leitspruch »Ich bin stolz, Nichtraucher zu sein« verleidet. Ich bin Kampfsportler, warum soll ich Rauschgift probieren? Diese Droge ist sicher nicht ohne Grund illegal, sie muss gefährlich sein. Sid, Breiti und Stella wirken weniger ängstlich als ich. Moritz lobt unseren Musikgeschmack, lästert aber weiter über die Einrichtung:

»Könnt ihr euch keine anständige Bar mit Hockern leisten? Was soll's, ich werde mit dir dennoch die Friedenspfeife rauchen. Du bist ja ab sofort mein jüngster Redakteur.«

Wie auf Befehl reicht ihm der Zwei-Meter-Turm den Joint. Moritz beißt die Spitze ab, spuckt den Inhalt auf den Boden, worüber ich großzügig hinwegsehe, und zündet sich das Gerät an. Er inhaliert langsam und schließt die Augen. Er nimmt noch einen zweiten, tiefen Zug.

»Nicht schlecht das Zeug, Schnee. Besorg mir davon einen Deka.«

Moritz gibt den Ofen an Schnee weiter. Der raucht zwei Züge, dann sein Bruder und der Koch. Der Joint wird kleiner und kleiner, endlich kommt Breiti an die Reihe. Er nimmt hastig zwei Züge. Nun ziehe ich kurz an und inhaliere. Ich huste, weil das Zeug im Rachen kratzt.

»Bist du Anfänger?«, erkundigt sich Moritz.

»Nichtraucher.«

»Okay, dann gib' mal den Ofen her.«

Er nimmt den Joint, dreht ihn um, steckte ihn mit der Glut voraus in seinen Mund und winkt mich zu sich. Ich stehe direkt vor seinem Gesicht und er bläst mir Rauch in meinen offenen Mund. Mit dieser Technik kühlt er den Rauch und ich muss nicht husten, erklärt er mir. Der Rauch schlängelt sich durch meine Luftröhre, aber leider spüre ich nichts. Drogen zu rauchen, habe ich mir spannender vorgestellt. Mir ist nur heiß, aber auch das ist normal. Mir ist immer zu heiß. Ich spüre keinerlei euphorisierende Wirkung. Moritz hat mich sicher verarscht und wir rauchen hier Schuhpasta oder Kuhmist.

Ich fahre enttäuscht heim und plane am nächsten Tag

Themen und Sponsoren für unsere Maturazeitung. Wie schon bei der Suche nach einem geeigneten Klassensprecher ist außer mir keiner da, um diese undankbare Arbeit zu machen. Immer bin ich der einzige, der sich bereit erklärt, die Drecksjobs zu erledigen. Ich übernehme also konkret die redaktionelle Koordination, das Korrekturlesen und den Druck der Zeitung. Dabei versuche ich, die Druckkosten durch Werbung und Anzeigenerlöse wieder einzuspielen. Schließlich will die ganze Klasse mit dem Gewinn aus dem Zeitungsverkauf nach der mündlichen Matura gemeinsam Pizza essen gehen. Beim Anzeigenkeilen bin ich sehr erfolgreich. Ich habe zwei Autohäuser besucht und drei Banken; ohne Termin und Vorankündigung habe ich mich durchgefragt, bis ich bei den Zuständigen für die Werbung war. Drei Anzeigen habe ich ihnen angedreht. Bei meinen Verkaufsgesprächen habe ich betont, dass wir eine Auflage von 1.000 Stück planen. Ich habe so argumentiert:

»Wenn unsere Klasse 21 Schüler hat, muss jeder Mitschüler nur 20 Stück verkaufen, was dann schon mehr als 400 verkaufte Fixexemplare ergibt. Die restlichen 600 sind schon vorab verkauft, schließlich besuchen unsere Schule insgesamt 850 Schüler. Mit dieser Zeitung erreichen sie die Osttiroler Jugendlichen ohne Streuverluste. Wir sind die authentische Stimme der Jugend.« Zusätzlich habe ich den Werbeverantwortlichen Straßenverkauf an den Wochenenden versprochen und ihnen naseweis erklärt: »Wir müssen sicher nachdrucken, weil unsere Zeitung brisante Enthüllungsgeschichten über unsere Lehrer enthält.« Ohne nachzufragen oder zu verhandeln, haben sie mir schließlich Geld gegeben.

Meine Anzeigenkeiler arbeiten fleißig. Sie haben alle Bäcker, Installateure und sonstigen Kleinunternehmer abgeklappert, die sie von ihren Vätern her kennen. Insgesamt haben wir schon zehn Anzeigenseiten verkauft. Wir sind überrascht, wie leicht es ist, Geld aufzutreiben. Und auch bei den Maturavorbereitungen geht was weiter: Mit der Leseliste bin ich durch, meine Mathematiklücken habe ich geschlossen und meine Endnotenprüfungen zwischen drei und vier in Deutsch und Englisch habe ich erfolgreich gemeistert. Und ich habe mir einen Ferienjob beim städtischen Wasserwerk gesichert. Ich brauche dringend Geld und es gibt schlechtere Arbeiten, als Quellschutzgebiete in den Bergen einzuzäunen und bei schlechtem Wetter Wasserzähler umzutauschen. Die Arbeit als Hilfsinstallateur ist sicher abwechslungsreich und wird im Unterschied zu der eines Hilfstankwartes sensationell gut bezahlt; 1.000 Euro für vier Wochen spülen viel Geld in meine Partykasse.

Das Lernen fällt mir immer schwerer, auch im Unterricht hören wir nichts Neues mehr. Ich bekomme eine leichte Panikattacke, weil ich mir einbilde, mit jedem konsumierten Bier wertvolle Mathematikformeln zu vergessen. Abseits der Schule gibt es interessante Neuigkeiten: Breiti hat die Schule geschmissen, ist zurück nach Lienz gezogen und hat eine Lehre als technischer Zeichner begonnen. Die Umstellung vom Schüler- zum Erwerbsleben macht ihm weniger zu schaffen, als wieder bei seiner Mutter einzuziehen. Für uns ist das weniger ein Problem, da Breitis Mutter nichts dagegen hat, wenn wir bei ihr vorglühen.

Trotz steigenden Bierkonsums verlaufen die Wochenenden ohne Höhepunkte und meist nach dem gleichen Schema ab: Ein Bier bei Breiti, ein zweites im Alt Lienz, ein drittes im Hoppla und dann ziehen weiter in den Club K2. Wir etablieren diese Route auf der verzweifelten Suche nach Frauen. Doch es ist wie verhext, überall wo wir auftauchen, sind keine Frauen. Sonja hat ihre Drohung wahr gemacht und unsere Fummeleien beendet. Anne hat mir auch nicht verziehen und in Lienz scheint sich die Frauenwelt geschworen zu haben, so lange unterzutauchen, bis ich maturiert habe. Die einzigen Frauen, die wir regelmäßig treffen, sind Miriam und ihre beste Freundin Petzi. Petzi sieht ein wenig verrucht und wild aus mit ihren blonden, halblangen Haaren, ihren üppigen Lippen und den zu eng geschnittenen T-Shirts. Sie erinnert mich ein wenig an die Schauspielerin Kim Basinger in »9 1/2 Wochen« und auch an die Sängerin Kim Wilde. Aus irgendeinem Grund mag sie mich nicht, sie scheint sich eher für Breiti zu interessieren, doch der ist an Stella vergeben. Miriam hingegen ist mir nie aufgefallen, aber sie scheint mich nett zu finden.

Woche für Woche treffen Breiti und ich die beiden Mädels, wobei mich Petzi ignoriert, obwohl ich sie scharf finde, während mich Miriam erwartungsvoll angrinst, bis ich spontan einen Plan fasse. Wenn ich nur genug Bier trinke, werde ich mein Desinteresse nicht mehr bemerken und dann mit ihr schlafen. Nicht irgendwann, sondern heute und das innerhalb der nächsten zwei Stunden. Ansonsten sehe ich keine Möglichkeit mehr, meine Unschuld vor der Reifeprüfung zu verlieren. Lieber schlafe ich mit einer Frau, die ich nicht kenne, als mit keiner zu schlafen. Breiti ahnt nichts von meinem bescheuerten Plan. Er unterhält sich mit Petzi und ich mich mit Miriam. Ich schlage ihnen vor, in die altehrwürdige Brathendlstation »Haus Lerche« zu gehen, weil ich vom vielen Biertrinken hungrig bin. Die Lerche ist ein Landgasthaus mit dickem Holzboden und Tischen mit billigen Plastiktischtüchern, wo überall schwere gusseiserne Aschenbecher draufstehen und Falkensteiner Bierdeckel rumliegen. Wir gehen her, wenn wir ein halbes Brathendl essen, das gibt es hier um leistbare 3 Euro und ein kleiner Kartoffelsalat ist auch dabei. Mit Bier und Trinkgeld kostet das insgesamt 6 Euro, was meinem halben Wochenbudget entspricht, weshalb ich beschließe, meine Werbeeinnahmen von der Maturazeitung anzuknabbern und Breiti hat mich indirekt auf eine neue Einnahmequelle gebracht: Ich verkaufe Stück für Stück meine Münzsammlung, die ich seit Kindertagen gehortet habe. Das meiste sind nur kleine Münzen, aber der Silberpreis steht gerade hoch. So reich war ich noch nie und mein Geld muss schleunigst unters Volk gebracht werden.

Wir bestellen uns vier Halbe Falkensteiner vom Fass. Für Nicht-Lienzer schmeckt das Osttiroler Bier viel zu herb. Doch wir sind damit aufgewachsen und lieben es, weil es süffig wie kein zweites ist. Breitis Urgroßvater hat als Maschinenschlosser einst die Brauanlage zu Falkenstein installiert. Wir stoßen auf seinen Opa an und lästern über die zwei Pensionisten am Nachbartisch, die Bierwärmer ins Bier stecken. Bier muss kalt sein! Meines steigt mir ganz schön in den Kopf, mir ist heiß und ich greife Miriam auf den Oberschenkel. Sie nimmt meine Hand und führt sie zu ihrem Hosenschlitz. Ich interpretiere das als Einladung, stehe auf und nehme sie mit aufs Klo.

Ich bin unentschlossen, ob wir aufs Herrenklo oder aufs Damenklo gehen sollen und entscheide mich spontan für die Frauentoilette. Ich öffne eine Tür, schiebe Miriam vor mir hinein und sperre dann zu. Miriam setzt sich nieder auf die Toilette, ich bleibe stehen und öffne meine Hose. Ich fühle mich blöd, weil ich mit meinem schlaffen Ding direkt vor ihrem Gesicht herumwedle. Ich stecke ihr meine Zunge in den Mund und greife auf ihre Brüste. Leider wird mein Penis nicht hart, ich bin überhaupt nicht erregt. Warum auch? Eine Fremde kniet vor mir. Breitis Stimme befreit mich aus dieser misslichen Lage:

»Romy, das Hendl ist fertig. Kommt endlich essen.« Was hat der in der Damentoilette zu suchen? Was mache ich hier? Wir ziehen uns wieder an; Miriam scheint die Situation nicht besonders peinlich zu sein. Ich muss mich zusammenreißen. Ich nehme sie an der Hand und wir gehen wieder raus. Während wir essen und Bier trinken, werde ich immer betrunkener. Wir verdrücken das Hendl in Rekordzeit, ich zahle, verabschiede mich vor dem Lokal schnell von Breiti und Petzi, nehme Miriams Hand und beginne zu rennen. Der Gasthof ist nur zwei Gehminuten von unserer Bude entfernt und ich habe einen biologischen Auftrag zu erfüllen. Komischerweise ist die Eingangstür unten versperrt, nicht einmal der Club K2 hat heute offen. Ich krame in meiner Tasche und suche nach einem Schlüssel. Ich finde ihn nicht. Ich überlege wieder. Hinter dem Vereinshaus ist eine kleine Wiese. Ich schiebe Miriam dort hin und wir legen uns nieder. Es ist schon dunkel. Ich ziehe ihre Hose runter bis zu den Knöcheln und ihr Oberteil stülpe ich rauf bis zu den Schultern. Ich fummle an ihrer Unterhose rum. Auch meine Hose ziehe ich aus. Sie reagiert überrascht:

»Der ist ja noch immer so klein. Ist dir kalt? Soll ich ihn den Mund nehmen?«

Lieber sterbe ich jungfräulich als auf dieser kalten Wiese zu bleiben. Miriam hat sich jemanden verdient, der sie mag. Jeder Mensch verdient einen respektvollen Umgang. Ich ziehe mir meine Hose wieder an.

»Miriam, entschuldige, vergiss das alles. Ich bin betrunken.«

»Habe ich etwas falsch gemacht?«

»Nein, passt schon, es liegt an mir. Tut mir leid, ich muss heim.«

Ich drücke ihr schuldbewusst einen Kuss auf die Wange und lasse sie alleine stehen. Ich wage nicht, mich umzudrehen und beschleunige meinen Schritt. Sechs große Bier sind mein neuer persönlicher Rekord und drücken auf meine Blase. Ich uriniere beim Laufen an eine Häuserwand und renne dann weiter bis zum Mofa. Ich bin eindeutig nicht mehr fahrtauglich, aber ich fahre die vier Kilometer Bergstrecke seit Jahren und noch nie hat mich die Gendarmerie erwischt. Diese Serie wird auch heute weitergehen. Ich entsperre das Schloss und beschließe, über den Feldweg und nicht auf der asphaltierten Straße zu fahren. Das ist die idiotensichere Variante. Das Mofa startet. Mehr als 45 Stundenkilometer fährt die alte Mühle nicht, bergauf schafft sie nicht mal kümmerliche 20. Der Feldweg ist mir dann aber doch zu dunkel, weil es dort keine Straßenbeleuchtung gibt und ich überhaupt nichts sehe. Ich verlasse ihn und fahre zurück auf die Straße. Alles ist ruhig. In dreihundert Metern kommt die Linkskurve vom Jochen-Bauer, wenn ich die erreiche, habe ich es geschafft. Ich fahre in einer komischen Schlangenlinie. Ich sehe den Straßenrand vor mir, rutsche weg und fahre direkt ins Feld hinein. Beim Bremsversuch stürze ich und bleibe einfach liegen. Das nächste, was ich spüre, ist, wie mir Benzin über mein Hosenbein rinnt. Mir tut nichts weh und ich habe mir auch sicher nichts gebrochen. Also bleibe ich liegen und schaue mich um. Im Feld zu liegen, ist wunderschön. Über mir leuchten die Sterne. Es sind Hunderte und ich beginne, sie zu zählen. Das Mofa liegt neben mir und ich könnte die ganze Nacht so liegen bleiben. Wenn das ganze Benzin ausgeronnen ist, muss ich die Mühle eben nach Hause schieben. Im Feld fühle ich mich pudelwohl. Aus der Dunkelheit höre ich eine Stimme. Ein Autofahrer hat mich gesehen und ist stehen geblieben:

»Brauchst du Hilfe? Ist was passiert?«

Ich habe noch meinen Helm auf und bin mindestens zwanzig Meter von der Straße entfernt. Wie bin ich hierhergekommen und warum sieht mich der Autofahrer? Nie hat man seine Ruhe. Der Typ soll weiterfahren. Ich antworte:

»Nein, nein, alles in Ordnung. Danke der Nachfrage. Heute ist Vollmond und ich mag die Sterne so gerne. Ich liege nur herum und fahre bald nach Hause. Machen Sie sich keine Sorgen. Ich habe mit dem Bauern gesprochen und er hat mir erlaubt, dass ich auf seinen Feldern herumliegen darf. Ich bin der Bub vom Raggler aus Oberdrum.«

Hoffentlich lalle ich nicht zu stark. Der Mann, dessen Gesicht ich nicht sehe und dessen Stimme ich nicht kenne, ist mit meiner Antwort zufrieden. Er steigt ins Auto und fährt weiter. Ich bin wieder mit meinen Sternen allein. Miriam gegenüber habe ich mich richtig grausam verhalten. Auch sie hat ein Recht auf Liebe. Das Benzin fühlt sich so wohlig warm an und tröstet mich. Ich will ewig hier liegen bleiben und schlafen. Es nützt aber nichts, ich muss weiterfahren. Ich stelle das Mofa auf, starte es noch im Feld und fahre im Schritttempo bis zur Straße. Bei der verdammten Kurve bin ich schon beim Rodeln öfters rausgeflogen. Diese Kurve mag mich einfach nicht. Im Schlafzimmer der Eltern brennt kein Licht mehr. Ich ziehe meine Jeans aus und bringe sie gleich in den Waschraum. Morgen muss ich für meine benzingetränkte Jeans noch eine taugliche Ausrede finden.

Beim Aufstehen schmerzt mein Kopf wie nach dem verlorenen Kampf und dazu auch mein Schienbein. Ich kann kaum gehen, ich muss irgendwo angestoßen sein oder was gerammt haben... Ich bin wohl glimpflich davongekommen und kann mich an nichts mehr erinnern. Das Vokabellernen fällt mit den Schmerzen noch schwerer als sonst. Ich beschließe, lieber Rap zu hören und so Englisch zu lernen. Die meisten Wörter lerne ich ganz nebenbei beim intensiven Studieren amerikanischer Pornorapper. Ich kann alle Schmuddelreime von Too Short auswendig nachrappen wie: »Young and tender, sweet Denise, get her in the bed and the girl‘s a beast…« Bei der Englisch-Matura hilft mir dieses Vokabular leider nur bedingt weiter.

Bald ist der ganze Spuk vorbei. Ich werde mein Ausgehen einschränken, doch ohne Weggehen lerne ich keine Frauen kennen. Moritz und seine Motorradgang tauchen wieder unangekündigt in unserem Kneipendreieck auf und beteiligen sich spontan am Feiern ohne Grund.

Schnee hat sich mittlerweile mit Breiti angefreundet. Genauer gesagt, hat Breiti ihn als wertvolle Quelle für die Beschaffung illegaler Drogen angezapft. Breiti konnte Schnee auch problemlos zum Verkauf winzig kleiner Mengen Haschisch überreden, während er mir nichts verkaufen will: »Bin doch nicht blöd, dir was zu verkaufen, du schaust so jung aus. Ich bin kein Dealer und mache mich strafbar, wenn ich an Kleinkinder verkaufe.«

Schnee, den seine Kumpels manchmal »Würger« nennen, weil er so kräftig ist, dass er die Feinde ihrer Gang – Vespa-Fahrer, Menschen in Anzügen, Menschen, die sich Krawatten binden können, Menschen, die freiwillig lesen, Menschen, die AC/DC schlecht finden – nur unter Zuhilfenahme seiner rechten Hand fünfzehn Zentimeter in die Höhe heben kann, kurz durchschüttelt und dann fallen lässt. Ich habe seine Kraftakte selbst gesehen und muss daher sein Nein akzeptieren. Wenn er mir nichts verkaufen will, springt eben Breiti ein. Der sieht verwegen und erfahren aus, er ist kein rotwangiger, gut genährter Landjunge mit freundlichem Lächeln wie ich. Selbst wenn ich vor dem Polizeiposten kiffen täte, würde ich bei den Exekutivbeamten damit durchkommen, weil ich so unschuldig aussehe. Breiti ist generell etwas draufgängerischer als ich. Er hat rausgefunden, dass Schnee gelegentlich in der einzigen Rockerkneipe von Lienz, dem schlicht »Strasser« genannten »Café Großglockner«, abhängt. Diesen Schuppen meiden wir eigentlich. Dort hängen nur die Rocker in zu engen Jeans und Lederjacken ab. Bilderbuch-Rocker, die in Zeitlupe Bier aus der Flasche trinken und Karten spielen. Schnee ist der Mann mit den Drogen, weshalb Breiti seine geschmäcklerischen

Bedenken überwindet und den Beginn unserer heutigen Gasthaustour beim Strasser veranschlagt.

Alles ist hier abgewohnt und schäbig. Eine lange Schenke aus hellbraunem Holzimitat und einem kleinen Glaskasten darauf, wo Mannerschnitten und Soletti gestapelt sind, verstärkt die Trostlosigkeit des Raumes. Die Tische sind ebenfalls aus billigem, hellem Kunstholz, dazu Bänke mit vergilbten Plastikbezügen und Plastikstühle im Raiffeisengrün. Übertroffen wird die Geschmacklosigkeit der Einrichtung nur von der Hässlichkeit der anwesenden Gäste. Zwei Bauernbuben aus meinem Dorf sind auch da. Sie haben sich durch Maibaumdiebstähle in den Nachbargemeinden einen gewissen Ruf erworben. Sie arbeiten als Holzfäller in Bayern und fahren nur an den Wochenenden nach Hause, um sich zwei Nächte lang zu besaufen. Ich grüße mit einem stummen Nicken – das macht man so bei uns im Dorf –, um ihnen Respekt zu erweisen und gleichzeitig zu zeigen, ich will nicht reden. Sie sind überrascht, mich zu treffen. Einer nickt anerkennend zurück, der glaubt mit Sicherheit, ich bin noch immer Ministrant. Ich gehe weiter in das Hinterzimmer und entdecke eine Treppe, die nach unten in den Keller führt. Dort befindet sich ein Partyraum mit einer winzigen Tanzfläche, einer kleinen Bar und einer Anlage mit CD-Player. Schnee legt auf, vor der Bar steht Breiti mit Stella und Petzi. Breiti ist blendender Laune. So zufrieden wie er grinst, muss er mindestens ein Gramm Haschisch abgestaubt haben. Ich hole mir ein Bier und frage ihn, ob er erfolgreich war und ob wir dieses Loch bald verlassen können. Bis auf Stella und Petzi sind erwartungsgemäß keine Frauen da. Breiti schüttelt den Kopf.

»Nein, leider. Der Schnee sagt, derzeit gibt es nichts zum Rauchen in ganz Osttirol. Vielleicht in ein, zwei Monaten wieder.«

Warum ist Breiti dann so fröhlich? Da fällt mir auf, dass er seine linke Hand um die Schulter seiner Freundin – meiner Ex-Freundin – gelegt hat und seine rechte reichlich dreist am üppigen Hintern von Petzi klebt. Was ist da los? Er grinst mich wieder an, nimmt mich bei der Schulter und geht mit mir ein paar Schritte weg von den Mädels.

»Romed, hast du zufälligerweise deinen Schlüssel für die Pfadfinderbude dabei? Petzi will mit mir einen Dreier machen. Ich kann nicht zu mir nach Hause. Jetzt kommst du ins Spiel: Ich habe sie gefragt, ob ich dich auch mitnehmen darf. Petzi wollte nicht, aber Stella hat sich für dich ins Zeug gelegt und gemeint, du küsst recht gut und bist schüchtern und machst nichts, was eine Frau nicht ausdrücklich will. Bist dabei?« Er grinst mir aufmunternd zu.

Das ist meine allerletzte Chance! Warum soll ich beim ersten Mal nicht gleich mit zwei Frauen und meinem Freund schlafen? Sozusagen eine kleine Orgie zum Auftakt meiner Geschlechtsverkehrskarriere. Stella habe ich schon geküsst und Petzi will ich küssen, seit ich sie kenne. Hoffentlich muss ich nicht auch mit Breiti rummachen. Wenn es auf der Bude dunkel ist, wird niemand meine Aufregung bemerken. Aber was soll ich tun, wenn die Mädchen sehen, dass Breitis Schwanz größer ist als meiner? Wenn wir nebeneinander pissen, wirkt sein Penis viel mächtiger als meiner. Werden sie nur ihn wollen und mich als Nassauer bloß dulden? Hier, beim »Strasser«, werde ich keine Antwort bekommen. Ich muss es einfach probieren. Peinlicher als die Aktion mit Miriam kann das unmöglich werden. Ich zittere.

Wir gehen zurück zu den Mädchen. Ich leere mein Bier in drei Zügen und bestelle ein neues. Ganz nüchtern traue ich mir Gruppensex nicht zu. Breiti umarmt wieder beide Mädels und ich stehe etwas abseits. Ich glaube nicht, dass sie mich unbedingt dabeihaben wollen, ich bin nur der Schlüsselmann. Ich kann doch nicht in der Öffentlichkeit meine Ex-Freundin, die mit einem meiner zwei besten Freunde liiert ist, ausgreifen, und bei Petzi traue ich mich das sowieso nicht. Das habe ich schon probiert, jedes Mal hat sie mir dann auf die Finger geklopft. Ich werde mich also unauffällig verhalten und wenn Breiti gehen will, einfach mitgehen. Beim ersten Mal gleich mit zwei Frauen zu schlafen, ist der gerechte Ausgleich zu meiner bisherigen Pechsträhne. Stella hat lange, schwarze, glatte Haare und ist spindeldürr, während Petzis Hintern so groß ist wie bei den Frauen auf den Plattencovern der 2 Live Crew. Eine Platte habe ich mir nur wegen der Bikinimädchen gekauft. Besser wäre es natürlich, mit den beiden Schönheiten ohne Breiti rumzumachen, aber ohne ihn hätten sie mich nie eingeladen. Es ist sehr kameradschaftlich von ihm, mich mitzunehmen; er ist nett zu mir, seit ich ihn kenne. Man kann eben nicht alles planen, die guten Sachen passieren spontan. Wenn sich Petzi so über den Tresen beugt, füllt ihr Hinterteil ihre Jeans gut aus. Ich würde gerne draufgreifen, gebe meinem Drang aber nicht nach. Die Gefahr, dann wieder einen Klaps von ihr zu bekommen und ausgeladen zu werden, ist zu groß.

Breiti trinkt aus und bestellt nichts mehr. Ganz Gentleman der alten Schule wartet er, bis die Mädchen mit ihren Getränken fertig sind. Dann spazieren wir los. Wir gehen nebeneinander her und ich vermeide jeden Körperkontakt. Auch Breiti umarmt nur Stella, die links von ihm geht. Rechts von ihm spaziert Petzi und ich gehe neben ihr. Als wir ankommen schlage ich vor, noch kurz im Parterre in den Club K2 zu schauen, ob jemand da ist, den wir kennen. Breiti winkt ab und geht gleich direkt in den ersten Stock. Ich schließe die Türe auf. Wir gehen hinein und schweigen. Wir steigen einer nach dem anderen auf das Hochbett, zuerst Breiti, dann Stella, dann Petzi, schließlich ich. Beim Raufgehen stütze ich ihren mächtigen Popo mit meiner Hand. Sie beschwert sich nicht, was ich als positives Zeichen werte. Wir machen es uns auf der Matratze bequem. Breiti beginnt, Stella zu küssen. Dann lässt er Stella los und sie kommt zu mir. Stella küsst mich, es ist schön, sie wieder zu küssen. Ich schaue zu, wie Breiti Petzi ausgreift. Ihn stört es nicht, wenn sie mit mir rumknutscht. Jetzt möchte ich mit Petzi knutschen. Ich schubse Breiti weg und bin mit meinem Gesicht zehn Zentimeter von ihr entfernt. Ich spüre ihren Atem, dann küsse ich sie. Sie öffnet ihren Mund. Sie gefällt mir ausgezeichnet. Petzi küsst wie ein schlimmes Mädchen. Ich greife ihr auf den Busen und spüre ihre Wärme. Sie unterbricht mich: »Ich kann das nicht«, sagt sie, »ich wollte nur mit Breiti und Stella rummachen und nicht mit dir.«

Sie klettert die Leiter hinunter und verlässt den Raum. Breiti küsst weiter Stella. Sie sind im Infight und er hat ihr Oberteil angezogen. Kurz überlege ich, ob ich mitmachen soll. Die beiden sind eindeutig genug mit sich selbst beschäftigt und brauchen keinen Parasiten. Also gehe ich

Petzi nach. Sie steht vor der Eingangstür und raucht eine Zigarette.

»Romed, nicht böse sein, du hast Miriam ganz schön fies behandelt. Ich finde dich nett und so, aber sie ist meine beste Freundin und sie war die ganze Woche mies drauf wegen dir. Sie zuerst aufs Klo zu schleppen und dann im Park einfach abzuhauen, ist letztklassig. Und ich soll mit dir quietschfidel rummachen… Ich kann das nicht, ich muss dauernd an Miriam denken«, erklärt sie mir.

Mit Petzi wird das nichts mehr. Über meinem ersten Mal liegt ein Fluch; ich gebe auf. Von nun an setze ich mir keine idiotischen Zeitlimits mehr. Bis auf die Sexsache läuft es mit den Frauen sonst gut. Ich lerne ständig welche kennen und muss erstaunlicherweise nicht viel tun, damit sie mich mögen. Bis auf weiteres werde ich mich nur mehr mit meiner Matura und der Maturazeitung beschäftigen.

Ich glaube ja, ich verfüge über eine ausschließlich meinem Geldmangel geschuldete kriminelle Energie oder – netter ausgedrückt – eine profunde Geschäftstüchtigkeit, die auf gutem Kopfrechnen basiert. Weil ich so wenig Taschengeld bekomme, brauche ich dringend andere Einkommensquellen. Ich bin nicht stolz darauf, aber ich habe vom Erlös aus den Inseraten fast die Hälfte für mich abgezweigt. Ich nenne das Aufwandsentschädigung, nicht Betrug. Dieses Wort trifft es am besten. Es war viel Arbeit, die Marketingabteilung der Banken und die Autohausbesitzer um Inserate anzuschnorren und sämtliche drei Lienzer Kopiergeschäfte abzuklappern, um mit ihnen den günstigsten Kopiertarif auszuhandeln. Insgesamt 300 Euro haben wir eingenommen, 100 habe ich mir abgezweigt. Ich bin Chefredakteur und Verkaufsleiter, kein anderer wollte sich diesen Job antun. Insofern ist dieses Geld eine Prämie für mein erhöhtes Risiko, bei der schriftlichen Matura zu versagen. Meine Kollegen können sich zu 100 Prozent vorbereiten, während ich ständig Sachen organisiere.

Gestern habe ich noch einen Comiczeichner überredet, uns gratis eine Illustration für das Cover zur Verfügung zu stellen. Unser Klassenvorstand thront auf einem Dichterstuhl und hält dabei eine Weltkugel in seiner linken Hand. Diese Zeichnung ist nicht rasend originell, aber sie sieht gut aus und Ratzinger wird seine Freude haben. Ich muss nur noch ein paar Artikel zensurieren und umschreiben. Erstaunlicherweise haben die Schleimer, Fleißigen und Vorzugsschüler unserer Klasse diese Porträts dazu benutzt, die Lehrer mit einer Welle von Hass, Verachtung und persönlichen Beleidigungen anzuschütten. Das würde sicher den schulinternen Verkauf ankurbeln, ist aber kurzsichtig gedacht. Sie hatten verdammt lang Zeit, um ihr Verhältnis mit den Lehrern zu regeln. Nachzutreten und die Maturazeitung als Racheorgan zu missbrauchen, erlaube ich nicht. Unsere Lehrer sind keine Geistesgrößen, aber ungut waren sie auch nie. Sie sind nette Menschen. Die Zeitung soll für alle eine harmlose Erinnerung sein, kein Organ für aufgestaute, unverarbeitete Probleme. Das wäre den Lehrern gegenüber nicht fair. Sie sind fachlich wenig motiviert, brennen eben so wenig für die Wissenschaft, aber das machen meine Mitschüler und ich ja auch nicht. Es muss traurig sein, sein ganzes Berufsleben mit schwitzenden jungen Männern und Frauen zu verbringen, die lieber Comics als Tageszeitungen lesen. Die Texte sollen ironisch, nicht zynisch geschrieben werden. Lateinlehrer Stolz hat mir erklärt, dass Humor erheitert, Ironie irritiert und Zynismus zerstört. Ich sehe das Projekt »Maturazeitung« weniger emotional, es ist ein gutes Geschäft. 200 Euro abzüglich meiner Risikoprämie werden wir Reingewinn machen. Da gehen sich neben Pizza für alle auch noch zwei Bier pro Kopf aus. Solche Kalkulationen fallen mir viel leichter als Tangentialgleichungen. Doch leider reicht auch meine illegal eingestreifte Risikoprämie nicht aus, um meine laufenden Kosten zu decken.

Ich habe daher begonnen, eine weitere Einnahmequelle zu erschließen, welche ebenfalls die Ernsthaftigkeit meiner Maturavorbereitungen untergräbt. Die ermüdenden Diskussionen mit dem Lienzer Plattenverkäufer, warum er bestimme Platte nicht bestellen kann und mein Geschmack viel zu ausgefallen ist, haben mich gezwungen, alternative Besorgungswege zu erschließen. Zugfahrten nach München zum WOM kosten monatlich zu viel Geld, die kann ich mir nur zweimal jährlich leisten. Meine Lebensrettung liegt im Wörtchen »Mailorder«. Ich habe die Plattenvertriebe Sacro Egoismo in Wien und Flight Muzik im Wuppertal entdeckt, die mich regelmäßig mit wertvollen Tonträgern versorgen. Auf diese Weise habe ich 150 Platten angehäuft, was allein mit Ferienjobs und Taschengeld niemals zu finanzieren gewesen wäre. Ich habe damit begonnen, Tapes für die Musikliebhaber zusammenzustellen und aus dem Rucksack heraus im Club K2 zu verkaufen. Das Geschäft läuft gut, ich kaufe die Kassetten um 2 Euro ein und verkaufe sie um 10 Euro weiter. Von jedem Tape verkaufe ich eine streng limitierte

Auflage von 50 Kassetten, das Ganze soll schließlich exklusiv bleiben. So verdiene ich zusätzlich 400 Euro alle zwei Monate, was bei monatlichen Plattenkäufen von 100 Euro immerhin ein beachtlicher Gewinn auf das investierte Kapital ist. Außerdem spekuliere ich mit einer langfristigen Wertsteigerung meiner Plattensammlung: In dreißig Jahren wird sie bestimmt viel wert sein. Der Kassettenverkauf hat außerdem eine soziale Komponente, ich lerne wie von Zauberhand neue Menschen kennen. Die Chefin vom Jugendklub, Margit, hat meine soziale Ader erkannt und seitdem dürfen Breiti und ich auch jeden zweiten Samstag dort auflegen, was weitere Gratiswerbung für meinen Kassettenverkauf bedeutet. Auflegen ist zu viel gesagt, weil wir kein Geld für zwei Plattenspieler, zwei CD-Player oder ein Mischpult haben. Wir spielen die Platten nacheinander ab, zwischendurch gibt es betriebsbedingte Pausen. Nach der Musiknachhilfe bekomme ich von Breiti nun auch angewandten Aufklärungsunterricht.

»Wenn du Frauen kennenlernst, musst du immer mit der Dreiklang-, oder noch effizienter, mit der Fünfklangtechnik arbeiten.« Ich habe keine Ahnung, wovon er spricht. »Wenn du ans Ziel willst, brauchst du einen Plan. Zuerst küssen, dann Busen und dann erst untenrum. Das ist der klassische Dreiklang, Noch besser ist es nach dem Busen ihren Nabel zu küssen. Du musst beobachten, ob sie sich räkelt und ob sie sich windet. Wenn sie kurz still hält vor Verzückung, ist das ein Zeichen für dich, aktiv zu werden. Ich schwöre, bei mir funktioniert das immer so. Leg‘ dich dann einfach drauf und schieb‘ ihn rein. Nicht zu schnell, aber wenn sie nass ist, hast du eh schon gewonnen.« Ich freue mich, dass Breiti mir sein Wissen nicht vorenthält. Beim Auflegen hat er im Unterschied zu Frauen gar keine Technik.

Wir sind weniger Discjockeys als Plattenvorspieler, doch wir sind die einzigen, die die zwingenden Hits auflegen. Wir bekommen nichts bezahlt, aber wir dürfen gratis Bier trinken. Weil im vom Land Tirol subventionierten Jugendklub offiziell harte Getränke verboten sind, wir aber als Plattenaufleger gewisse Sonderrechte haben, dürfen wir als einzige mit der Chefin Wodka trinken. Seit wir das erste Mal den Club K2 betraten, haben wir ihn Stück für Stück übernommen. Wir legen auf, wir verkaufen Kassetten und Sid schläft seit Kurzem mit der zweiten Betreuerin. Elisabeth ist fünf Jahre älter als er, was wir besonders cool finden. Margit ist noch älter, wahrscheinlich über dreißig. Sie macht um ihr Alter ein großes Geheimnis. Sie ist jung geblieben, säuft mit uns und lässt uns in Frieden unseren Geschäften und Frauengeschichten nachgehen. Das Vereinshaus ist mit dem Club K2 und der Pfadfinderbude meine zweite Heimat geworden. Aber wie in jedem Paradies gibt es auch hier Neider.

Im Vereinshaus befindet sich zwischen dem K2 und unserer Bude im ersten Stock wie erwähnt noch ein weiterer Verein, eine Mittelschülerkartellverbindung namens »Salurn zu Lienz«, und mit deren Mitgliedern krachen wir regelmäßig zusammen. Wir kennen die meisten dieser Tränen von der Schule. Auch Sids Vater ist bei diesen Kerzenschluckern. Sid nennt die Salurner eine Ansammlung von verhaltensauffälligen Minderleistern, die so beschränkt sind, dass sie nicht einmal Frauen als Mitglieder akzeptieren. Ein Verein ohne Frauen ist total bescheuert.

Diese Mitgliederklausel ist bei diesen Affen aber reiner Selbstschutz. Die Vereinsmitglieder sehen mit ihren Filzhüten, Farbbändern und Anzügen lächerlich aus; selbst wenn sie wollten, bekämen diese Sonderlinge keine Frauen ab. Die meisten sind dort nur dabei, weil der Direktor des Gymnasiums Schüler, die in seiner Verbindung Mitglied sind, nie durchfallen lässt – das ist ein offenes Geheimnis, selbst wenn die meisten Salurner die geistigen Fähigkeiten einer Bergziege haben. Sid und mich wollten sie auch anwerben. Wir haben aus politischen, moralischen und ästhetischen Gründen abgelehnt. Seitdem suchen die Salurner ständig Streit, wenn wir uns im Club K2 gemischtgeschlechtlich gut unterhalten, während sie einen Stock höher stupide Lieder in ihre Biergläser reinträllern.

Die Salurner sind so beschränkt, sie haben sogar einen geregelten Ablauf beim Saufen, an den sie sich strikt halten. Sie nennen diese Verhaltensregeln »Comment« und man darf nur zwischen den Liedern trinken. Wenn es etwas Positives über die Salurner zu sagen gibt, dann die Tatsache, dass sogenannte »Alte Herren«, das sind erwachsene, berufstätige Mitglieder der Verbindung, den aktiven Mitgliedern gelegentlich ein Fass Bier spendieren. Steht ein solches freudiges Ereignis an, verständigt uns unser Mittelsmann sofort und wir gehen uneingeladen einen Stock höher, um den Salurnern ihr Bier wegzutrinken. Sie hassen es, wenn wir das tun und wir lieben es, wenn sie uns hassen. Die hauptberuflichen Militärfreaks und die Rockergruppe von Moritz treten dann als unsere Privatarmee auf. Wenn die Salurner mit der Polizei drohen, lachen wir nur und schenken uns frisches Bier nach.

Moritz legt sich dabei unter das Bierfass.

Ich sollte eigentlich lernen, denke aber lieber über unsere Privatfehde mit den Salurnern, neue Geschäftsmodelle und meine erbärmliche Kopulationsfrequenz, die eine Nichtfrequenz ist, nach. Unter solchen Gedankensprüngen leide ich schon, seit ich ein Kleinkind war. Meine Mutter hat mich deshalb zu einem Kinderpsychologen geschleppt, da sie sich Sorgen machte, weil ich ständig gleichzeitig drei verschiedene Dinge erzählte, plante und durchführte. Der Doktor hat nur gemeint, ich sei schnell unterfordert. Was bringt mir dieser Befund? Natürlich habe ich mich während der Schulzeit gelangweilt; ich führe diesen Überdruss nicht auf meine, von einem Psychologen aufgrund einiger weniger Gespräche sicher nicht aussagekräftig abgetestete und daher nur behauptete, Intelligenz zurück. Vielmehr liegt das Problem an meinen Zweifeln. Worin besteht der Sinn, eine Schule zu besuchen, deren einzige Funktion der Erwerb eines Zeugnisses ist, um anschließend zu studieren? Diese Frage kann ich noch immer nicht richtig beantworten. Wassermann gab mir den Rat, ich solle mir nicht den Kopf über Dinge zerbrechen, die ich nicht ändern kann. Ich sollte lieber Dinge verändern, die ich aktiv angehen kann. Ich weiß, er meint es nett, für mich klingt das allerdings resigniert. Er hat mir auch empfohlen, autogenes Training zu machen, um mich besser auf das Lernen konzentrieren zu können. Dabei bin ich sehr einfallsreich, um nicht lernen zu müssen. Ich habe meinen Vater erst neulich gefragt, ob ich ihm den Rasen mähen darf. Er hat nur gelacht und gefragt, ob ich krank bin. Und als ich meiner Mama freiwillig angeboten habe, Geschirr zu waschen, ihr das

Sonntagsschnitzel zu panieren und beim Gurkensalat zu helfen, hat sie nur erstaunt den Kopf geschüttelt.

7
Bin ich Anne Frank oder möglicherweise gar ein entlaufener Sklave?

Als ich das erste Mal seit meiner Firmung einen Anzug anziehe und mein Vater mir die Krawatte bindet, weil ich diese Kulturtechnik nicht beherrsche, kann ich den Beginn meiner schriftlichen Matura nicht länger verdrängen. Ich schaue mich im Spiegel an, in Anzügen wirke ich abartig. Von der Krawatte fühle ich mich beengt, wie soll ich bei dieser Atemnot klar denken können? In der Schule sind auch alle übertrieben aufgeregt. Ratzinger begrüßt mich und teilt mir einen Platz zu; wir sitzen alle einzeln an unseren Tischen, damit wir nicht schwindeln können. Die festliche Kleidung der Lehrer und Schüler hat etwas Lächerliches an sich. Babsi und Johanna tragen allerdings gut geschnittene Kleider mit weiten Ausschnitten. Wenn die vor mir Platz nehmen würden, könnte ich mich unmöglich auf dic Matura konzentrieren. Vor mir sitzt aber nur mein persönlicher Mathematiknachhilfelehrer, der beeinflusst meine Konzentrationsfähigkeit keineswegs negativ.

Der Direktor, Ratzinger und ein Typ, den ich nicht kenne, begrüßen uns und erklären uns die Regeln. Wenn ich auf das Klo will, muss ich mich formal abmelden und werde von einem Vertrauenslehrer dorthin begleitet, damit ich auch beim Pissen nicht schwindeln kann. Langsam werde ich doch nervös. Ich zittere ein wenig und meine Hände schwitzen unangenehm. Was soll schon groß passieren? Ich muss nur einen Aufsatz in meiner Muttersprache schreiben, beruhige ich mich. Die Gedichtinterpretation nehme ich nicht, ich entscheide mich für die Erörterung. Die Lehrer lieben sozialkritische Aufgabenstellungen. Sicher kommt etwas über die Regenwaldrodung, korrekte Mülltrennung oder über die Gräuel der Nazizeit. Ich muss kein Gelehrter sein, um die Vorlieben meiner Lehrer zu kennen. Es überrascht mich also wenig, als mir Ratzinger den Zettel mit den Aufgaben gibt und dort das Gedicht »Blick in den Strom« von Nikolaus Lenau steht. Das nehme ich sicher nicht, obwohl ich die Strophe »Hinträumend wird Vergessenheit. Des Herzens Wunde schließen. Die Seele sieht mit ihrem Leid sich selbst vorüberfließen.« eigentlich meine jetzige Situation perfekt beschreibt. Von Lenau kenne ich auch den Ausdruck »seelenloses Talergelispel«, was als Kritik am Kommerz auch richtig ist und vor allem gut klingt; ich beschließe also spontan, Lenau am Nachmittag zur Entspannung zu lesen. Bingo! Die Erörterung hat die NS-Zeit zum Thema, damit haben wir uns in Religion, Deutsch, Geschichte und in Englisch sowieso anlässlich der Waldheim-Jahrhundert-Affäre bereits ausführlich beschäftigt. Aus welchem neuen Blickwinkel darf ich mich diesem mir nach wie vor völlig unbegreiflichen Thema noch annähern? Aha, das Tagebuch der Anne Frank. »Kann das Schicksal dieses Mädchens auch Vorbild für zivilgesellschaftliches Engagement der heutigen Jugend sein?« Ich lege den Zettel beiseite und überlege kurz.

Jörg Haider, der oberösterreichische Emporkömmling,

der einen auf Kärntner macht und dort Landeshauptmann ist, ist seit 1986 Parteiobmann der Freiheitlichen. Diese Partei habe ich vor Haider fast nicht gekannt, ich wusste nur, dass der Vorgänger von Haider, Norbert Steger, mit einem Pädagogen aus unserer Schule befreundet ist und der Lehrer daher in jedem Satz dreimal das Wort »liberal« verwendet. »Liberal« heißt für ihn, keinen Schüler negativ zu beurteilen. Diesen Haider habe ich mir bei einer Rede am Hauptplatz gemeinsam mit meiner kleinen Schwester angesehen. Er war mir schon vorher unsympathisch, aber seit diesem Auftritt verachte und durchschaue ich ihn. Er hat nur persönliche Beleidigungen gegenüber anderen Politikern ausgeteilt und Schwachsinn geredet. Je dümmer und gemeiner seine Pointen waren, desto mehr haben die Leute um mich herum applaudiert und gelacht. Haider hat gesagt, er wird den Saustall ausmisten und die Innenpolitik umrühren. Um diese dämlichen Sinnbilder zu illustrieren, hat er Kochlöffel verteilt und eine Mistgabel in die Hand genommen. Der depperte Haider hat gegen Ausländer gehetzt, dabei leben bei uns gar keine. Neben Rahim gibt es in unserer Schule noch einen Türken, und Serkan ist mein Kumpel. Im Club hängen ein paar Leute ab, die aus Jugoslawien kommen, die sehen gleich aus wie wir, grillen aber besser. Ich verstehe Haiders Problem nicht; ich habe vielmehr ein Problem mit ihm. Wie er die Leute aufwiegelt, wie er ihre tiefen Gefühle anspricht, wie er sie umschmeichelt und anschleimt. Und sie anlügt, in dem er behauptet, ihre Alltagsprobleme zu kennen und zu verstehen. Dieser Maulheld gibt vor, einer von ihnen zu sein, dabei besitzt er ein ganzes Tal, welches er von seinem nationalsozialistischen Onkel geerbt hat. Anstatt es den rechtmäßigen Eigentümern zurückzugeben, kann er als Großgrundbesitzer sich den Job des Politikers aus Überzeugung leisten und ohne finanziellen Eigeninteressen und Abhängigkeiten widmen. Für Haider ist Politik mehr als ein Broterwerb, er folgt seinen Überzeugungen. Der Mann ist Multimillionär und versuchte sich bei den Osttiroler Arbeitern einzuschleimen. Wir sind zwar arm, blöd sind wir deswegen aber noch lange nicht. In Villgraten haben sie schon vor fünfzig Jahren gegen die verkackten Nazis gestimmt. Wir misstrauen politischen Versprechen, weil wir wissen, wie karg die Ernte in unseren Tälern ist. Haider trägt einen Kärntner Anzug, dabei ist er Oberösterreicher. Der Typ ist weder charismatisch noch lustig. Ich bin nicht Anne Frank und Haider kein Diktator, nur ein mäßig begabter Hetzer, aber ich stelle mir vor, dass es damals in Deutschland so begonnen haben muss. Als die Nazis den Juden die Schuld für ihr eigenes erbärmliches Leben gegeben haben. Also schreibe ich hin, dass es Nazis zu jeder Zeit gibt und Kapitalismus und Wettbewerb die schlechten Seiten des Menschen verstärken. Wir haben in Österreich über 100.000 Arbeitslose, einer meiner Onkels ist auch arbeitslos, von dem weiß ich diese Zahl, und er leidet darunter. Er ist kein Sozialschmarotzer, wie Haider die Arbeitslosen nennt. Er hat nur den falschen Beruf erlernt und muss etwas suchen, was ihm besser gefällt. Jeder soll nach seiner Façon glücklich werden. Das steht so in der Bibel und das hat auch Marx sinngemäß geschrieben, also kann es nicht falsch sein. Aufbauend auf diesen Grundgedanken kritisiere ich den Imperialismus der Vereinigten Staaten und gleichzeitig die UdSSR, weil sie den Grundgedanken des Kommunismus verraten hat. Für noch gefährlicher als Russland halte ich nur die USA. Dieser Reagan mit seiner Star-Wars-Paranoia leidet unter Verfolgungswahn; einen verblödeten B-Movie Schauspieler zum Präsidenten zu wählen, fällt auch nur Amerikanern ein. Sein Nachfolger, George Bush, ist in Kuwait einmarschiert. Zuerst schütten sie den Irak mit Waffen zu und er ist ihr Verbündeter gegen den Iran, zehn Jahre später ist derselbe Irak plötzlich ein Schurkenstaat. In Afghanistan und in Südamerika haben diese Imperialisten auch nur Blödsinn verzapft. Wenigstens ist bei uns in Europa der Eiserne Vorhang Geschichte. Ich schließe meine schriftliche Arbeit mit der Erkenntnis, dass ich doch Anne Frank bin und es meine Aufgabe ist, aktiv gegen den Alltagsfaschismus in Österreich zu kämpfen. Ich bin zufrieden mit meinem Aufsatz und gebe ihn so ab.

Englisch verläuft ebenfalls zufriedenstellend. Tatsächlich kommt eines jener Themen, die Babsi für mich gewissenhaft vorbereitet hat. Ich variiere lediglich Anfang und Ende des Textes, indem ich die Aufgabenstellung als rhetorische Frage einbaue. Das reicht für ein »Genügend«. Bei der Mathematik-Matura bekomme ich hingegen einen Schock, zwei der vier Aufgaben verstehe ich schon beim Durchlesen nicht. Ich will sofort wieder abgeben, aufstehen und wegrennen. Ich schaue zu meinen Nachbarn rüber, das hilft mir leider auch nicht weiter. Ich beschließe, zu kämpfen und löse die beiden Aufgaben, die ich verstehe. Die Beispiele sind gleich aufgebaut, wie die, die ich geübt habe, nur mit anderen Zahlen. Ich muss nichts verstehen, nur rechnen. Das ist einfach, rechnen kann ich ja. Die dritte und vierte Aufgabe erfordern Nachdenken. Ich verfluche mein mangelndes Interesse am Unterricht! Ich strenge mich an und überlege mir einen eigenen Zugang zur Übung. Ich vergesse meine Umwelt und gebe erst ab, als mir mein Lehrer auf die Schulter tippt. Ich habe keine Ahnung, ob meine Lösung stimmt, doch zwei von vier gelösten Aufgaben sind für eine positive Note zu wenig; aber wenigstens habe ich gekämpft. Das ist ein gutes Gefühl. Auch meine Mitschüler sind erschöpft. Babsi meint, sie hätte es verschissen und nun wird das nichts mehr mit unserer weißen Fahne. Das Konzept der weißen Fahne verstehe ich überhaupt nicht. Ich freue mich, wenn wir alle die Matura beim ersten Antritt schaffen, nur warum muss die Schule deswegen eine Fahne hissen? Fahnen mag ich nicht, das hätte ich noch beim Anne-Frank-Aufsatz erwähnen können.

Ich merke, wie ungeübt ich darin bin, mich über einen Zeitraum von vier Stunden zu konzentrieren. Ich will nur heimfahren. Wenn ich Latein noch schaffe, dann ist bis zur Mündlichen eine Ruhe. Stolz zeigt sich bei der Textauswahl gnädig. Statt Tacitus oder Sallust bringt er eine Textstelle von Vergil. Den verstehe ich zwar nicht, aber ich darf ein Wörterbuch zur Hilfe nehmen. Ich komme in den Text nicht richtig rein und brauche lange, bis die Sätze einen Sinn ergeben. Satz um Satz kämpfe ich mich weiter, bis ich fertig bin. Anschließend lese ich mir den ganzen Text noch einmal durch. Erschrocken stelle ich fest, dass es sich um eine Anhäufung nicht zusammenhängender Einzelsätze handelt. Es ergibt keinen Sinn, was ich da geschrieben habe. Mein Text besitzt keinen roten Faden. Die Römer haben ständig Krieg geführt, es kann sich bei diesem Konvolut also nur um eine Gefechtsdarstellung handeln. Als ich meine Übersetzung abgebe, habe ich ein besseres Gefühl als nach der Mathe-, aber ein schlechteres als nach der Deutsch-Matura.

Auf mein Bauchgefühl kann ich mich nicht verlassen, meine strategischen Vorüberlegungen zur Matura waren hingegen goldrichtig, denke ich mir, als ich meine schriftlichen Noten erfahre. Deutsch: »Nicht genügend«, Themenverfehlung. Englisch: »Befriedigend«. Mathe: »Genügend«. Latein: »Nicht genügend«. Zwei »Nicht Genügend« sind viel und könnten den einen oder anderen Schüler durchaus beunruhigen, doch ich fühle mich beschwingt. Dass mir der Ratzinger für meine Alltagsfaschismusbeobachtungen eine Themenverfehlung umhängt ist mir scheißegal, weil ich das Fach mündlich gewählt habe, die Literaturliste schon fast durchgearbeitet habe und ich mündlich niemals durchfallen werde. Ein »Befriedigend« reicht für die angestrebte Gesamtnote »Genügend« vollkommen. Mathematik ist abgehakt und kann ab sofort vergessen werden. Einige meiner Mitschüler haben feierlich ihre Mathematikbücher gleich nach Bekanntgabe der Noten verbrannt, solche kurzsichtigen, affektgetriebenen Handlungen lehne ich ab. Mathematik ist ein spannendes Fach, nur leider zeitintensiv und daher schwer mit meinen anderen Leidenschaften vereinbar. Bleibt nur noch Latein als letztes großes Fragezeichen. Ich bin mir sicher, Stolz, mein alter Pfadfinderkumpel, lässt mich nicht in Stich. Auf seine Güte muss ich spekulieren. Ich habe ihn noch nie um einen Gefallen gebeten und er wird mir von sich aus nicht die Zukunft oder zumindest den Partysommer vermiesen wollen, weshalb er mir mündlich sicher eine leichte Textstelle – wie etwa von

Julius Caesar – zum Übersetzen gibt. Die zweite Frage wird dann eine historische sein und in Geschichte kenne ich mich aus. Mündliche Prüfungen sind zu 80 Prozent Psychologie und ich werde Stolz manipulieren, indem ich mich bei ihm nach zusätzlichen Übungsaufgaben wegen meines »Nicht genügend«, das mich »innerlich zutiefst erschüttert hat«, erkundige. Er soll mir zusätzlichen Lernstoff geben und glauben, ich sei gewillt, mich auf den letzten Metern anzustrengen. Er muss denken, ich sei bemüht, nur leider etwas geistig beschränkt. Er ist ein fortschrittlicher Christ, mein guter Willen und mein aufrichtiges Wollen werden sein Herz bestimmt erweichen.

Auf die Prüfungen in Deutsch und Geografie freue ich mich richtig. Ratzinger wundert sich nur, warum ich mich mit dem Schicksal der Afromestizen und Afroamerikaner derart stark identifiziere und ihm ständig neue Berichte über Sklavenaufstände und autonome Siedlungen in Brasilien, den Südstaaten der Vereinigten Staaten, der dominikanischen Republik und Mexiko auftische. Die Quilombos waren so schlau, dass sie die portugiesische Königsfamilie dazu gebracht haben, die selbstverwalteten Gemeinden und Städte der entflohenen Sklaven als autonome Region mit eigener Gesetzgebung anzuerkennen. Schon 1678 gelang es ihnen, einen »Negerstaat« zu gründen, wie das damals die offizielle Geschichtsschreibung rassistisch nannte. Ratzinger war nicht nur von dieser Geschichte überrascht, ich konnte ihm auch noch die Existenz weißer Sklaven nachweisen. Dieses selbstständige Arbeiten macht mir große Freude und ich ahne, warum ich all die Jahre instinktiv eine Abneigung gegen unsere Lehrpläne verspürt habe. Wir Schüler lernen weder

Denken noch die Wahrheit. Wir lernen nur, gute Untertanen zu sein, die froh sind, wenn sie am Abend fernsehen dürfen. Die Fernsehnachrichten informieren mich nicht, sie sind ein Desinformationskanal wie die Schule. Diese Überlegung wies Ratzinger entschieden zurück; er bat mich, solche provokanten Thesen beim Gespräch mit dem Vorsitzenden zu unterlassen. Ich muss diesem auch meine Sympathie für die Voodoo-Religion verschweigen, weil Ratzinger meint, der Herr Landesbeamte finde Naturreligionen primitiv. Mein Einwand, wonach Voodoo neben guten Rhythmen auch als politischer Widerstand und lokale Sozialarbeit gelesen werden kann und die Aburteilung von Voodoo als Kult einen europäischen Fehlschluss und eine rassistische Umdeutung der historischen Wahrheit darstellt, weil sie als Religion der Fremde zwar in Afrika entstanden sei, dann aber in der neuen Welt weiterentwickelt wurde und insofern gar keine Naturreligion sein könne, überzeugte ihn nicht:

»Das kann durchaus stimmen, nur interessiert das die Kommission sicher nicht. Es ist nur eine Prüfung in einem Nebenfach. Wenn du den Herrn Vorsitzenden so widersprichst wie mir eben, fällst du durch. Ich will dich nach dem 10. Juni nicht mehr sehen. Wenigstens nicht als Schüler. Verstehst du mich?«

Ich überlege. Noble Zurückhaltung kann also meine Abschlussnote positiv beeinflussen. Ratzinger fährt weiter mit seiner Lektion fort:

»Romed, es geht nicht immer darum, Recht zu haben. Es freut mich aber, wenn du dir selbstständig ein Thema erarbeitest und du mir damit zeigst, dass du doch nicht ganz so faul bist, wie ich und meine Kollegen vermuten.«

Er lacht. Ich habe verstanden. Er hat mir soeben den wichtigsten Ratschlag meiner Schullaufbahn erteilt. Ich soll manchmal einfach meine Schnauze halten.

Ab morgen muss ich beim Ausgehen nicht mehr um 24 Uhr zu Hause sein. Ich bin erwachsen und für mein Leben selbst verantwortlich. Mama bringt mir ein paar Baldriantropfen.

In der Schule schüttle ich dem Prüfungsvorsitzenden, einem Nordtiroler Beamten, vor dem alle Respekt haben, artig die Hand. Ich habe Glück und werde als Erster geprüft. Stolz gibt mir – wie erwartet – eine kurze Textstelle aus den Aufzeichnungen zum Gallischen Krieg. Wenn die Frauen nur so leicht auszurechnen wären wie unsere Lehrer! Julius Caesars' Text ist auf dem Leistungsniveau der sechsten Klasse, den folglich selbst ich problemlos übersetze. Auch bei der Frage nach der historischen Bedeutung der Römersiedlung Aguntum in Lavant überzeuge ich die Kommission.

Die Geografie-Fragen sind ebenfalls kinderleicht. Ich kann es mir nicht verkneifen, die USA als kriegslüsternes Imperium zu bezeichnen, als mich der Vorsitzende fragt, wo ich die Parallelen zwischen der antiken und der heutigen Weltmacht sehe. Meine Italienischlehrerin schaut mich entsetzt an und schüttelt den Kopf. Ich sehe keine Notwendigkeit, meine Meinung nicht offen zu vertreten. Inhaltlich mache ich keinen Fehler, ich zähle alle 50 Bundesstaaten der USA auf und füge hinzu, dass die USA um 1850 mit der völkerrechtswidrigen Besetzung der mexikanischen Staaten Kalifornien, Arizona, New Mexico, Colorado und Texas den ersten Schritt zur Unterjochung Lateinamerikas gesetzt haben. Auch der Vorsitzende schüttelt jetzt den Kopf, aber was will er machen? Ich weiß alles und nur weil er amerikahörig ist, darf er mich nicht durchfallen lassen. Mein Gefühl täuscht mich nicht, er gratuliert mir zu einem »Gut«. Der Typ verweigert mir ein »Sehr Gut«, weil ich eine – wie er es nennt – historisch tendenziöse Bewertung abgebe. Ein Zweier ist für mich eine hervorragende Note. Dieses »Gut« hefte ich als Auszeichnung an mein Revers; niemand soll behaupten können, ich mache mich zum Vasallen eines Unrechtsregimes.

Als Krönung kommt Deutsch. Ich denke schon an mein erstes Bier. Ratzinger fragt mich nach den wichtigsten Schriftstellern der Zweiten Republik und wen ich am liebsten lese. Ich nenne Peter Handke, Franz Werfel, Friederike Mayröcker und Franz Innerhofer als meine literarischen Helden:

»Für mich bleibt Franz Innerhofer aus autofiktiver Perspektive aber der bedeutsamste Schriftsteller, weil niemand so detailreich die Verschlagenheit mancher Dorfbewohner schildert. Innerhofer hat das Landleben entzaubert und ich als Oberdrumer kann einige seiner Beobachtungen nur bestätigen.«

Innerhofer, so meine wenig gewagte Schlussfolgerung, war nicht vom Hass auf einen Berufsstand getrieben. Ich stelle ihn etwas altklug in die Tradition des großen Aufklärers Till Eulenspiegel:

»Im Unterschied zum großen Clown hat er die Dummheit der Menschen nicht durch Späße, vielmehr durch düstere Beschreibungen entlarvt. Innerhofers Sprache gleicht durch ihre Schnörkellosigkeit dem kargen Alltag des eintönigen Landlebens.«

Der Vorsitzende widerspricht mir heftig: »Ist die Schönheit Tirols etwa kein Grund, auf unser Land stolz zu sein?«

»Ganz genau, Herr Vorsitzender. Heimatstolz und Nationen sind nur Erfindungen der herrschenden Klasse, um den Arbeitnehmern ihren Teil am Kuchen vorzuenthalten.«

»Sind Sie Kommunist oder Weltverbesserer?«

»Weder noch, ich bin frühchristlich inspirierter Anarchist, der eine Bodenreform in Tirol fordert. Die Agrargemeinschaften haben sich bei uns öffentliches Eigentum unter den Nagel gerissen. Wir Arbeiterkinder müssen Maut zahlen, die Bauern nicht…«

»Das verstehen Sie noch nicht. Seien Sie froh, dass ich diese Wortmeldung nicht benote und als spätpubertäre Entwicklungsstörung abhake. Sie sind etwas zu vorlaut. Wenn Sie mit dieser Einstellung studieren, werden sie scheitern. Ich würde Sie gerne durchfallen lassen, um ihnen eine Lektion zu erteilen, aber ihre Klassenkameraden sind fleißig und nur wegen ihrer verqueren Ansichten sollten wir nicht die weiße Fahne riskieren. Gratulation, Sie haben bestanden.«

Ich kann mich wegen dieser Zurechtweisung nicht recht freuen und will schon protestieren, doch die Italienischlehrerin deutet mir, still zu bleiben. Sie fängt mich ab:

»Mensch, Romed, du weißt nicht, wie knapp das war. Er wollte dich durchfallen lassen wegen deiner schwachen Leistung bei der Schriftlichen. Ratzinger und ich mussten ihn quasi beknien und haben mehrmals auf deine freiwilligen Tätigkeiten in eurer Kirche sowie auf deinen

Einsatz und deine Tätigkeit als Klassensprecher und Redakteur hingewiesen. Was du gesagt hast, darf man in Tirol so nicht sagen. Der Vater vom Vorsitzenden hat die Agrargemeinschaften gegründet. Du hast ihm also unter die Nase gerieben, sein Vater habe die Tiroler enteignet.«

Sie schüttelt halb ungläubig, halb belustigt ihren Kopf. Deswegen war der alte Mann so verärgert! Ich gebe dem Vorsitzenden noch artig die Hand, dann gehe ich raus und erlaube mir einen spontanen Freudenschrei. Meine Mitschüler umkreisen mich. Fragen prasseln auf mich ein, die ich nicht beantworten kann. Ich möchte am liebsten allein sein, muss aber noch warten, bis auch die restlichen zwanzig aus unserer Klasse abgeprüft worden sind. Es gilt also noch drei Stunden in der Schule abzusitzen. Ich bedanke mich bei Babsi, ohne sie hätte ich das alles nicht geschafft.

Kollege nach Kollege kommt freudestrahlend heraus, nur mein ehemaliger Banknachbar und zukünftiger Zivildienstgenosse Jürgen weint. Er ist an der Gedichtinterpretation gescheitert, weil er in der Aufregung nur eine Seite des zweiseitigen Gedichts gelesen und interpretiert hat. Er ist außer sich. Im Unterschied zu mir hatte er keinen Fünfer bei der Schriftlichen. Babsi tröstet ihn. Er ist Niederlagen nicht gewohnt; dieses »Nicht Genügend« wird ihm sicherlich weiterhelfen. Er hat unserer Klasse dadurch die weiße Fahne vereitelt, was bis auf unseren Klassenvorstand jedem völlig egal ist. Außer Jürgen wird keiner von uns jemals wieder die Schule betreten. Wir verabreden uns um 21 Uhr zu einer Grillfeier an einem Wildbach im Nachbarort, wo wir Schulbücher verbrennen, Lieder singen und Zukunftspläne schmieden werden.

Von 21 Mitschülern werden heute nur zehn feiern, ein richtiges Partykollektiv hat sich bei uns leider nicht ergeben. Hauptsache Babsi ist da. Wir sammeln dünne Äste, auf denen wir unser Grillgut aufspießen, wickeln Kartoffeln in Alufolie und beginnen mit dem Grillen. Babsi hat für alle ein paar Salate mitgebracht, Jürgen eine Flasche Schnaps. Er muss sich sinnlos betrinken, er ist als einziger durchgefallen. Die Gespräche schleppen sich einigermaßen mühsam voran. Action kommt erst in die Party, als Johanna einen fremden Jugendlichen in der Nacht erspäht, der sich an unseren Rädern zu schaffen macht und versucht, die Luft aus den Reifen rauszulassen. Jürgen geht zu dem Typen und stellt ihn zur Rede:

»Was machst denn du da?«

»Ich lasse euch die Luft raus. Ihr scheiß Studenten glaubt, ihr seid was Besseres.«

»Wir wollen friedlich feiern und wenn möglich auch wieder mit Luft in den Rädern heimfahren.«

Jürgen greift nach seiner Hand, als ihm der Eindringling zwei Ohrfeigen gibt. Jürgen tropft Blut aus der Nase, er ist schockiert und sagt nichts mehr. Babsi reagiert am schnellsten und geht zu den beiden hin.

»Warum bist du so aggressiv? Wir haben dir nichts getan. Bitte geh‘ oder ich ruf‘ die Polizei.«

Der Typ glotzt uns böse an. Er schnaubt. Hoffentlich haut er Babsi nicht auch noch eine runter. Ich kenne den Kerl. Es ist Rislan Werner, ein stadtbekannter Schläger aus der Peggetzer Barackensiedlung, einen Kopf größer und dreißig Kilo schwerer als ich. Ich stehe direkt vor ihm und sage ruhig:

»Werner, du bist viel kräftiger als wir. Du kannst uns locker zusammenschlagen. Das weißt du doch.«

»Der Spaß, dem überheblichen Trottel eine reinzuhauen, ist mir locker einen Monatslohn wert.«

»Werner, du kennst mich doch vom Kämpfen früher. Lass uns‘ einfach in Ruhe.« Werner zeigt auf Babsi.

»Die dumme Kuh hat mir mit den Bullen gedroht.«

»Es gibt keine Anzeige. Wir haben nichts gesehen.«

Meine Stimme zittert; ich werde sicher als nächster abgewatscht. Babsi hat ebenfalls Angst.

»Du kannst gerne ein Bier mit uns trinken. Dann siehst du, dass wir eigentlich ganz nett sind.«

»Nein, lass‘ mal. Mit Maturanten trinke ich nichts«, erwidert Walter. Er wirkt ruhiger. »Ich wollte euch nur richtig Angst einjagen.«

Das ist ihm gelungen. Es war einfacher, beim Maturavorsitzenden den Helden zu spielen als hier. Ich senke mein Haupt. Walter zischt noch ein weiteres bedrohliches »Idiotenpack« und verschwindet in der Dunkelheit. Die Mädchen stürmen auf Jürgen zu und verarzten ihn. Er blutet stark. Johanna meint, Werner sei eifersüchtig auf unser Glück und wollte es zerstören. Sein Motiv war rein destruktiv und wenn wir uns die ganze Nacht fürchten, hat er gewonnen. Jürgen lässt sich von Johanna verarzten und wandelt seine Niederlage in einen nachträglichen Gewinn um: Zehn Minuten später küssen die beiden einander. Das ist nun wirklich eine Sensation. Mein vertrottelter Banknachbar knutscht mit der unerreichbaren Johanna. Acht Jahre lang galt in unserer Klasse das ungeschriebene Gesetz, niemals mit einem Mitschüler etwas anzufangen. Ich habe keine Ahnung, wer für wen geschwärmt hat, aber Küsse, Händchenhalten oder Beziehungen gab es nie innerhalb unserer Klassengemeinschaft. Und nun knutschen die beiden. Jürgen ist der Held, der unsere Räder mannhaft und unter Einsatz seines Lebens verteidigt hat. Diese Geschichte erzählt er detailreich und spannend und so lange, bis ich einschlafe.

Als ich aufwache, ist das Feuer bereits erloschen. Neben mir liegt Babsi. Ich beobachte sie und trinke einen Schluck aus einer offenen Bierflasche, der schal und abgestanden schmeckt. Sie sieht süß aus, ich wecke sie und die anderen auf. Es ist schon Viertel nach sechs. Wir müssen uns beeilen, wenn wir noch bei Babsi frühstücken und nachher Zeitungen verkaufen wollen. Als wir bei ihrer Mama eintreffen, bekommt jeder einen Kaffee und ein Glas Sekt, mit dem Effekt, dass ich schon wieder betrunken bin. Babsis Mama bringt uns Semmeln und Marmelade und dann müssen wir auch schon wieder aufbrechen, um rechtzeitig vor Schulbeginn unsere Maturazeitungen verkaufen zu können. Babsi geht neben mir und gibt mir ihre Hand. Wir halten Händchen! Plötzlich nimmt sie meine Hand und schiebt sie unter ihren Pullover. Ich bin sehr erregt und weiß nicht, ob das wirklich passiert oder ob ich träume. Babsi lächelt mich an und entfernt meine Hand wieder. Was will sie mir mit diesem Verhalten sagen? Dass ich gestern meine letzte Chance, mit der Matura meine Unschuld zu verlieren, mutwillig vergeigt habe, weil ich lieber gesoffen habe, als mich um sie zu kümmern und mit ihr im Gebüsch zu vergnügen? Hat sie mir meine ganzen Aufsätze geschrieben, weil sie gerne meine Freundin wäre? War ich all die Jahre so zurückhaltend, dass sie mich jetzt dazu nötigt, ihre Brüste zu streicheln? Ich bin nicht in Trauerstimmung und verdamme mich nicht wegen versäumter Gelegenheiten. Der Frühsommermorgen, die klare Luft und Babsis prächtiger Busen stimmen mich zuversichtlich.

Dieser Sommer wird unser letzter gemeinsamer sein. Sid beginnt in Innsbruck irgendein Studium und ich verschwinde nach dem Zivildienst in die große Stadt. Breiti bleibt hier und macht sein erstes Lehrjahr als technischer Zeichner bei einem Baumeister. Mit dieser Berufswahl wirkt er glücklich, er ist technisch begabt und zeichnet immer schöne Covers für meine Tapes. Diesen illegalen Kassettenverkauf zu beginnen, war eine blendende Idee. Neben zusätzlichen Geldeinnahmen spült mir die Musik ständig Frauen an. Die Mädels kommen aktiv auf mich zu; ich bin der Mann mit der Jukebox. Mein erstes Tape habe ich mit einem Rap-Schwerpunkt aufgenommen; die darauf gespielte Musik hat einer rotblonden, etwas blasiert wirkenden Schönheit namens Laura gut gefallen. Ich hab keine Ahnung, von wem sie meine Kassette bekommen hat. Sie hat sich auf jeden Fall meine Telefonnummer besorgt, mich angerufen und sich erkundigt, wann und wo ich das nächste Mal Tapes verkaufe. Wir haben uns für Freitag im Club K2 verabredet. Sie wirkt wie ein Fremdkörper in unserer Kleinstadt. Sie spricht ein komisches Hochdeutsch und keinen Dialekt; jemand hat mir erzählt, Laura sei ein tschechisches Flüchtlingskind. Sie mag Tanzmusik und trägt meistens Turnschuhe zu knielangen Röcken. Bislang blieb sie in Lienz von der Männerwelt gänzlich unbeachtet. Sie ist sozusagen meine Entdeckung. An Babsi denke ich auch öfters. Ich habe sie auch angerufen, nur leider war sie nicht da und zurückgerufen hat sie nicht, obwohl ich ihre Mutter darum gebeten habe. Weggehen tut sie kaum; wenn ich sie nicht zufällig beim Radfahren oder Einkaufen treffe, wird ihre kleine sexuelle Avance eine einmalige Episode bleiben.

Nach zwei Wochen Faulenzen am See bin ich gut erholt und habe den Maturastoff nachhaltig vergessen. Am Montag beginne ich zu arbeiten. Das muss gebührend gefeiert werden. Ich bin in Trinklaune und deshalb treffen Breiti, Sid und ich uns schon um sechs im »Alt Lienz«. Wenn wir wie heute je ein Salami-Sandwich mit Tabasco als Unterlage verspeisen, verschwenden wir keine wertvolle Feierzeit bei unseren Familien. Breiti erzählt uns von seinem neuen Beruf:

»Ich plan‘ grad die Kanalisationen am Zettersfeld. Bei den Begehungsterminen werde ich von den Bauern regelrecht zum Schnapstrinken gezwungen. Gestern hatte ich um zwölf Uhr schon sechs Schnäpse intus. Auf diese Weise vergeht ein Arbeitstag richtig angenehm.«

Sid ist unkonzentriert, er hat erst nächste Woche seine mündliche Prüfung und kann sich nicht so hemmungslos zuschütten wie ich.

»Du wirst die Matura schaffen«, baue ich ihn auf, »wenn eine Pfeife wie ich es beim ersten Antreten hinkriegt, gibt es keine Gründe, warum du kläglich scheitern solltest.«

Breiti hat eine neue Lieblingsband namens Fugazi und schlägt mir vor, diese Gruppe auf mein nächstes Tape zu spielen. Für den heutigen Verkauf habe ich zwölf Stück mitgenommen. Ich bin schon neugierig, ob die geheimnisvolle Laura auftaucht und überlege mir, ob ich ihr eine Kassette schenken soll, weil sie so gut aussieht. Wenn sie nett ist, könnte sie ja meine neue Freundin werden. Schön langsam füllt sich das Lokal. Neben uns Gymnasiasten gibt es auch einen Tisch mit HAK-Schülern und zwei Tische mit Lehrlingen. Manchmal vermischen wir uns untereinander und dann erzählen mir die Bäckerlehrlinge, wie früh sie aufstehen müssen und die Installateure von ihren Problemen mit verstopften Abflussrohren. Solche Sorgen werde ich ab Montag auch haben. Wenn man beim Wasserwerk arbeitet, hat man ständig mit gebrochenen Rohren zu tun, prophezeit mir Breiti. Wir sind übermütig und beschließen spontan, eine antikapitalistische Aktion durchzuführen: Wir brechen ein paar Mercedes-Sterne von Autos ab und verzieren Stoppschilder auf Verkehrstafeln mit Anarchiezeichen. Sid schlägt vor, uneingeladen bei den Salurnern vorbeizuschauen, ihre Semesterabschlusskneipe zu stören und einige Punklieder rumzugröhlen. Wir treten auf ein paar unschuldige Mistkübel ein, um so wenigstens einen Teil unserer überschüssigen Kräfte loszuwerden. Breiti spuckt auf den Boden. Leider beobachtet eine Frau, die in der Frauenrunde meiner Mutter ist, unsere kleine Protestaktion: »Romed, was ist denn mit dir los? Du warst so ein freundliches Kind. Wenn ich das deiner Mutter erzähle...«

Nicht einmal beim Rumpöbeln hat man seine Ruhe! Immer und überall wird man überwacht, von Eltern, von Lehrern, von selbst ernannten Tugendwächtern, von Aktivisten des Alpenvereins, nirgendwo kann man ungestört seinen destruktiven Energien freien Lauf lassen. Ich muss zum Mistkübel rübergehen, ihn wieder zurechtrücken und mich bei der Freundin meiner Mama entschuldigen.

»Entschuldigen Sie, Frau Strasser, ich weiß, es ist falsch, öffentliches Eigentum zu zerstören. Meine Freundin hat gestern mit mir Schluss gemacht. Sie war meine erste große Liebe. Sie hat mich mit meinem besten Freund betrogen. Ich bin so traurig. Bitte sagen Sie nichts meiner Mama!«

Wenn das Leben nur immer so einfach wäre wie beim Rumschleimen bei Hausfrauen. Frau Strasser schaut versöhnlich, ich tue ihr leid. Immerhin habe ich gestern meine erste feste Freundin verloren…

Im Club K2 ist wenig los. Wir träumen davon, wie lässig es sein wird, wenn wir endlich in richtigen Städten leben; dort, wo unendlich viele Frauen darauf warten, unsere Freundinnen zu werden. Sid holt eine Runde Bier für uns drei. 2 Euro kostet eine Flasche, das ist mit Abstand das billigste Bier in ganz Lienz. Das zieht eine absurde Mischung aus Lehrlingen, mittellosen Schülern, arbeitslosen Jugendlichen und halbseidenen Gestalten an. Auch Moritz und seine Motorradgang kommen öfters auf einen Sprung vorbei. Heute gebe ich ihm meine erste Plattenbesprechung. Er liest sich den Text durch, nickt anerkennend, steckt ihn ein und zahlt mir 10 Euro bar aus. Das nächste Wochenende habe ich mir damit verdient.

Breiti interessiert sich nicht fürs Schreiben und Philosophieren. Er hat andere Talente - er scheißt sich nichts, ist gleichermaßen verwegen und verschwiegen und die Leute vertrauen ihm. Mit diesen Eigenschaften ist er mittlerweile zum Vertrauten von Schnee aufgestiegen. Sein Timing könnte nicht besser sein; unmittelbar nach meiner Matura können wir kiffen, wann und wo wir wollen. Mir verweigert Schnee nach wie vor den Verkauf von erstklassigem Marihuana, mit der beleidigenden Begründung, an Kinder verkaufe er nichts. Dabei bin ich nur ein

Jahr jünger als Breiti und seit drei Wochen achtzehn. Dass ich jünger aussehe, hängt nur mit der gesunden Bergluft zusammen. Ohne Breiti könnte ich von Haschisch und Marihuana also nur träumen. Da ich keine Zigaretten rauche, bin ich natürlich auch unfähig, einen Joint zu bauen. Breiti besorgt uns nicht nur braunen Marokkaner, er dreht auch die Öfen.

Moritz erteilt mir meine nächsten Arbeitsaufträge und fragt mich, ob Breiti und ich für ihn beim diesjährigen Stadtfest gratis arbeiten möchten. Er hat einen Stand gemietet und wir sollen Bier ausschenken und Neuabonnenten für unser Magazin keilen. Diese tolle Neuigkeit feiern wir mit einem Ofen. Wir drei versuchen gerade, das optimale Mischungsverhältnis zwischen Bier und Marihuana zu finden. Bei mir wirkt Haschisch nicht – als Nichtrauer traue ich mich nicht, richtig anzuziehen. Breiti hat ein anderes Problem, er schläft fast jedes Wochenende mitten beim Feiern ein: auf Bänken, auf der Straße, in Lokalen oder an der Theke des Club K2. Alkohol hat eine einschläfernde Wirkung auf ihn, während ich meist schneller und mutiger werde. Nur das Kotzen stört mich. Es fällt mir schwer, unmittelbar nach dem Kotzen weiterzutrinken, weshalb ich lieber mehr kiffen als trinken sollte. Im Club dürfen wir nicht rauchen, also gehen wir ein Stockwerk höher.

Die Salurner feiern auch ausgelassen. Sie singen »Burschen heraus. Lasset es schallen von Haus zu Haus«. Unser Konzept der spontanen Feierei ist ihrem Wesen gänzlich fremd. Breiti zündet sich den Ofen an und wir rauchen im Dunkeln, ohne zu sprechen. Ich spüre keine Wirkung. Wahrscheinlich verarscht uns Schnee und verkauft uns nur drittklassigen Stoff. Nur die Gesänge der Studentenverbindung stören unsere Ruhe. Als die Salurner »Muss i denn, muss i denn zum Städtele hinaus« anstimmen, gehen wir wieder runter, um uns weiter zu betrinken; ich will nicht nüchtern sein.

In der Zwischenzeit ist Laura gekommen. Sie steht an der Bar und ist mit einer Freundin da. Ihre Begleitung ist ein fast noch größerer Augenschmaus. Sie hat auch blonde Haare, aber wasserstoffblond gefärbt und nicht länger als 3 Millimeter. Das ist nach Anne schon die zweite Frau mit so kurzen Haaren. Und sie ist noch schärfer. Sie trägt ein Bart-Simpson-T-Shirt, einen grauen Minirock, darunter blickdichte schwarze Strümpfe und knöchelhohe Turnschuhe mit ungebundenen Schuhbändern. Sie wirkt gleichzeitig mysteriös, zurückhaltend und dominant. Ihre Beine sind sehr lang und wohlgeformt. Ich habe keine Ahnung, ob mir Laura oder ihre Freundin besser gefällt; im Doppelpack sehen die beiden beängstigend gut aus. Laura stellt uns vor.

»Wahnsinn, wie kurz sind denn deine Haare. Und so schön blond!«

»Ach, die sind eh schon wieder länger. Ich lass sie wachsen. Kurze Haare sind total vorbei. Ich bin doch nicht hängengeblieben.«

Okay, dieser Gesprächseinstieg verläuft nicht gerade geschmeidig. Die Mädchen bestellen sich Bier. Eingeschüchtert proste ich ihnen zu und die Mädels trinken direkt und sehr kleine Schlucke aus der Flasche. Sie sind beide gleich groß, etwa 1,75 Meter, Laura eher dünn-knabenhaft, ihre Freundin Caro eher dünn-weiblich-athletisch. Caros feindselig-einschüchternde Schönheit und die Anwesenheit der hübschen Laura bringen mein Herz zum Pochen.

Als zweiten Gesprächseinstiegsversuch präsentiere ich ihnen stolz ein streng auf fünf Stück limitiertes Mixtape mit amerikanischem Sprechgesang. Caro schaut mich selbstbewusst, beinahe fordernd an. Ihre Unterlippe lacht, wenn sie meinen Worten zuhört. Über Musik zu sprechen, ist sicher unverfänglicher als über die Schule und unseren Alltag. Ich beginne mit meiner Werberede:

»Das ist der neueste Trend aus Amerika, Rap mit dreckigen Texten. Da wird nicht lange um den heißen Brei herumgeredet! 2 Life Crew, Too $hort, N.W.A mit dem Hit ›She swallowed it‹, viel mehr gibt es da noch nicht, aber die Texte sind alle mit dem Aufkleber ›Parental Advisory. Explicit Lyrics‹ versehen. Weil sie so versaute Sachen rappen. Man kann diesen Sound sogar neben den Eltern hören, die verstehen den Slang eh nicht.«

Die Mädchen grinsen dreckig. Sie freuen sich, etwas zu haben, was ihre Eltern nicht kapieren. Laura erzählt mir, sie mag Rap. Sie steht auf MTV und mag schwere Goldketten. Caro hingegen mag die Autos und die Tänze. Caro tanzt selber und läuft gerne eine Runde auf den Hochstein zu den Beats. Die Schönheiten reden dann nicht mehr viel. Wir sind alle wortkarg. Mir fällt auch nichts mehr ein, worüber ich mit ihnen reden könnte. Die sind wohl außerhalb meiner Liga. Zu groß, zu städtisch, zu hübsch, zu gut angezogen, zu gefährlich.

Moritz stürmt sofort zu mir, nachdem die Marilyns gegangen sind.

»Woher kennst du solch formidable Weiber?« fragt er mich und grinst lüstern.

»Ach, die kaufen nur Musik von mir. Ich kenn‘ die leider gar nicht.«

»Interessieren die sich für Motorräder?«

Woher soll ich das wissen? Ich kann diesen dicken Lederjacken, den Motorradhelmen mit den albernen Totenköpfen und den Maschinen nichts Erotisches abgewinnen. Ich fahre lieber Rad oder Mofa. Caros Beine würden sich auf jedem Beifahrersitz wohlfühlen und auf Moritz‘ Motorrad wären sie die perfekte Trophäe. Heute mag ich nicht über das Freiheitsgefühl der Rocker reden. Ich dürfte streng genommen gar nicht illegal Musikkassetten verkaufen und Bier trinken, denn heute Abend findet die Jungbürgerfeier im Oberdrumer Gemeindesaal statt. Ich habe mich rechtzeitig wegen Krankheit entschuldigt. Aber selbst eine Jungbürgerfeier kann nicht langweiliger sein als Moritz‘ nie enden wollende Erzählungen über seine Maschine. Er hat seinen Schatz schon wieder frisch foliert, diesmal mit dem »Murder Inc.«-Totenkopf.

8
Quellenkunde

Der Wecker klingelt zu streng um dreiviertel sieben. Seit der Matura bin ich nie mit externer Hilfe aufgestanden; ich habe ihn nicht vermisst. Ich esse zwei Butterbrote und trinke einen Kakao. Am ersten Arbeitstag muss ich pünktlich sein. Um halb acht beginnt mein Dienst als Hilfsinstallateur und Ferialarbeitskraft beim städtischen Wasserwerk. Ich werde meinen Kollegen vorgestellt: sechs arbeiten in der Werkstatt, vier fahren auf Montage. Ich werde Sigi zugeteilt, dem dienstältesten Fahrer, der 60 Jahre alt ist und in einem Monat pensioniert wird. Sigi ist ein kleiner, drahtiger, vom Arbeiten im Freien braun gebrannter Mann. Er zeigt mir, welche Werkzeuge ich einladen muss und dann warten wir ab, welche Arbeitseinsätze wir für diese Woche ausfassen. Sigi lächelt zufrieden, als er mit den Dienstanweisungen vom Boss zurückkommt. Wir sollen händisch Rasen mähen auf Wasserspeichern am Hochstein, einer Anhöhe in der Nähe von Lienz. Wir steigen in den alten, grauen VW-Bus ein. Sigi fährt ohne Hast, beim Schalten klemmt hin und wieder das Getriebe.

Er arbeitet seit 45 Jahren und freut sich auf seinen Ruhestand. Er will Schafe züchten und sich der Schafskäseerzeugung widmen, weil er eine kleine Alm gepachtet hat. Er hat drei Kinder und sein jüngster Sohn hat wie ich heuer ebenfalls maturiert und will in Innsbruck Lehramt für Deutsch und Geschichte studieren. Er schwärmt noch ein bisschen von seiner Frau, mit der er seit 35 Jahren verheiratet ist. Ich bin erleichtert, dass Sigi sympathisch ist und mich nicht fertigmacht wie meine Kollegen vom letzten Ferienjob im Betonwerk, die ständig Witze über meine Gelehrtenhände machten. Mit den buschigen Augenbrauen, seinem spitzbübischen Lächeln und der Elvistolle wirkt er wie ein aus der Zeit gefallener Rockabilly. Wie ich trägt er einen Blaumann als Arbeitsanzug und festes Schuhwerk. Ich warte mit alten Doc Martens auf; wenn mir was wegen meiner Ungeschicklichkeit auf die Füße fallen sollte, werden mich die Stahlkappen retten.

Wir packen die Sensen aus, verstauen unsere Jausentaschen und Sigi lehrt mich, wie man dieses Arbeitsgerät dengelt. Er zeigt mir, wie man richtig und kräfteschonend mäht. Ich mache ein paar Probebewegungen und schon steckt die Sense im Boden fest. Sigi lächelt und hilft mir, sie wieder aus dem Erdreich zu befreien. Ruhig erklärt er, was ich alles falsch gemacht habe: Drehbewegung, Kniespannung, der Schwung an sich, die Handhaltung. Mähen mit der Sense ist ein technisch hochkomplexer Vorgang. Ich frage ihn, warum wir nicht mit einem Traktor oder einem elektronischen Rasenmäher das kniehohe Gras mähen dürfen, worauf er antwortet: »Das steht so im Landesnaturschutzgesetz, um die hohe Qualität des Quellwassers abzusichern. Das ist auch der Grund, warum das Falkensteiner Bier so süffig schmeckt. Ein Bier ist nur so gut wie das Wasser, das dafür verwendet wird.«

Sigi führt mich zum Wasserspeicher, sperrt ihn auf: Ich blicke auf einen See voller Quellwasser und bin begeistert. Obwohl Hochsommer ist, hat das Wasser hier höchstens zwölf Grad. Sigi meint, ich solle meine Hände ins Wasser tauchen und ein paar Schlucke kosten. So köstliches Wasser habe ich noch nie getrunken, obwohl ich schon von allen Gebirgsbächen Osttirols degustiert habe. Dies ist die zentrale Wasserstelle für alle Quellen des Hochsteins, von denen die meisten unterirdisch verlaufen und für Wandersleute daher nicht erreichbar sind. Warum kaufen die Leute Mineralwasser, wenn es hier das beste Wasser der Welt gibt? Darauf weiß auch Sigi keine Antwort.

Wir beginnen mit der Arbeit. Um Viertel nach neun machen wir zehn Minuten Pause. Ich brauche eine Wurstsemmel, so hungrig macht mich das Grasmähen. Wir mähen weiter bis halb zwölf und fahren dann wieder zum Wasserwerk zurück. Nach der Mittagspause mähen wir wieder weiter bis um halb fünf. Mein erster Arbeitstag in der freien Natur war anstrengend und ich bin müde und gleichzeitig glücklich. Einen besseren Ferienjob kann man sich nicht wünschen: Ich bin den ganzen Tag in der freien Natur, lasse mir die Sonne auf den Rücken scheinen und wir machen anständige und ausgedehnte Arbeitspausen. Ich habe ein gutes Gefühl, was die weitere Zusammenarbeit mit Sigi betrifft. Schon am zweiten Tag hält er bei einem Supermarkt an und fragt mich, ob ich mir auch einen Sechserträger Bier kaufen will. »Bei der prallen Sonne brauchen wir Vitamine. Ich trinke Bier nicht, weil es mir schmeckt, sondern nur weil es gesund ist«, meint er.

Wir mähen schweigend, stundenlang, trinken in der Pause ein vom Wasserspeicher optimal vorgekühltes Bier und legen uns in die Sonne. Wir beenden unsere Schicht eine halbe Stunde vor dem eigentlichen Feierabend, legen uns wieder ins Gras und beobachten die Vögel. Sigi liegt neben mir; seine Hände erzählen von einem arbeitsreichen Leben. Er hat kleine Hände, die von Schwielen übersät sind; seine Haut ist hart und wettergegerbt. Er mäht ohne Handschuhe, während ich diese dringend benötige. In den Handschuhen schwitze ich zwar erbärmlich, aber ohne reibe ich mir meine Hände auf und fange an zu bluten. Am dritten Tag finde ich den für mich optimalen Mährhythmus. Statt mit Druck gleite ich mit der Sense sanft und schnell über das Gras und drehe meinen Körper mit den Knien und nicht mit dem Kreuz. Ich bin schon bald ein guter Mäher und fühle mich wie einer der Bergbauern auf den Bildern von Albin Egger-Lienz.

Den Rest der Woche mähen wir den Wasserspeicher in der Gemeinde Thurn. Für dieses Areal brauchen wir eineinhalb Tage meiner ersten Arbeitswoche, die am Freitag um zwölf Uhr endet. So kann es die nächsten neun Wochen ruhig weitergehen. Mit meinem väterlichen Freund beim beschaulichen Arbeiten in der Sonne ruhig seiner Pension entgegenzumähen, ist der beste Job, den ich jemals hatte. Leider waren das jedoch die zwei einzigen Quellsammelstellen, die gemäht werden müssen.

In der zweiten Arbeitswoche werde ich einem anderen Partieführer zugeteilt. Der Mann heißt Josef, ist zwei Meter groß und der Sprengmeister des Wasserwerks. Wir müssen Vorbereitungsarbeiten für eine größere Sprengung machen. Hinter dem Tristacher See, einem kleinem Bergsee umgeben von Wald und einem Berg namens Rauchkofel, soll ein Fels weggesprengt werden, weil sich dort eine wahre Wunderquelle befinden soll. Um zu ihr zu gelangen, muss ich in den nächsten zwei Wochen 130 zwei Meter tiefe Löcher mit einem Schlagbohrer bohren. Pro Loch brauche ich ungefähr zwei Stunden. Ich muss mir eine Schutzbrille und eine Atemmaske aufsetzen, um nicht am Steinstaub zu ersticken. Außerdem brauche ich einen Gehörschutz, weil sonst der Lärm nicht auszuhalten ist.

Unten baden und amüsieren sich die Gäste am Tristacher See, während ich bei 35 Grad Löcher in einen Stein bohre. Ich konzentriere mich auf den Rhythmus des Schlagbohrers und höre im Lärm allmählich eine Schönheit. Ich bilde mir ein, bei einem Livekonzert mit den Einstürzenden Neubauten zu spielen. So spiele ich jeden Tag acht Stunden. Ich bin eine Industrial-Legende! FM Einheit und Genesis Breyer P-Orridge klopfen mir aufmunternd auf meine dreckigen Schultern. Ich schwitze wie eine übergewichtige alte Bäuerin, die vergeblich einem Ferkel nachläuft. Salziger Schweiß tropft von meiner Stirn und ich trinke pro Schicht vier Liter Wasser, um nicht zu verdursten. Mir zittern die Hände. Sie sind taub von den Rückschlägen des Bohrers und ich kann sie nicht mehr hochhheben. Ich bin so müde, ich will gar nicht ans Fortgehen denken oder auch nur ans Fernsehen. Um sechs komme ich heim und um sieben schlafe ich ein. Ich begreife, wie wenig anstrengend die Maturavorbereitungen und mein bisheriges Leben waren. Ich verdiene pro Woche 250 Euro, das sind 50 Euro pro Tag. Viel Geld für meine Verhältnisse, aber eindeutig schwerer verdient als das steuerfreie Verkaufen von Musikkassetten. Ich bin erschöpft und versinke Nacht für Nacht in einen traumlosen Schlaf.

Ich habe schon zwei Kilo abgenommen. Josef baut mich auf und meint, bald werde der Job erledigt sein und ich dürfe dann zur Belohnung im Innervillgratental auf 1.400 Metern Seehöhe Quellschutzgebiete einzäunen. Ich denke keine Minute daran, den Job zu schmeißen. Ich rede mir ein, dass das Löcherbohren in ein Gebirgsmassiv eine Prüfung ist, um mich Bescheidenheit zu lehren. In der Mittagspause bin ich zu müde, um mit Josef zu sprechen. Also erzählt er mir von seinen Abenteuern in der Musikkapelle Gaimberg, einer Nachbargemeinde von unserer, wo er die große Basstuba spielt. Er bohrt dieselbe Anzahl an Löchern wie ich, geht nach der Arbeit aber noch dreimal wöchentlich zur Musikprobe und täglich in der Früh vor und nach der Arbeit noch für eine Stunde in den Stall, weil er wie die meisten meiner Kollegen Nebenerwerbslandwirt ist. Josef ist ein stiller, glücklicher Mensch, der mir gern von seiner Frau, den zwei Kindern und seinen Auftritten mit der Kapelle erzählt. Ich begreife nicht, was diesen Mann zu solchen körperlichen Höchstleistungen befähigt, ich bewundere ihn für seine übermenschliche Kraft. Nach zehn Arbeitstagen habe ich alle Löcher gebohrt, nächste Woche wird dieser verdammte Felsen endlich in die Luft gejagt. Ich habe gebohrt und gebohrt, ohne einmal aufzumucken oder mich beim Chef um einen leichteren Job zu bemühen. Mit diesem Verhalten habe ich mir den Respekt meiner Arbeitskollegen erworben. Sie haben mich anfänglich misstrauisch beäugt und für einen Leichtmatrosen gehalten. Seit sie aber gemerkt haben, dass ich mir meine Hände gleich schmutzig mache wie alle anderen, akzeptieren sie mich.

Wir fahren gut eine Stunde, bis wir das Quellschutzgebiet erreichen. Josef hat nicht zu viel versprochen, das Innervillgratental ist schöner als jedes Postkartenmotiv. Wir verplempern täglich zwei Stunden Arbeitszeit mit Fahren. Diese Woche bin ich Walter zugeteilt. Ich hatte bislang ein bisschen Angst vor ihm, weil er groß und kräftig ist und etwas brutal wirkt, aber ich habe mich in ihm getäuscht. Er ist begeisterter Westernreiter und erzählt gern von seinen Ausritten. Mit Pferden kenne ich mich nicht aus, dafür teilen wir andere Leidenschaften: Bier trinken und rumliegen. Walter hat bisher wenig mit mir geredet, weil er mich für einen Streber und Vorzugsschüler hielt, der seine Kollegen bei Bedarf beim Boss anschwärzt. Er hat seine eigene Art, das Erwerbsleben zu gestalten. Wenn er auf Montage ist, teilt er sich die Arbeitspausen nach freiem Ermessen ein. Wir dehnen unsere einstündige Mittagspause auf das Doppelte aus, weil wir ein Mittagsschläfchen umgeben von Schafen und Kühen halten oder weil wir in ein Kartenspiel vertieft sind. Walter merkt bald, dass ich seinen Anweisungen blind folge. Wenn sein Befehl lautet, ich solle mit ihm Kartenspielen, Bier trinken und ihn während seiner erholsamen Tiefschlafphase nicht aus seinem Mittagsschlaf aufschrecken, widerspreche ich ihm nicht. Wenn wir arbeiten, schleppe ich für ihn Zaunpfähle und er schlägt diese mit einem Schlegel in den Waldboden. Wir arbeiten konzentriert und ohne viel zu reden. Manchmal entgleitet ihm ein Fluch, wenn er mit dem Hammer den Pflock nicht richtig erwischt, sonst stört kein Geräusch unsere Einzäunarbeiten.

Der Grund für den Schutzzaun ist banal: Die Quellen dürfen nicht von den Kühen zugeschissen werden, damit das Wasser nicht verunreinigt wird. Jährlich zerstören Unwetter oder zu neugierige Viecher Zaunteile, weshalb das Wasserwerk ausrücken muss, um die kaputten Teile zu erneuern. Da sich der Boss nie die Mühe macht, den Zustand der Zäune selbst zu überprüfen, muss er sich auf die Angaben seiner Mitarbeiter verlassen. Walter hat ihm mit besorgter Miene mitgeteilt, dass die für die Reparaturarbeiten anberaumte Arbeitszeit von einer Woche unmöglich ausreicht, so schlecht ist der Zustand des Zaunes. Überall treiben wilde Rinderherden ihr Unwesen. Um seine Aussagen zu untermauern, erinnere ich unseren Chef an die verheerenden Unwetter des letzten Sommers sowie den außergewöhnlich schneereichen Winter. Walter nickt zustimmend und meint: »Es ist ein Jammer, die Schneemassen zwingen uns zu dieser mühseligen Arbeit. Wären wir nicht fleißige Osttiroler, könnte man schwermütig werden.« Den traurigen Zustand des Zaunes will Walter dem Boss bei der traditionellen Sommergrillfeier des städtischen Wasserwerks genauestens schildern.

Walter hat bemerkt, dass ich genauso gern Bier trinke wie er und erzählt mir von den ausufernden firmeninternen Besäufnissen. Voriges Jahr hat er laut Selbstauskunft 24 Bier getrunken und damit Platz zwei in der Rangliste erreicht. Knapp hinter dem Vizechef, Manfred Patterer, der unglaubliche 25 Halbe vernichtet hat. Mit einem Rang unter den Top Fünf kann ich bei der Grillfeier nicht spekulieren, mehr als sechs Bier haben in meinem Magen nicht Platz. Wie vernichten meine Kollegen nur solche Mengen? 24 Bier sind zwölf Liter Flüssigkeit, also unvorstellbar viel.

Die Ausfahrten mit Walter sind mehr Urlaub als Ferienjob. Ich nehme mir eine flauschige Decke mit und genieße den Mittagsschlaf auf 1.200 Metern Seehöhe. Eine leichte Brise weht mir die letzten Albträume von der Matura aus dem Hirn. Die letzten Nächte bin ich regelmäßig aufgewacht, weil ich geträumt habe, in Mathematik durchzufallen. Was brauche ich hier oben Mathematik? Ich könnte den perfekten Einschlagwinkel für die Pflöcke berechnen oder den Durchmesser der Tannenzapfen, wenn der herrliche Sommerwind die Äste durchschüttelt. Beim Kartenspielen zeigt mir Walter wertvolle Tricks. Schnapsen kann ich mittlerweile ausgezeichnet. Das wird mir auch beim Zivildienst ein willkommener Zeitvertreib sein. Ich bin Walter für seine Lektionen dankbar. Das Tal mit seinen kurvenreichen Bergstraßen mag ich, weil wir während der ganzen Arbeitswoche keinen einzigen Menschen sehen.

Mein Leben wird immer entspannter und am Donnerstagnachmittag gehen Walter und ich Pilze sammeln und Preiselbeeren pflücken. Vierzehn Parasole, ein Kilo Eierschwammerl und zwei Kilo Beeren sind unsere stolze Ausbeute. Ich könnte meine Hälfte beim Markt um gutes Geld verkaufen, schenke die Ernte aber lieber meinen Eltern. Ich darf noch eine weitere Woche mit Walter arbeiten und fühle mich privilegiert. Ich überlege, nicht studieren zu gehen und lieber eine Lehre zum Installateur zu beginnen. Handwerkliche Tätigkeit macht mich glücklich. Beim Wasserwerk bin ich viel an der frischen Luft und weniger deprimiert als während meiner Schulzeit.

Gleich nach der Arbeit beginnt die Grillparty. Unser Boss ist kein Mann großer Worte, seine Rede ist angenehm kurz: »Trinkt und esst anständig. Morgen ist pünktlich um halb acht Dienstantritt.« Beim Anstich des Bierfasses applaudieren alle begeistert. Ich versuche beim Trinken das Tempo von Walter und Sigi mitzuhalten. Sigi ist schon älter und verträgt den Alkohol nicht mehr so gut wie ein junger Mann. Schon beim dritten Bier bekommt er glasige Augen, nach drei Grillwürsteln nüchtert er dann wieder ein wenig aus. Meine Kollegen haben mich ganz schön auf der Schaufel. Wieder und wieder küren sie mich zum Senser des Monats, weil ich es als erster Ferialarbeiter der Firmengeschichte geschafft habe, eine Sense abzubrechen. Mein Boss kommt her und fragt mich, ob ich nächsten Sommer wieder bei ihnen arbeiten möchte. Wenn ich will, darf ich schon im Juni, gleich nach dem Zivildienst anfangen und bis Ende August arbeiten. Dann könnte ich sogar bis zum Beginn meines Studiums Arbeitslosengeld beantragen, klärt er mich auf. Normalerweise hätten die Arbeiter Vorurteile gegenüber Kopfmenschen, weil die meisten Gymnasiasten Angst vor dreckigen Händen hätten, was man bei mir nicht behaupten könne. Es hat den Angestellten also imponiert, als ihnen Josef erzählt hat, wie viele Löcher ich gebohrt habe.

Nächste Woche gibt es die nächste Herausforderung. Eine neue Siedlung wird in der Stadt gebaut und wir müssen Wasserleitungsrohre, von denen eines 120 Kilo wiegt, verlegen. Der letzte Praktikant hat bei dieser Arbeit nach fünf Stunden gekündigt. Ich soll nicht daran denken, aufzugeben, sonst wäre mein Boss persönlich enttäuscht. Er prostet mir mit seinem bauchigen Bierglas zu und bietet mir das Du-Wort an. Ich darf ihn »Manni« nennen. Nach drei Koteletts fühle ich mich ausreichend gestärkt, um mit dem Leistungstrinken zu beginnen. Walter zeigt mir, wie man ein Bier in einem Zug austrinkt. Jede Woche lerne ich von ihm eine neue Art, Bierflaschen zu öffnen. Mit der Schaufel, mit einem Schraubenzieher, mit einem Meterstab. Das Öffnen mit einem Werkzeug hat mich besonders beeindruckt: Wenn man das Bier mit dem Meterstab öffnet, spritzt es wie Schaumwein aus der Flasche. Seitdem weiß ich, warum Bier auch oft »Arbeitersekt« genannt wird.

Gut, dass unser Boss ein Bierliebhaber ist. Das Falkensteiner ist auf die ideale Trinktemperatur von 8 Grad heruntergekühlt und es ist meine erste Grillfeier, wo alle ausschließlich Bier trinken. Wein und harte Getränke haben bei uns nichts verloren. Die Ehegattinnen und Freundinnen der Arbeiter werden nicht mehr zu den Sommerfesten eingeladen, weil Walter vor drei Jahren mit der Frau eines Schlossers im Büro des Chefs rumgemacht hat und sich dabei erwischen hat lassen. Der Schlosser hat daraufhin gekündigt und für den Boss war die Sache arbeitsrechtlich unangenehm. Ich sei noch zu jung, um die Tragweite solcher Pannen zu verstehen, erklärt mir Manni. Er sei kein Moralist, Auswärtsspiele nach langjähriger Ehe benötige er manchmal selber wie einen Bissen Brot. Pantscherl auf Firmenpartys könne er aber nicht tolerieren. Eifersucht zerstöre die Gruppenmoral und auch wenn es altmodisch klinge, die Firma sei für ihn eine Ersatzfamilie und er liebe jeden seiner Angestellten. Das städtische Wasserwerk sei österreichweit die Firma mit der geringsten Fluktuation, er selbst habe hier vor 37 Jahren seine Lehre begonnen. Er habe auch Quellschutzgebiete eingezäunt und zweistündige Mittagspausen genossen. Erst in den Bergen konnte er sein Kartenspiel zur Meisterschaft verfeinern. Der Boss steht auf und geht zum Zapfhahn. Walter grinst mich an und sagt: »Wenn der Alte besoffen ist, wird er sentimental. In zwei Stunden musst du Bruderschaft mit ihm trinken und einen Eid auf die Qualität des Tiroler Bergquellwassers leisten. Erst wenn du eine Minute lang im Wasserspeicher bei zwölf Grad schwimmst, bist du einer von uns. Lass' dich nicht niederreden. Und zuzel nicht so lang an deinem Bier herum. Ich trinke drei in der Zeit, die du für eines brauchst. Ich bin schon bei meinem zehnten.« Der Mann ist ein Naturwunder. Er lallt nicht, er ist nicht besoffen, er redet nur etwas mehr als sonst.

Der erste Lehrling gibt bereits auf. Er hat hinter einen Busch gekotzt und schläft friedlich auf der Bank. Ich hingegen muss auf den Tisch klettern und unter allgemeinem Gejohle zeigen, wie man mäht. Jeder Handgriff und jeder Winkel wird genau kontrolliert. Es dauert, bis auch mein letzter Kritiker zufriedengestellt ist. Zur Belohnung bringt mir Manni ein frisch gezapftes Bier. Es ist mein sechstes und ich bin schon richtig besoffen. Ich stehe noch einmal auf und bedanke mich bei meinem Boss und meinen Kollegen für meinen bis jetzt besten Ferienjob und kündige an, unmittelbar nach dem Zivildienst wieder bei ihnen zu arbeiten. Ich verspreche, meine Kollegen auch während des Jahres zu besuchen und rege an, für Touristen einen »Pfad des Osttiroler Quellwassers« zu eröffnen.

»Wasser wird das weiße Gold des 21. Jahrhunderts«, füge ich hinzu. Was das Erdöl für die Scheichs, ist das Trinkwasser für uns Tiroler. Ich entwerfe die kühne Vision, Wasserpipelines nach Süditalien zu verlegen und damit unermessliche Reichtümer anzuhäufen: »Statt des grauenhaften Mineralwassers können die Katzelmacher dann richtig gutes Wasser trinken. Jeder, der schon in Italien urlauben war, weiß: Weder das Bier noch das Leitungswasser sind dort zum Saufen. Der Grund dafür liegt alleine im miserablen Trinkwasser. Unser Falkensteiner schmeckt nur so gut, weil wir vom Wasserwerk die Qualität unseres Wassers hochhalten. Dafür danke ich euch und hebe mein Glas.« Ich bin mit meiner spontanen Rede zufrieden.

Sigi gibt als Zweiter um zehn auf und fährt heim, um halb elf habe ich meine persönliche Bierbestmarke auf sieben Bier hochgeschraubt. Ich weiß beim besten Willen nicht, wie ich morgen arbeitsfähig sein soll. Walter ist schon bei Nummer 16 und zeigt keine Ermüdungserscheinungen. Ich möchte mir vor den Kollegen nicht die Blöße geben, zu kotzen oder einzuschlafen.

Ich wache im Arbeitsgewand auf; immerhin habe ich mein Bett gefunden. Im Betrieb erzählt mir Walter, dass ich mit der Frau des Vizedirektors heimgefahren wäre. Ich hätte »Que sera, sera« beim Abschied gesungen und vor versammelter Mannschaft in die Altpapiertonne gepinkelt, weil ich behauptet hätte, Urin veredle die Qualität des Altpapieres. Ansonsten hätte ich mich unauffällig verhalten. Walter beschließt, es sei besser für uns, den Dienst mit einem Reparaturbier zu beginnen. Er ist auch nicht sonderlich motiviert, weil er noch bis drei Uhr morgens weitergesoffen hat. Er hat gestern nur 19 Bier getrunken und gleich in der Firma übernachtet. Auch er freut sich aufs Wochenende. Mit 45 steckt er die Saufereien nicht mehr so leicht weg wie früher. Seine Regenerationszeit dauert länger. Als Lehrling und in den ersten Gesellenjahren hat er angeblich jeden Monat drei- bis viermal durchgemacht. Walter ist ein guter Lehrmeister. Er beschließt kurzerhand, heute keine Zaunteile zu montieren. Wir fahren nur zum Wasserspeicher beim Hochstein und legen uns dort schlafen.

Das Arbeitsnickerchen habe ich dringend benötigt, weil ich am Abend gleich übergangslos weiterfeiern muss. Sid legt im Club K2 auf. Breiti fängt mich beim Eingang ab und will gleich mit mir nach oben gehen. Er hat »Öl« dabei, kein Speiseöl, sondern irgendeine wertvolle Essenz der Hanfpflanze, die, auf normale Zigaretten geträufelt, wahre Wunderdinge im Kopf anstellen soll. Breiti arbeitet mittlerweile für Schnee als eine Art Juniordealer und ist nicht nur mehr gern gesehener Stammkunde. Das Geschäft ist einfach und die Nachfrage riesig. Egal, wie viel er Haschisch auf Kommission bekommt, alles ist im Handumdrehen weg. Er ortet Parallelen zwischen der Prohibition der 1920er-Jahre in den Vereinigten Staaten und Lienz in den fabulösen 90er Jahren. Die Nachricht, dass es ab sofort regelmäßig etwas zu Rauchen gibt, spricht sich in Windeseile bei den Freakjugendlichen herum.

Breiti verdient mit dem Verchecken wesentlich mehr als ich mit dem Verkauf von Musikkassetten. Er überlegt, ob er künftig neben Freunden und Bekannten auch Fremde versorgen soll. Ich rate ihm davon ab, weil das Dealerei wäre und strafbar ist. Wir wollen uns nur amüsieren, nicht straffällig werden. Breiti kontert und meint, auch Konsum und die Weitergabe an Freunde sind verboten. Wir reden nicht weiter und konzentrieren uns auf die

Wirkung des Öls. Alles wirkt heller, obwohl es eigentlich Nacht ist. Ich höre mein Herz klopfen und mein Mund ist ganz trocken. Ich lache viel, obwohl Breiti nur von seinem Führerscheinkurs erzählt.

Breiti erinnert mich an die morgige Grillparty in der Pfister, einem praktisch immer menschenleeren Platz umgeben von Wäldern, etwas außerhalb der Stadtgrenze. Ich soll einen Sechserträger, ein paar Grillwürstel und Folienkartoffeln mitnehmen. Wichtiger als das Essen ist meine Anwesenheit, auch wenn das meine dritte Party in drei Tagen wird. Die Pfister erreicht man zu Fuß leicht über den Iselskai, ich kenne die Gegend gut vom Dauerlaufen.

Ich verabrede mich mit Breiti auf ein Vorabbier; er hat große Neuigkeiten. In wenigen Wochen spielen die Pixies im Linzer Posthof und er hat für uns drei Tickets gekauft. Er hat gerade Stress mit Stella, weil sie sich einbildet, eine unterbezahlte Topdesignerin zu sein und sich permanent beschwert, weil er ihr keine 1.000-Euro-Kleider kauft. Dabei schaut sie mit ihren selbst geschneiderten schwarzen Röcken, Blusen, Handschuhen und Halstüchern gleich gut wie die ganzen Supermodels aus. Ihre Bewegungen erinnern mich an Naomi Campbell. Die beiden sind schon zu lange ein Paar und Breiti musste sich gestern zusammenreißen, nicht mit Moritz' kleiner Schwester rumzumachen.

Wir sind schon gespannt, wer bei der Grillfeier auftauchen wird. Breiti und ich genehmigen uns noch ein zweites Fassbier, weil offenes Bier einfach am besten schmeckt. Als wir eintreffen, lodert das Feuer schon. Gott sei Dank ist kein Gitarrenspieler vor Ort, der blöde

Janis-Joplin-Songs oder sonst einen Akustikgitarrenmist spielt, wie es die Pfadfinder machen, und wo wir gezwungen werden, mitzusingen. Statt Wandergitarren dröhnt Lärm aus dem Auto von Feitl. Wir sind die Generation Bassbox. Seine Anlage ist sein ganzer Stolz, nur die Kassetten die er spielt, sind meistens scheiße. Dauernd will er die Pogues hören und dann wird er rührselig und umarmt alle. Feitl ist zwei Meter groß, hat feuerrote Haare und ist ein wahrer Koloss. Es sieht erbärmlich aus, wenn so ein Riese sentimental wird. Breiti, ich und die anderen Partygäste sind sein Verhalten schon gewohnt.

Feitl und sein Bundesheerfreund Otto, ebenfalls ein Zwei-Meter-Turm mit einem altdeutschen Haarschnitt, und Hanno, der aussieht wie das Michelin-Männchen und nur 1,60 Meter misst, spielen neben dem Auto mit einem Football herum. Sie sind Militär-, Waffen- und Amerikafreaks, eine gefährliche Kombination. Sie haben uns mal eingeladen, die Rambo-Trilogie anzusehen und wollten sogar mit uns Burger essen. Wenn sie betrunken sind, zücken sie ihre Messer und vollführen Kunststücke mit ihren Waffen. Das ist gefährlich, weil sie dabei ihre Reaktionsfähigkeit überschätzen. Wenn ich Feitl freundlich bitte, die Schnauze zu halten und mir keine Bundesheergeschichten zu erzählen und statt mit Waffen mit Blumen zu spielen, lacht er mich aus und äfft mich nach. Weil ich ein wenig Angst vor ihm habe, spreche ich mit ihm eine Oktave höher als sonst. Er nimmt mich nicht ernst, was ich verstehen kann, ich bin schließlich über einen Kopf kleiner als er. Sonst ist er okay. Wenn mich mal schlägerwütige Besoffene aus den Nachbardörfern in der Stadt angreifen, schreitet er ein und verteidigt mich.

Feitl und Otto sind, vereinfacht zusammengefasst, ziemliche Vollidioten, nur sind sie Deppen, die wir mögen und die zu uns gehören. Breiti geht zu Feitl und gibt ihm eine ordentliche Kassette mit Musik der Kolossalen Jugend, damit die Party beginnen kann. »Bier und 5 Minuten füllen, Bier, das Wahre zum Gebrauch, Text ist Party, Text ist Brot, hey, hey, unser Lied« singen wir gemeinsam mit Kristof Schreuf. Und ich bringe Feitl eine Flasche seiner Lieblingswodkamarke. Das sollte als Bestechung ausreichen, damit wir nicht den ganzen Abend Bruce Springsteen hören müssen.

Auch die Jugendclubleiterin Margit ist gekommen. Ich frage mich schon länger, ob es ein vom Land Tirol hoch subventionierter Jugendclub tatsächlich gutheißt, wenn die Leiterin mit uns mitbechert. Die Beamten haben ja keine Ahnung, wie viel im Club gesoffen wird. Margit vögelt übrigens regelmäßig mit Otto. Der hat gegenüber Feitl den Vorteil, gut auszusehen. Er hält sich für den größten Star, weil er mit 21 eine Freundin hat, die zehn Jahre älter ist als er und außerdem die Chefin. Er mag Breiti lieber als mich; mir misstraut er, weil er mich für klug hält.

Ich vermisse die Bergluft und die Ruhe der Quellschutzgebiete. Mitten in der Stadt bei 35 Grad Celsius Rohre zu schleppen und mit der Schaufel Erdlöcher zu graben, ist immerhin weniger schweißtreibend als Löcher in Felsen zu bohren. Walter und ich müssen die nächste Tage auf dieser Baustelle verbringen. Und am Abend fängt die Fahrschule an. Leider sind keine hübschen Mädchen im Kurs, sonst könnte ich die Stunden nützen, um ein wenig zu spannen. Gegen den Vortragenden sind selbst meine Ex-Lehrer mitreißende Vollblutpädagogen. Die Straßenverkehrsordnung bietet wenig Stoff für spontane Späße, dennoch müsste es doch möglich sein, den Inhalt etwas lebendiger zu präsentieren. Selbst Latein war spannender als der Stuss, den dieser Kerl verzapft. Das viele Rohre schleppen härtet mich ab und hat mich erwachsener gemacht - ich ertrage die Theoriestunden mit Gleichmut.

Auf der Baustelle kommt uns gelegentlich der Boss besuchen und bringt uns eine Wurstsemmel oder ein Bier mit. Seitdem ich bei der Grillfeier meinen Treueschwur auf das Wasserwerk ausgesprochen habe, hat er mich in sein Herz geschlossen. Er meint in väterlichem Ton, ich soll gut auf mich aufpassen. Wenn ein Rohr bricht oder der Bagger falsch bohrt, entstehen manchmal brenzlige Situationen. Ich stehe meist völlig verkatert auf den Baustellen herum. Jeden Tag nach der Arbeit trinke ich Bier mit Breiti. Nur wegen meines immensen Bierkonsums arbeite ich so leidenschaftlich vor mich hin; dabei vergesse ich meinen Kater. Breiti zeichnet in seinem technischen Büro lustigerweise die Pläne für unsere Wasserleitungen. Er teilt mir dann bei unseren Feierabendbier mit, wo ich als nächstes graben werde.

Meine ersten zwei Praxisstunden im Auto habe ich schon absolviert. Mein Fahrlehrer glaubte mir nicht, dass ich noch nie vorher Auto gefahren bin. »Alle Osttiroler üben Auto fahren, bevor sie zum Führerscheinkurs kommen«, beharrt er auf seiner Meinung. Ich habe nie das Bedürfnis verspürt, Auto zu fahren. Nach der ersten Ausfahrt glaubt er mir dann. Er hat noch nie so einen schlechten Fahrschüler gehabt, aber zurzeit absolviert ein zweiter junger Mann bei ihm den Kurs, ebenfalls meistens schwarz gekleidet und total unfähig. Es handelt sich um Breiti. Mein Lehrer ist nicht überrascht, als er hört, dass wir beste Freunde sind. Uns interessieren Partys eben mehr als Autos. Mein Fahrlehrer versucht sein Bestes, um mich in einen leidenschaftlichen Fahrer zu verwandeln. Diese Ausfahrten bleiben dennoch langweilig. Warum verbinden nur so viele Menschen Autofahren mit Freiheit? Ich empfinde nur Überdruss, wenn ich durch die Osttiroler Täler kurve. Beim Autofahren kann ich mich nicht auf die Landschaft konzentrieren. Außerdem sind die Geschichten vom Fahrlehrer langweilig. Er ist ein Abstinenzler, weil sein Vater Alkoholiker ist. Deswegen ist er irritiert, wenn ich völlig verkatert bei ihm zur Doppelfahrstunde auftauche. Er erzählt mir, dass Alkohol schädlich sei und ihn sein Vater verdroschen habe, wenn er besoffen war. Wenn ich Alkohol ausdünste, würgt es ihn, weil ihn das an diesen Gewalttäter erinnert.

Ich bin kein Schläger, nur ein Kämpfer, aber am Freitag muss ich weggehen, um mich von der Bauarbeit zu erholen. Für meine Ausdünstungen kann ich nichts. Ich habe keine Ahnung, ob ich aufgrund meines Restalkohols überhaupt fahrtüchtig bin. Wenn ich schon nicht auf Maturareise fahre und den ganzen Sommer schufte, um mehr Geld für Plattenkäufe, Saufen und als Trinkreserve für den Zivildienst zu haben, will ich den Führerschein zeitgleich mit dem Ferienjob absolvieren und mich nebenher auch anständig besaufen.

9
I am higher than the sun

Das Stadtfest kommt als Abwechslung zum Arbeiten gerade recht. Moritz hat einen Standplatz gemietet und mich am Samstag gemeinsam mit Breiti für die Frühschicht zwischen 12 und 18 Uhr eingeteilt. Er gibt uns Anweisungen: »Ihr bekommt natürlich kein Geld, aber ihr dürft soviel trinken, wie ihr könnt. Und wenn ihr nicht ausschenkt, lotst ihr möglichst viele Leute zu unserem Stand.«

Wir sollen für ihn Abonnenten keilen und Flyer verteilen. Moritz hat uns folgende Vorgaben aufgetragen: Bei 30.000 Stadtfestbesuchern in zwei Tagen soll ich 200 neue Abonnenten für ihn gewinnen. Meinen Einwand, wonach das Stadtfest ein Volksfest mit Schlager- und Marschmusik sei und somit nicht der ideale Nährboden für ein Subkultur-Musikmagazin, hat er weggewischt. Um Leute anzulocken, will er ein Vespa-Weitwerfen organisieren. Ich verstehe nicht, wie man Vespas so abgrundtief hassen kann. Sie sind viel stilvoller als die protzigen Harleys. Moritz ist sehr aufbrausend, wenn er betrunken ist. Und ich kenne ihn nur besoffen.

Das Stadtfest bietet eine willkommene Abwechslung zu unserer üblichen Route. Es gibt nur wenige Lokale, die wir erträglich finden. Und selbst an diesen Rückzugsorten gibt es dauernd Probleme. Ernst vom »Hoppla« hat kürzlich angefangen, Lokalverbote auf Zeit auszusprechen, wenn wir Gläser und Bierdeckel werfen oder am Tisch einschlafen. Im »Alt Lienz« kehren seit ein paar Wochen Skinheads aus Spittal ein. Wir haben uns beim Wirt beschwert, weil wir keine Rechten im Lokal sehen wollen. Der Wirt hat die Skins verteidigt: »Das sind gute Gäste. Die trinken viel und randalieren nie. Und auf Österreich bin ich auch stolz.« Sid und Breiti hassen diese ultrapatriotischen Kärntner. Die hören Böhse Onkelz und Skrewdriver und reden nur Scheiße. Außerdem haben uns diese Idioten angestänkert. Sie nennen uns Zecken, weil uns die Stirnfransen bis zum Mund runterhängen, wir den Militärdienst verweigern und nicht stolz auf Tirol sind. Dabei hat ihre Ablehnung nichts mit unserer politischen Einstellung zu tun. Sie sind nur neidisch, weil bei uns auch Mädchen mitfeiern. Breiti meint: »Bei den Rechten hat nur der Anführer, der meistens Fallschirmspringer oder Pilot ist, eine Freundin und der Rest besteht aus Verlierern, die keine Frauen abbekommen. Weil sie frustriert sind, werden sie rechts.« Diese Einschätzung hat er unklugerweise dem Anführer der Glatzen direkt ins Gesicht gesagt. Zur Untermauerung seiner Abneigung hat er den Klassiker der Abstürzenden Brieftauben angestimmt: »Skinhead, Skinhead hörst du mich, deine Freundin vögel' ich, das macht Spaß«, was diesen veranlasste, Breiti mit zwei gezielten Kniestößen in den Magen und in das Gesicht zu treten. Breiti hat sich nicht gewehrt, weil der Spittaler zu athletisch war und wir haben ihm nicht geholfen, weil dieser Gewaltausbruch höchstens zwei Sekunden gedauert hat. Der Gewaltliebhaber muss den ganzen Tag Klimmzüge trainieren, so kräftig ist der. Seitdem ist Breiti unser antifaschistischer Held. Wenn unsere Bundesheerleibwächter dabei gewesen wären, hätte sich der Typ das nie getraut. Breiti hat die Schläge mannhaft weggesteckt. Seither gehen wir nicht mehr ins »Alt Lienz«. Die Gefahr, wieder aufgemischt zu werden, ist zu groß. Und so trösten wir uns mit der Vorfreude aufs Stadtfest, weil da selbst die Mädchen aus den entlegensten Tälern anreisen.

Wir beginnen mit der Vorfeier am Donnerstag um 19 Uhr im »Hoppla«. Ich komme schon stark angeheitert zum Treffen. Das hat folgenden Grund: Walter und ich müssen provisorische Wasserleitungen zu den einzelnen Ständen legen und von den 40 Ständen haben uns gezählte 35 etwas zum Trinken angeboten. Walter hat heldenhaft bei den ersten fünf abgelehnt, weil wir diese Getränke schon vor der Neunerpause angeboten bekamen, dann war sein Widerstandsgeist gebrochen; wir könnten die Gastfreundlichkeit der Betreiber ja nicht dauernd brüsk zurückweisen. Das wäre unhöflich. Ohne drei Specksemmeln als Unterlage hätte ich nicht mal mehr ins »Hoppla« gefunden.

Ich erzähle Sid und Breiti, wo die Stände mit dem bestgekühlten Bier sind, wo es die billigsten Imbisse gibt und wo keine Volksmusik gespielt wird. Um Ansammlungen von Jungbauern machen wir einen großen Bogen, da werden wir nur angestänkert von Lümmeln, die ihre Landpomeranzen beeindrucken wollen, indem sie uns »Penner« oder »scheiß Studenten« nennen. Besonders originell fallen ihre Schmähungen nie aus, meist belassen sie es bei Rempeleien. Handgreiflich werden die Bauern selten, sie fürchten sich vor uns, weil wir so ungewöhnlich aussehen.

Für die Standbetreiber war ich beim Leitung verlegen ein stinknormaler Bauarbeiter im Blaumann, kein schwarzgekleideter Freak. Der Arbeiteranzug schafft Nähe unter den Werktätigen, er ist ein Kleidungsstück, welches Unterschiede in Bildung, Klasse und Herkunft ausradiert. Fremdwörter verwende ich beim Arbeiten nie und auch die Schriftsprache vermeide ich. Ich spreche fehlerfreien Dialekt und deshalb drängten die Standbetreiber Walter und mir die Dankes-kleine-Bier-für-den-professionellen-Wasserleitungsaufbau förmlich auf. Nur beim Schnaps blieb ich standhaft. Hätte ich zu den zehn Seideln auch noch zehn Schnäpse getrunken, könnte ich jetzt nicht mehr mit den Jungs weiterfeiern.

»Der Stand von Moritz liegt optimal«, erzähle ich Sid und Breiti. Nicht zentral am Hauptlatz, nicht am Sparkassenplatz, sondern hübsch versteckt, ganz vorne am Südtirolerplatz beim Stadtsaal. »Das ist für unsere Zwecke ideal«, schwärme ich ihnen vor. »So kommt keine Laufkundschaft vorbei, weiter vorne steht die Volksmusikbühne, wo die Bauern Polka tanzen, und die fangen alle bei uns unerwünschten Gäste ab. Moritz hat keine Kosten gescheut und eine gute Anlage aufgebaut. Jetzt muss er nur noch Breitis und meine Kassetten abspielen und nicht seine grauenhaften Iron-Maiden-Platten. Wir können gratis trinken so viel wir wollen. Es gibt keinerlei Grenzen. Moritz hat sogar schon Speibkübel besorgt.«

Zwischen uns und dem Partyhöhepunkt des Sommers steht nur noch ein halber Arbeitstag. Auch diesen vertreiben Walter und ich uns mit Biertrinken. Wir sind schon mit allen Wasseranschlüssen fertig, aber Walter meint, wir müssen noch einmal alles kontrollieren. Auf die Einhaltung der höchsten Sicherheitsstandards legt er eben Wert. Er ist ein Profi. Außerdem hat er keine Lust, richtig zu arbeiten.

Im »Hoppla« ist zwischen Montag und Donnerstag nicht viel los. An der Bar sitzen nur zwei Stammgäste und wir bitten Ernst, nicht ständig die Rolling Stones aufzulegen. Das Bier rinnt gut. Sid wird ab September in der Innsbrucker Innenstadt wohnen. Das sind gute Nachrichten, weil dann haben wir dort auch einen Schlafplatz. Leider klappt es bei Breiti und ihm erst in einem Jahr mit einem Zivildienstplatz. Natürlich verweigern auch sie den Dienst an der Waffe, sonst wären sie nicht meine Freunde. Sid schimpft über die Widersinnigkeit eines staatlichen Zwangsdienstes. Junge Männer wie wir würden zur Sklavenarbeit verpflichtet, während Verteidigungsminister, sogenannte weiße Jahrgänge und nichtsnutzige Sportler wie Gerhard Berger oder Thomas Muster vom Wehrdienst befreit werden, weil sie für die Republik angeblich unabkömmlich sind.

»Das ist Klassenkampf von oben. Ich hätte gern total verweigert, leider hat mir das mein Vater nicht erlaubt. Wenn das mit meinem Studium klappt, kann ich als Sozialarbeiter dienen. Für dieses Drecksland in den Kampf zu ziehen, fällt mir nicht ein. Was soll das sein, Vaterlandsliebe? Auf was soll ich stolz sein? Es ist nicht meine Leistung, hier geboren worden zu sein.« Sid klingt aber ein bisschen feindselig.

Ich hasse Österreich nicht mehr als andere Nationen. Staaten sind eingebildete Gemeinschaften, selbst Osttirol ist ein höchst künstliches Gebiet. Eigentlich sind wir ein Teil Südtirols, nur haben uns die Italiener 1918 vergessen.

Sid durchlebt einfach eine antiösterreichische Phase. Für ihn ist alles Österreichische schlecht. Ich bin der Meinung, es ist überall alles gleich schlecht, außer in Wien. Breiti hat auch keine Lust auf politische Diskussionen. Er fragt, ob wir kurz auf die Pfadfinderbude gehen könnten – einen Ofen rauchen. Sid will nicht mit, also gehen wir zur zweit. Auf dem Weg treffen wir Babsi und Johanna und fragen sie, ob sie mit uns kommen möchten. Sie genießen ihren Maturasommer mit nichts tun. Im Unterschied zu mir müssen sie nicht arbeiten. Ich knutsche zuerst mit Babsi und dann mit Johanna. Breiti knutscht nur mit Johanna. Ihr wird das Durcheinanderknutschen zu viel. Die macht das sicher nur, weil sie schon etwas angetrunken ist, denke ich mir. Johanna fragt Babsi, ob sie weitergehen können. Wir laden die beiden noch schnell zum Stand von Moritz ein. Johanna hat mich gerade geküsst und dabei hab ich mir acht Jahre lang eingebildet, ich hätte bei ihr null Chancen. Und Babsi hat mit mir geknutscht nach der Grapscherei bei der Maturaparty. Der Sommer wird noch gut. Breiti ist noch immer mit Stella liiert, die geht aber zurzeit nicht aus, was seine Knutscherei mit Johanna entschuldigt. Nachdem die beiden gegangen sind, gibt es nichts mehr zu tun und ich fahre heim. Ich will ausgeruht und fit ins Stadtfestwochenende hineingleiten.

Walter ist in einem Alter, wo ihn nichts mehr zum Stadtfest zieht. Er ist 45 Jahre alt, verheiratet und hat wegen seines früheren exzessiven Lebenswandels, den er nur mehr bei den jährlichen Wasserwerkfesten auslebt, eine mittelschwere Gicht. Er redet nicht gerne davon, aber ich sehe, wie er sich oft schwer tut, feinmotorische Bewegungen auszuführen. Wenn er Hilfe braucht, unterstütze ich ihn gerne. Er gibt mir dann oft wertvolle Ratschläge. Er meint, als Angestellter werde man ausgebeutet, weshalb wir nicht mehr als nötig tun sollten. Jede ausgedehnte Mittagspause verlängere unser Leben. Er ist ein guter Handwerker, aber ein leidenschaftlicher Installateur wie Sigi ist er nicht. Wenn er sagt, »wir gehen es am Freitag langsam an«, heißt das, wir beginnen mit einem Kaffee im »Stehachterl« und warten dort auf die Neun-Uhr-Pause, bis ich uns eine Leberkäsesemmel hole. Dann gehen wir eine Runde und überprüfen, ob das Wasser mit dem richtigen Druck durch die Leitung fließt. Bei dieser Tätigkeit versuche ich, möglichst professionell dreinzuschauen, obwohl ich überhaupt nichts tue. Ich finde das Herumstehen anstrengender als tatsächlich zu arbeiten, aber ich will meinem Partieführer nicht auf die Nerven gehen. Leute, die nach Arbeit schreien, machen sich verdächtig. Ich beobachte die Menschen am Hauptplatz. Viele kenne ich vom Sehen, die grüße ich artig. Auch Caro kommt vorbei. Sie bleibt stehen! Ich schäme mich für meine Arbeitsmontur. Ich laufe rot an und bin verlegen. Das ist mir peinlich.

»Was machst denn du hier?«

»Ist mein Ferienjob, wir verlegen alle Stände mit provisorischen Wasserleitungen.«

Über meine Arbeit zu sprechen, hilft. Caro trägt gefährlich kurze Micro-Shorts und ich starre auf ihre hypnotischen Beine. Unter dem rechten Knie erspähe ich eine fünf Zentimeter lange Narbe. Die finde ich sehr sexy. Ich kann sie nicht auf ihre formvollendeten Beine ansprechen.

»Du, am Samstag arbeite ich beim Sonic-News-Stand. Magst mich besuchen kommen?«

Sie sagt leider ab, weil sie auf Urlaub fährt, aber sie will bald eine neue Kassette kaufen: »Diesmal aber lieber Gitarrenmusik. Traurige Musik gefällt mir gerade besser.«

Sie verabschiedet sich und Walter lädt mich noch zu einem Abschlussgetränk im gegenüberliegenden Espresso ein. Es rentiert sich nicht mehr, um elf noch mit der Arbeit zu beginnen. Walter bekräftigt noch einmal, wie glücklich er ist, nicht mehr 18 zu sein und nicht drei Tage beim Stadtfest durchsaufen zu müssen.

Den Anstich des Bierfasses am Hauptplatz durch den Bürgermeister lassen wir uns nicht entgehen. Das Stadtoberhaupt ist handwerklich ungeschickt und scheitert wie jedes Jahr beim Öffnen des Fasses. Wir wohnen diesem Schauspiel gerne bei, weil es Freibier gibt. Bei seiner Ansprache stottert er herum und man merkt richtig, wie peinlich ihm sein Auftritt ist. Ein richtiger Volkstribun wird er nicht mehr. Er ist von der Idee des Stadtmarketings beseelt und glaubt, unser mickriges Treiben macht Lienz österreichweit bekannt. Schon in Graz weiß kein Mensch mehr von der Existenz dieses Festes. Manchmal und ohne Anlass buhen wir während seiner Rede oder krakeelen nach Freibier. Wenn wir ihn aus dem Konzept bringen und er sich ärgert, freuen wir uns. Wir sind leicht zu unterhalten. Seine Claqueure und persönlichen Assistenten giften uns dann an. Sie sollten uns dankbar sein. Wann sonst hat ein Bürgermeister die Chance, solch unmittelbare Willenskundgebungen des Volkes mitzuerleben?

Schon um elf hat es 27 Grad. Während der Tagschicht wird es nur wenig zu tun geben, weil die meisten Lienzer lieber ins Bad gehen, als sich schon untertags in einer aufgeheizten Stadt die Birne zuzuschütten. Ich hole Breiti von zu Hause ab. Wir nehmen fünf Musikkassetten zu je 90 Minuten Spielzeit mit. Moritz begrüßt uns mit einem idiotischen Handschlag, den er sich aus einem Bikerfilm abgeschaut haben muss, denn so grüßt kein normaler Mensch. Breiti und ich tragen T-Shirts, abgeschnittene Trainingshosen und Turnschuhe, während Moritz trotz hochsommerlicher Hitze nicht auf seine Lederjacke verzichtet.

Er zeigt uns, wie man richtig Bier zapft und den Geschirrspüler reinigt und wieder befüllt. Unser Produktsortiment ist sehr puristisch, wir schenken nur Bier, Wein, Cola und Mineralwasser aus. Es gibt weder Essen noch harte Getränke. Nur für die Mitarbeiter und seine engsten Freunde hat er zehn Flaschen Wodka mitgenommen. Er denkt eben immer in größeren Zusammenhängen. Moritz erklärt uns die Anlage und spielt als Soundchecknummer »Breaking the Law«. Dieser Mist ist seine absolute Lieblingsnummer. Breiti überredet Moritz, die Musikauswahl selbst übernehmen zu dürfen. Moritz hört leidenschaftlich und ausschließlich Judas Priest und Manowar; ich müsste mir strenggenommen Sorgen machen, ob er mit seinem veralteten Musikgeschmack ernsthaft zum Herausgeber einer qualitativ hochwertigen Musikzeitschrift taugt.

Nach der kurzen Einschulung überreicht uns Moritz einen Stapel mit 200 Flugzetteln, auf denen unser Bier unschlagbar billig angepriesen und jeder Neuabonnent mit einem Gratisbier angelockt wird. Breiti und ich durchqueren das gesamte Areal des Stadtfestes und geben jedem, der jung und musikinteressiert aussieht, einen

Flyer. Alle hübschen Mädchen bekommen ungefragt einen Flugzettel zugesteckt. Diese Verteilaktion ist lässig. Nach einer Stunde sind wir die Flugzettel los und gehen zurück zu unserem Arbeitsplatz. Das Einschenken klappt gut, Breiti und ich zapfen perfekt gekühltes Bier mit nicht zu viel Schaum. Die Bierkühlung ist im Prinzip der wichtigste Einrichtungsgegenstand. Moritz ist nervös, weil noch keine Gäste hier sind. Vor halb sieben werden wir eine ruhige Kugel schieben. Wir überreden Moritz, er soll heimfahren, sich ausruhen, ins Bad gehen oder was auch immer. Er steht nur im Weg und verbreitet schlechte Schwingungen. Er will nicht gehen, weil er die berechtige Angst hat, wir würden falsch abrechnen und außer einem gigantischen Schwund wenig zusammenbringen. Ich drohe ihm mit meiner Kündigung, »Vertrauen ist die Basis einer gelungenen Geschäftsbeziehung«, bläue ich ihm ein, »und mehr als fünf Bier verkaufen wir garantiert nicht. Auch bei den anderen Ständen stehen nur gelangweilte Mitarbeiter rum, hyperaktive Chefs brauchen wir nicht.« Moritz verschwindet endlich.

Hinter dem Zapfhahn sind Breiti und ich genau richtig. Wir gönnen uns ein zweites Bier und die ersten Kunden tauchen auf. Urlauber aus Deutschland, die von der Musik angelockt werden und ein Bierchen zur Abkühlung brauchen. Als nächstes kommt Petzi vorbei, die wir seit unserer Grillhähnchen-Session nicht mehr gesehen haben. Das Wiedersehen muss gefeiert werden. Petzi trinkt ein Bier, Petzi trinkt zwei Bier, Petzi trinkt drei, vier, fünf, sechs Bier und zu jedem einen Wodka. Sie grämt sich inzwischen sicher, dass aus unserem flotten Vierer nichts geworden ist. Ich bin beeindruckt von ihrem Tempo. So schnell trinken nicht einmal die Schwemmköpfe vom Club K2.

Die Deutschen gehen es gemächlicher an. Sie wollen über Musik fachsimpeln und wissen, wo man in Lienz am besten ausgehen kann. Sie sind mit ihren Eltern auf Urlaub und werden zu Bergwanderungen und Radausflügen gezwungen. Sie sind erleichtert, normale Jugendliche zu treffen. Ich nütze ihre Dankbarkeit aus und drehe ihnen Abonnements von »Sonic News« an. Moritz wird stolz auf mich sein. Als nächstes kommt die Militärfraktion, was unser inoffizielles Startzeichen für den Beginn der Party ist. Der Anführer der Militärfraktion geht zur Anlage, dreht die Musik lauter und fordert alle auf, befreit aufzutrinken. Kann man denn unbefreit trinken? Oder zum Trinken genötigt werden? In der ersten Stunde vernichten die fünf 25 Bier, was auch die Umsatzerwartungen von Moritz zufriedenstellen dürfte.

Petzi wankt schon. Sie hat sich über den Ausschanktisch gebeugt. Ich drehe ihr kurz den Rücken zu, weil ich frische Biergläser aus dem Geschirrspüler holen will und höre einen Aufprall. Petzi liegt regungslos am Boden. Breiti geht zu ihr und überprüft, ob sie noch amtet. Er rüttelt an ihr, doch sie reagiert nicht. Es ist halb sechs und wir haben die erste Alkoholleiche zu beklagen. Die Militärfraktion fordert, sie hinter die Ausschank zu tragen und dort liegen zu lassen. Vor dem Stand beeinträchtige sie nur den Verkauf. Ich finde diese Idee eingeschränkt tauglich. Ich schlage stattdessen vor, einen Rettungswagen von einer Telefonzelle aus anzurufen. Alle finden die Idee gut, aber keiner will anrufen. Also geht Breiti, weil irgendjemand ja was machen muss, und ruft beim Notruf an. Zehn Minuten später kommt die Rettung. Ich muss einen Zettel ausfüllen, Petzi wird auf eine Trage gelegt und der Sanitäter versichert mir, wir hätten das Kunststück geschafft, die früheste Alkoholleiche seit Bestehen des Stadtfestes zu produzieren. Breiti findet die Reaktion des Rettungsfahrers unangemessen.

»Vielleicht war es der Kreislauf der jungen Frau. Ist ja sehr heiß. Wir schenken nur Bier und Wein aus, keine harten Getränke und die Dame hat fast nichts getrunken. Wir gehen sehr verantwortungsvoll mit unserem Alkoholkonsum um.« Die Club-Leute können ihr Lachen nur schwer verbergen. Doch Breiti betont seine Lüge mit Nachdruck, der Rettungsfahrer entschuldigt sich und wir können in Ruhe weitertrinken. Keine zwei Stunden später ist Petzi schon wieder da. Sie will kein Bier mehr trinken, da ihr gerade der Magen ausgepumpt wurde. Sie muss die Fahrt mit der Rettung aus eigener Tasche zahlen.

Langsam wird die Stimmung ausgelassen. Moritz ist wieder da und spendiert den Gästen eine Runde Wodka. Auch Clubchefin Margit ist eingetrudelt und erzählt uns von ihrem Zweitjob als Parlamentarierin. Sie ist seit einem halben Jahr Nationalratsabgeordnete und bezeichnet uns im Vergleich zu den Besuchern der Parlamentskantine als moderate Trinker. So viel wie laut ihren Ausführungen im Parlament gesoffen wird, schaffen selbst wir im Club K2 unmöglich. Normalerweise ist sie nicht so leutselig. Margit ist eindeutig auch schon besoffen. Wir müssen schneller und entschiedener weitertrinken, denn wir können es nicht auf uns sitzen lassen, dass irgendwelche Volksvertreter mehr trinken als wir. Mit einer solchen Schande können wir nicht weiterleben.

Rund vierzig Gäste bevölkern unseren Stand, der eigentlich nur Platz für acht Personen bietet. Wir haben keine Bänke zum Sitzen, nichts zum Essen, wir haben nur die beste Musik. Das erweckt Neid. Ein Trachtenträger nennt uns asoziale Gammler. Wir fordern ihn auf, sich in sein Tal zu verkriechen und eine Runde Ziehharmonika zu spielen. Ich komme mit dem Ausschenken kaum nach, dennoch achte ich darauf, selber fleißig mitzutrinken. Ich will gleich viel wie meine Gäste saufen. Um neun habe ich neun Bier intus und keine Lust mehr, Bier zu zapfen. Heute feiere ich Premiere, ich werde zweistellig. Ich frage Moritz, ob wir wieder Flugzettel verteilen dürfen. Außerdem habe ich Hunger und will Spanferkel oder Grillhendl essen. Moritz willigt ein, da er begeistert ist von unserer Erfolgsquote. Es ist Breiti und mir gelungen, den Sonic-News-Stand zum bestbesuchten des ganzen Festes zu machen. Moritz will nun selbst ein wenig glänzen und Barmann spielen.

Ich kralle mir einen Stapel Flyer. Wir drücken jedem unter zwanzig einen Flugzettel in die Hand und bewerben »Sonic News«, Österreichs bestes Musikmagazin. Nach zehn Minuten haben wir nichts mehr zu verteilen. Wir setzen uns ins Zelt der Schützenmusik, bestellen uns zwei große Bier, zwei Portionen Spanferkel und zwei Grillhühner mit Kartoffelsalat. Bei den Volksmusikheinis sind wir fehl am Platz, obwohl die Basstuba nach so viel Bier sehr annehmbar klingt. Und Spanferkel schmeckt immer gut. Wir gehen noch eine Verdauungsrunde über den Hauptplatz. In der Dunkelheit kann Breitis und mein Wettbewerb beginnen, wer an mehr verschiedenen Orten öfter illegal, also nicht bei den dafür aufgestellten Plastiktoiletten, sondern hinter Büschen, an Häuserfassaden, neben Buden oder spontan beim Gehen uriniert. Bei diesen Freiluft-Pinkelmarathons gewinnt meistens Breiti, weil er mehr trinkt und daher öfter austreten muss. Direkt neben die Liebburg zu schiffen, ist die größte Mutprobe, weil sich gleich dahinter der Gendarmerieposten befindet. Breiti meistert auch diese Herausforderung bravourös.

Öffentliches Urinieren gehört zu den unbestreitbaren Höhepunkten jedes Stadtfestes. Dasselbe scheint sich auch Moritz zu denken. Als wir wieder beim ihm aufkreuzen, steht er am Tisch mit dem Bierfass und pisst seelenruhig auf den Boden. Vor ihm teilt sich die Menge, wie damals bei Moses und dem Meer. Moritz schimpft wüst: »Scheiß Bullen, wir zahlen die Strafe von 50 Euro, aber wer erregt hier öffentliches Ärgernis? Wenn ich nicht mal mehr hier urinieren darf, wo dann?« Er will seine Geldstrafe wenigstens auskosten. Nur die Anwesenheit der Frau Nationalrätin hat die Exekutivbeamten davon abgehalten, den Stand nicht gleich zuzusperren. Nachdem Moritz' Blase geleert ist, macht er noch mehrmals auf den Kunstcharakter seiner öffentlichen Intervention aufmerksam.

Breiti und ich zapfen uns Bier und verschaffen uns einen groben Überblick. Die Party ist noch nicht eskaliert, zeigt aber bereits ernsthafte Auflösungserscheinungen. Ganz hinten links stehen plötzlich Babsi und Johanna. Wir gehen zu ihnen. Für uns ist damit die Party zu Ende. Babsi trägt Jeans und mit ihren dichten dunklen Locken schaut sie wie eine italienische Strandschönheit aus. Fast ein bisschen wie das Busenwunder Sabrina, die mich neben Samantha Fox mit ihren »Bravo«-Postern durch viele traurige Nächte treu begleitet hat. Diese Ähnlichkeit sticht mir heute nach zehn Bier spontan ins Auge. Babsi verspottet mich, weil ich so blass bin. »Seit wir vom Ozonloch gehört haben, glaube ich Hautkrebs zu kriegen, wenn ich in die Sonne gehe«, kontere ich. Wenn ich so einen Quatsch zu meiner ehemaligen Lieblingsmitschülerin sage, lacht sie. Sie hat schöne weiße Zähne. Ich schlage vor, zur Pfadfinderbude weiterzugehen. Johanna winkt ab. Sie will nicht schon wieder querknutschen. Abwechselnd mehrere Frauen zu küssen, sollte gesellschaftlich akzeptierter sein. Aber Johanna sagt, ich sei ihr zu jung und außerdem mag sie nur Italiener. Breiti verspürt auch keine Lust auf die Pfadfinderbude, also bleiben nur Babsi und ich übrig. Ich lege meinen Arm um ihre Schulter und wir schlendern gemeinsam durch die Stadt.

Ich wanke schon bedenklich. Kein Wunder, ich trinke seit acht Stunden durchgehend, ohne mein Tempo gedrosselt zu haben. Ich weiß nicht genau, wie viele Bier ich getrunken habe, wahrscheinlich neun bis elf aber ich spüre schon einen Brand. Ich bin ein bisschen zittrig. Beim Stadtfest ist die ganze Stadt im Ausnahmezustand. Babsi ist auch angeschlagen. Wir haben bislang nur im Unterricht und nüchtern geredet und erst zweimal geknutscht. Sie himmelt mich nicht an und interessiert sich nicht für Musik. Sie ist mehr der Natur- und Schwimmbadtyp. Um ihre Bräune beneide ich sie nicht, sie sieht mir sogar etwas zu gesund und lebensfroh aus.

Wir machen einen Zwischenstopp am Sparkassenplatz, wo mein Taekwondo-Verein seinen Stand hat. Selbst hier sind schon alle betrunken. Ich begrüße meinen Trainer mit einer angedeuteten Verbeugung und frage, ob ich als

Sportler ein Bier trinken darf. Der gute Mann gestattet mir ein weiteres Bier, wir brauchen schließlich Geld in der Vereinskasse. Babsi und ich trinken mehr als wir vertragen. Ihre Locken gefallen mir immer besser. Ich will noch lange so weitermachen. Ich greife auf ihren Hintern und darf das heute. Das ist eine Aufforderung! Ich zahle und wir gehen zum Vereinshaus.

Wegen des Stadtfestes hat der Club K2 zugesperrt. Ich entleere meine Blase draußen. Ich schiffe lieber im Freien als in den versifften Vereinstoiletten. Ich sperre auf und wir betreten das zweistöckige Vereinshaus; es gehört uns ganz allein. Es dauert ziemlich lange, den ersten Stock zu finden, ohne Licht einzuschalten. Ich bin so besoffen, dass ich den blöden Schalter nicht finde. Wir schwanken und zwischendurch pausieren wir kurz, um uns zu küssen. Endlich sperre ich die Tür auf. Wir kraxeln gleich direkt auf das Hochbett. Ich habe keine Ahnung, ob Babsi auch noch Jungfrau ist. Ich habe auch leider kein Kondom dabei. Wir fummeln kurz herum, dann ziehe ich ihr hastig T-Shirt und BH aus. Durchs viele Schwimmen und Radfahren ist ihr Körper gestählt. Sie liegt nackt vor mir. Ich bewundere ihre Silhouette, denn die Fenster haben keine Jalousien, der Mond ist ziemlich voll, viele Sterne leuchten und auch die Straßenbeleuchtung spendet Licht. Wir wälzen uns im Bett herum. Endlich zieht auch sie mich aus. Ich bewege mich rhythmisch auf und ab. Wenn das Sex ist, finde ich ihn gut. Babsi legt dabei ihre Hände um meine Schultern und hat ihre Beine ein wenig angewinkelt.

Ich liege beim Aufwachen eine Weile neben meiner ehemaligen Lieblingsmitschülerin und überlege, ob ich sie aufwecken soll. Ich schaue auf die Uhr. Es ist erst ein Uhr Nachmittag. Als nächstes versuche ich, mir Einzelheiten unserer Liebesnacht zu vergegenwärtigen. Hab ich mit Babsi geschlafen? Sie liegt zumindest nackt neben mir. Die Nacht war schön, aber ich weiß nicht, ob ich in ihr gekommen bin und ob Babsi ein Kondom dabei hatte. Wenn wir miteinander geschlafen haben, kann ich mich an mein erstes Mal definitiv nicht erinnern. Breiti hat auch keinen Plan mehr, wann und wo sein erstes Mal war. Wahrscheinlich geht es mehr Männern wie uns. Ich bin neugierig, was Babsi noch weiß. Sie ist ein typisches Tiroler Natur-Mädchen, geht gerne Schwimmen und klettern. Worin sie sich von den meisten Lienzerinnen unterscheidet, ist ihr Hang zum Alkohol. Wenn wir ein Paar werden, regt sie sich bestimmt nicht auf, wenn ich zu viel trinke, weil sie selber gerne feiert. Wir könnten ein berüchtigtes Trinkerpärchen werden. So male ich mir bereits eine romantische Zukunft aus. Wahrscheinlich ist heuer mein Glücksjahr.

Babsi wacht auf. Es braucht ein Weilchen, bis sie registriert, wo sie ist. Dann streichelt sie mich; sie hat die Nacht also genossen. Wenn es hell ist, wirkt das Hochbett mit den dreckigen Matratzen ohne Leintücher wenig einladend.

»Ach, Romed, davon habe ich schon lang geträumt. Sag mal, warst du eigentlich noch Jungmann?«

Ich laufe rot an.

»Du bist der dritte, mit dem ich was hatte. Ich fand‘s nicht übel. Du küsst echt gut! Vielleicht wiederholen wir das mal wieder.«

Ich habe einen tierischen Brand und nachdem ich ihr

einen guten Morgen gewünscht und über ihre Locken gestrichen habe, frage ich sie, ob sie zum Frühschoppen gehen will.

»Nein, ich muss heim. Besser, ich fahre los.«

Wir ziehen uns an. In den Treppengängen stinkt es grauenhaft nach abgestandenem Bier. Mehr als zehn Jahre wird diese Bruchbude nicht mehr durchhalten. Ich bringe Babsi noch zur nächsten Kreuzung und überlege mir, wie ich den Rest des Tages verbringen soll. Heimgehen ist keine Option. Also schlendere ich zum Sonic-News-Stand. Da das Wetter schon wieder zu schön zum Saufen ist, ist wenig los. Neben Breiti und Moritz nur die Militärfraktion. Schon wieder gehen die Flaschen. Die haben sicher durchgemacht. Ich trinke auch gleich ein Bier auf nüchternen Magen, um mein Kopfweh etwas abzumildern. Einer der Militärfreaks prahlt mit Heldengeschichten von der gestrigen Nacht. Er hat 15 Bier getrunken und sein Kumpel zwölf große Cola-Rot. Sie sind sichtlich stolz. Nach Sperrstunde haben sie noch auf die Tanzfläche der Schützenmusik gekotzt. Für ihre Bedürfnisse ein gelungener Abend. Ich sehe die Militärfraktion selten mit Frauen. Sie möchten ihre Freiheit und Ungebundenheit genießen und nicht beim Feiern eingeschränkt werden. Breiti schaut auch so aus, als ob seine Nacht noch länger gedauert hätte. Stella ist gestern überraschenderweise noch gekommen und er hat dann bei ihr übernachtet. Auch er bekämpft seinen Kater aktiv mit Alkohol.

Moritz ist mit dem erzielten Umsatz zufrieden. Insgesamt haben wir gestern am Stand fünf Fässer Bier zu je 50 Liter verkauft und dazu noch 48 Abos gekeilt. Er ist sich sicher, gegen Jahresende die 1.000-Abos-Grenze zu überschreiten, sein verlegerischer Ehrgeiz ist ungebrochen. Neben ihm steht noch eine alte Vespa; ich frage ihn, wer das Vespa-Weitwerfen gewonnen hat und ob es eine Wiederholung gibt.

»Wir könnten zur Abwechslung eine Harley Davidsons umstoßen und draufpissen.«

Moritz findet das nicht lustig.

»Wenn du meine Harley anrührst, baller' ich dir deine hässliche Popperbirne weg.«

Er öffnet seine Jackentasche und greift nach der Pistole. Ich bin mir noch immer nicht sicher, ob das eine Gaspistole oder eine scharfe Waffe ist. Wenn er seinen Colt angefasst, zwickt er seine Augen zusammen und er blickt nach links und nach rechts, als würde er sich beobachtet fühlen. Ob er wirklich schießt, wenn jemand sein Motorrad umwirft? Ich will es nicht herausfinden. Er liebt seine Maschine mehr als alles andere. Ich möchte meinen Herausgeber nicht weiter unnötig provozieren, also gehe ich mit Breiti spazieren. Sogar er ist maulfaul. Wir verstehen uns auch wortlos. Wir fühlen uns beide unverstanden, ungeliebt, und wir hassen es, Arbeiterschicht zu sein. Wenigstens kann ich bald wieder aufhören, aber Breiti ist in seinem technischen Büro gefangen.

Die neue Arbeitswoche beginnt unspektakulär. Ich ertappe mich bei einer wehmütigen Erinnerung an meine Schulzeit. Ich hatte mir geschworen, nie die dort alles zermürbende Langeweile zu vergessen, muss aber feststellen, dass auch Erwerbsarbeit ihre ermüdenden Seiten hat. Diese Woche mussten wir ausrücken, um zwei Wasserrohrbrüche zu reparieren, dabei wurde ich bis auf die Haut durchnässt. An den restlichen zwei Regentagen habe ich Wasserzähler ausgetauscht. Die Hausfrauen und Pensionisten, die uns die Türen öffnen, bieten uns manchmal ein Bier an. Spannend ist diese Arbeit nicht. Über die Stufe des Hilfsinstallateurs hinaus werde ich die Feinheiten dieses Berufsfeldes wohl nicht erlernen. Mein erster Lohnzettel mildert meinen Durchhänger etwas. 1.000 Euro, so viel habe ich noch nie verdient. Ich bin ein wohlhabender Teenager und verfüge über viel zusätzliches Budget. Von diesem Geld kann ich mir 300 Bier oder hundert neue Platten kaufen. Ich träume am Montag vom Freitag, schon wieder, wie in der Schule. Traurig, mein Erwerbsleben. Unsere Installateure beklagen sich nicht, zahlen von ihrem Lohn ihre Kredite ab und können sich trotz der harten Arbeit kaum etwas zur Seite legen. Dieser Zwang zur Lohnarbeit ist entwürdigend; ich kenne keine reichen Leute, die arbeiten. Meine Kollegen auf den Baustellen trinken alle zu viel.

Die Woche darauf reparieren wir eine Wasserleitung in der Nachbargemeinde Tristach. Der Bürgermeister höchstpersönlich ist vorbeigekommen und hat uns eine Kiste Bier mitgebracht. Walter meint, seit er zum Bürgermeister gewählt wurde, hat er fünfzehn Kilo zugenommen. Er ist ein bürgernaher Politiker mit Dreifachkinn, aufgequollenem Gesicht und vielen zerplatzten Äderchen. Die Bevölkerung schätzt seinen Ganzkörpereinsatz, bei der letzten Wahl haben ihn 70 Prozent gewählt. Wenn der so weitersäuft, geht er bald in Frühpension. Er schwitzt ziemlich stark und trinkt anstandshalber gleich ein Bier in einem Zug aus. Dieses Sturztrinken beherrschen viele Bauarbeiter eindrucksvoll, so zielstrebig und schnell wie den Herrn Bürgermeister habe ich aber noch keinen trinken gesehen. Ein wahrlich volksnaher Politiker.

Mit dem Autofahren geht es gut voran. Mehr als zwei Abende werde ich für die theoretische Prüfung nicht lernen. Die Straßenverkehrsordnung ist keine hochkomplexe Materie wie Tacitus. Das Herumturnen in Straßengräben löscht mein letztes Lateinwissen in Windeseile. Ich kann schon nicht mehr konjugieren, was mich fröhlich stimmt. Meinen geistigen Verfall täglich im Selbstversuch mitzuverfolgen, trübt meine Erfolgsaussichten auf den Führerschein dennoch nicht. Dem geistigen Leistungsvermögen meiner Kollegen nach zu urteilen, schafft jeder Idiot den Führerschein.

Babsi hat mich auf eine Grillfeier eingeladen. Keine Ahnung, wer der Veranstalter ist. Sie findet am Debantbach statt. Dieses Bächlein erreiche ich nur mit dem Mofa. Zu Fuß ist es zu weit und auf der Hauptstraße besoffen zu fahren, ist zu gefährlich, weil öfter Polizeistreifen patrouillieren. Eine Grillparty ohne Bier funktioniert ja auch nicht. Ich suche bei der Hinfahrt also nach geeigneten Schleichwegen für den Heimweg. Ich komme erst um zehn an, da sind schon alle dicht. Babsi knutscht mit einem Fremden rum. Sie hört auf, als sie mich sieht und sagt: »Romed, ich habe meine Regel nicht bekommen. Was machen wir, wenn ich schwanger bin?« Eine berechtigte Frage. Ich werde unruhig. Ich spüre eine leichte Beklemmung. Ich kenne einen Typen aus meiner Nachbargemeinde, der beim ersten Mal Sex Vater wurde. Seitdem schiebt er frustriert seinen Kinderwagen durch die Straßen, während wir ihn auslachen, weil er so dämlich genug war, gleich Vater zu werden. Die Wahrscheinlichkeit beim ersten Schuss einen Volltreffer zu landen, muss statistisch gegen null gehen. Nun stehe ich vor der gleichen Situation. Nur bin ich noch viel beschränkter als dieser Kerl, im Unterschied zu ihm kann ich mich nicht einmal daran erinnern, Sex gehabt zu haben. Wenn Babsis Regel ausbleibt, müssen wir tatsächlich miteinander geschlafen haben. Bis zur Matura ist es sich leider nicht ausgegangen, doch ich bin großzügig und rechne den Sommer einfach noch zu meiner Schulzeit. Ich habe mein Ziel doch noch erreicht und bin auf Augenhöhe mit meinen Jungs. Dafür habe ich panische Angst, Vater zu werden. Ist meine Jugend beendet? Wie soll ich das meinen Eltern erklären? Babsi ist nett, aber sie war nie verliebt in mich. Wir waren Schulfreunde und Stundenverzögerungsexperten. Ich sitze mit ihren Freunden herum, mit denen sie schwimmen geht und weiß nicht, was ich auf ihre Frage antworten soll.

»Wird schon nichts passiert sein. Ich mache mir keine Sorgen«, lüge ich. Ich sehe mich bereits einen Kinderwagen schieben.

Ich will nicht Vater werden, ich bin selber noch ein Kind. Ich versuche, souverän zu wirken und jeden Anflug von Panik zu vermeiden. Wir betrinken uns gemeinsam, um unsere Sorgen zu vergessen. Dann entfernen wir uns von der Gruppe. Wir könnten wieder miteinander schlafen, aber Babsi will nicht. Sie hat Angst, schwanger zu werden, wenn sie es nicht schon ist. Ich muss mir ab sofort Präservative kaufen und diese stets griffbereit haben. Knutschen und Trinken sind auch schön - um halb drei fahre ich über diverse Feldwege heim. Das Beste am Land sind die vielen Schleichwege.

In meinem Zustand kann ich kaum die nötige Frische und den notwendigen Elan für die Goldene Hochzeit meiner Großeltern aufbringen. Ich bin verkatert und wortkarg, als wir Oma und Opa abholen. Einer meiner Onkels erkennt instinktiv mein Leiden und schenkt mir ein Glas Sekt ein, um mich über das Ärgste zu retten. Ich trinke das Glas ex und zur Sicherheit gleich noch ein zweites. Ich bin wieder entspannter und werde von meiner Mutter gezwungen, die Lesung in der Kirche vorzutragen. Mit meinem aufgewärmten Rausch verlese ich mich dauernd, vermeide es aber, die Schwelle zur Peinlichkeit zu überschreiten, indem ich andächtig schaue. Meine Verwandten blicken selig. Oma und Opa freuen sich über 50 gemeinsame Jahre und erneuern feierlich ihr Eheversprechen.

Nach der Messe gibt es am Pfarrplatz ein weiteres Glas Sekt und dann geht es weiter zum Festessen beim »Fischwirt«. Ich trinke, um meine Großeltern zu ehren, bis ich besoffen bin und verabschiede mich in Richtung »Hoppla«. Besoffen sein ist das beste Gefühl der Welt. Ich bin schwerelos, schwebe über die Straßen und bin unbesiegbar. Heute werde ich ein Mädchen küssen. Ich singe »I am higher than the sun« in einer Dauerschleife vor mich hin. Im »Hoppla« erwarten mich meine Jungs schon am Stammtisch. Da sitzen noch drei andere Burschen, die ich nicht kenne und Laura. Leider bekomme ich keinen Platz neben ihr, sondern sitze am anderen Ende des Tisches. Ich beschwere mich bei Breiti über dieses Pech, bin aber zu schüchtern, diese Sitzanordnung durch einen Platzwechsel zu ändern. Ich überrede Breiti, Laura zu sagen, dass ich sie super finde und er vorab meine Chancen bei ihr sondieren soll. Er soll auch meinen Charakter loben und ein bisschen Werbung für mich machen. Wenn ich mich selbst rühme, ist das unstatthaft. Breiti kann das ohnehin viel besser.

Er setzt sich wie auf Befehl neben Laura und fängt an, mit ihr zu plaudern. Dieser verdammte Stammtisch ist zu groß, um zu verstehen, was sie miteinander besprechen. Sie lachen und tuscheln intensiv, dann schaut mich Laura an, worauf ich erröte. Ein Bier später setzt sich Breiti wieder neben mich. »Ich an deiner Stelle würde mich zu ihr setzen. Weißt du, was sie mir erzählt hat? Sie steht auf dich, ist aber zu schüchtern, sich neben dich zu setzen. Sie glaubt, du findest sie peinlich, weil du nie mit ihr redest.« Ich nehme mein Bierglas, um mich an etwas festhalten zu können und steige hinter dem Rücken der anderen Stammtischsitzer hinüber zu Laura. Ich setze mich neben sie und weiß wie so oft nicht, wie ich das Gespräch charmant eröffnen soll. Selbst der Alkohol befreit mich nicht von meiner Schüchternheit. Ich erzähle ihr also von der Goldenen Hochzeit meiner Großeltern, weil ich ihr nicht erzählen kann, dass ich Angst habe, Vater zu werden. Was Besseres als mein Familienleben fällt mir nicht ein. Also stottere ich und komme mir blöd vor. Ich bin mir sicher, sie wird bald aufstehen, wenn ich sie weiterhin mit lausigen Familiengeschichten nerve. Bislang hielt sie mich für einen coolen Musikverkäufer mit einem City-Loft, doch jetzt denkt sie bestimmt, ich sei ein Familienmensch. Ich monologisiere weiter, weil sie kaum etwas zum Gespräch beiträgt. Dafür legt sie mir ihre Hand auf meinen Oberschenkel. Ich rücke näher.

Babsi darf jetzt nicht ins »Hoppla« kommen. Sie hat

Angst, von mir schwanger zu sein und ich werde von einer anderen angemacht. Ich kann mich einfach nie zurückhalten! Laura muss schon um elf Uhr nach Hause und fragt mich, ob ich sie begleite. Wir zahlen und ich bringe sie bis vor ihre Haustüre. Ich küsse sie; sie ist gänzlich unerfahren. Das muss ihr erster Kuss sein. Sie schaut mich grantig an. »Küssen mag ich nicht, das ist ekelhaft.« Nach diesem seltsamen Satz verschwindet sie grußlos. Küssen verzichtbar zu finden, übersteigt meine Wahrnehmungsgrenzen. Ich werde über diesen Schwachsinn nicht weiter nachdenken.

Die verbleibenden Praxisstunden des Führerscheinunterrichts übe ich katerfrei und der Fahrlehrer hat mich bei der letzten Stunde zum ersten Mal gelobt – mir ist der Motor eine Doppelstunde lang nicht abgestorben. Die Verkehrszeichen kenne ich alle auswendig. Ich stelle mir vor, wie schwer das Autofahren in einer Großstadt sein muss. In Lienz gibt es insgesamt nur drei Ampeln, da muss man sich nicht viel merken. Das Fahren bereitet mir einfach keine Freude. Ich finde Autos hässlich, während meine Kollegen mich fragen, auf welches Auto ich spare. Ich möchte keins kaufen, ich mache den Führerschein nur auf ausdrücklichen Wunsch meines Vaters. Die Liebe zum Auto ist eine weitere grundlegende Störung der österreichischen Seele. Viele rechnen sich mit einem fahrbaren Untersatz bessere Chancen bei den Frauen aus, auf so einen abartigen Gedanken muss man erst einmal kommen. Mein Vater wollte mit mir eine Ausfahrt machen, wie beim Handwerken scheitere ich an seinen hohen Qualitätsansprüchen. Er hat jede meiner Bewegungen kommentiert, bis ich die Nerven weggeschmissen habe. Nach drei Kurven haben wir abgebrochen und er hat das Steuer übernommen. Mit meinem Fahrschullehrer läuft es besser; ich habe keine emotionale Bindung zu ihm und er lobt jeden noch so kleinen Fortschritt. Er ist überzeugt, dass ich die Prüfung schaffen werde. Ich strenge mich richtig an, weil durchfallen im Unterschied zur Schule mit beträchtlichem finanziellen Mehraufwand verbunden ist. Jeder Neuantritt kostet 150 Euro zusätzlich und mein Vater hat mir schon mitgeteilt, dass ich alle Nachschulungen selber bezahlen muss. 48 Stunden vor der Prüfung beginne ich zu lernen; die Bücher habe ich mir von einem Bekannten besorgt. Bei der Lektüre der Straßenverkehrsordnung schlafe ich sofort ein.

Die Prüfung selbst verläuft weniger spektakulär als die Matura. Ich bin nicht aufgeregt und die Anforderungen der theoretischen Leistungskontrolle sind dodeleinfach. Fünfzig Minuten später gratuliert mir der Lehrer zu den beiden bestandenen Theorieprüfungen und ich nehme Platz hinter dem Steuer eines funkelnagelneuen Opel Astra. Ich mag weder die rote Farbe noch den Geruch des Fahrschulautos. Es gibt noch einen mattten Auflockerungsscherz: »Raggler, wie ich sehe, haben Sie gerade maturiert. Für Sie müsste das Osttiroler Verkehrsnetz zu durchschauen sein. Ihr habt ja nur drei Ampeln. Fahren Sie los, ich habe Hunger und freue mich aufs Mittagessen.«

Ich soll links aus der Ausfahrt raus und dann die Hauptstraße entlang bis zur Ampel fahren, danach wieder links abbiegen und über die Beda-Weber-Gasse entlang Richtung Innenstadt fahren. Alles kein Problem. Ich halte die Geschwindigkeitsbegrenzungen ein und den

Pflichtabstand zum Auto vor mir. Entspannt cruise ich am Altersheim vorbei und erreiche bald die Michaelskirche. Vor dem Volkshaus gibt es einen Zebrastreifen, wo ich einen Pensionisten mit einer Krücke und Gipsfuß sehe. Der Alte ist langsam unterwegs und ich rechne mir aus, wieviel ich noch Zeit habe, um mich an ihm vorbeizuschummeln. Sonst müsste ich wieder abbremsen.

»Raggler, fahren Sie rechts ran und bleiben Sie sofort stehen. Sie können nicht vor dem Zebrastreifen beschleunigen. Haben Sie den Gehbehinderten übersehen?« Ich bin durchgefallen.

Entwürdigenderweise muss ich aussteigen und am Beifahrersitz Platz nehmen. Die Strecke zurück fährt mein Fahrlehrer. Ich muss noch zwei weitere Fahrstunden belegen, um nächste Woche erneut die Prüfung absolvieren zu können. Niemand in meinem Bekanntenkreis ist jemals bei der Fahrprüfung durchgefallen, was Sid sicher zum Anlass für einige böse Scherze nehmen wird. Dennoch möchte ich meine Niederlage feiern. Doch als ich an die bevorstehende Feierei denke, bekomme ich einen Schock. Ich bin schon für morgen zur Nachschulung eingeteilt, was bedeutet, ich werde das Konzert des Jahrzehnts, für welches ich bereits eine Karte habe, versäumen. Ich verpasse die Pixies! Es wäre mein erstes Konzert außerhalb Osttiroler Erde, noch dazu mit meinen Helden und ich kann nicht daran teilnehmen. Ich kann niemandem außer mir die Schuld geben. Morgen werde ich die Nachschulung zurecht völlig verkatert absolvieren; ich muss meinen Frust runterspülen. Breiti ist es nicht besser ergangen. Ihm ist der Motor zweimal an einer Kreuzung abgestorben, er hat eine Vorrang-Geben-Verkehrstafel übersehen und musste ebenfalls am Beifahrersitz seine Prüfung beenden. Wir sitzen frustriert im »Hoppla«, während Sid vom morgigen Konzert schwärmt:

»Die Bassistin trägt auf dieser Tour ein T-Shirt, wo draufsteht: ›Ich will meinen Groupie sofort‹.« Sid lacht. »Ich werde mich gleich bei Kim melden.«

Wir alle wollen ihr Gespiele sein. Doch leider besteht nur für Sid eine realistische Chance. Breiti und ich sind in Osttirol gefangen. Sid stänkert ungerührt weiter:

»Schade für euch, aber die Pixies sind nunmal die beste Band der Welt, nicht die verfickten Ärzte. Das ist ihre erste Tour durch Europa. Das ist epochal, vergleichbar nur mit dem Ende der UdSSR.« Wir schlucken. Und Sid stichelt weiter: »Dieses ewige Herumjammern, die Kajalstifte, die schwarze Kleidung und die toupierten Haare haben die Pixies im Alleingang zerstört«, untermauert er seinen Gedankengang.

Es macht ihm sichtlich Spaß, Breiti und mir mit immer neuen und immer absurderen Superlativen darzulegen, warum wir das wichtigste Ereignis unseres Lebens verpassen; bis auf Frusttrinken können wir nichts an der Wahrheit ändern. »Es wird nicht das letzte Konzert sein, das wir verpassen«, tröstet mich Breiti.

Die einzigen Konzerte, die bei uns neben Volksmusik stattfinden, sind Bluesrockkonzerte, Hardrockkonzerte oder die ständigen Auftritte einer Dire-Straits-Tribute-Band. In jeder Bezirksstadt gibt es einen Gitarristen, der glaubt, James Hetfield, Yngwie Malmsteen oder sonst ein selbst ernannter Gitarrengott mit Frisurenproblem zu sein. Wir mussten gezwungenermaßen Dutzende solcher lahmen Shows ertragen. Es war beim ausgedünnten kulturellen Angebot unserer trotzdem geliebten Heimat nur eine Frage unserer geistigen Gesundheit, nach Alternativen zu suchen.

Babsi setzt sich zu uns und eröffnet das Gespräch ebenfalls mit einer erwartbaren Frage: »Ich hab‘ gehört, du bist beim Führerschein durchgefallen. Stimmt das? Dann können wir ja gar keine Ausflüge machen zum Tristacher See oder zu den Wasserfällen in Nikolsdorf.«

Sie wirkt zunächst etwas enttäuscht, weil sie an kaltes, klares Wasser denkt und wie wir gemeinsam drinnen schwimmen und uns lieben, lacht mich dann aber aus, als ich ihr von meinem Zebrastreifenzwischenfall erzähle. Mit Liebespielen im Auto müssen wir noch warten.

»Du fährst schon so schlecht Mofa. Kein Wunder, dass du gescheitert bist, so provokant wie du dich immer aufführst, Romed. Aber Radfahren ist eh lässiger...« Den nächsten Satz flüsterst sie nur mir ins Ohr: »Ich bin nicht schwanger.« Jetzt gibt es doch noch einen echten Grund zu feiern. Babsi hat ihre Regel bekommen, ich werde nicht Papa. Wir müssen also nicht zusammenziehen und kein offizielles Paar werden.

10
Du bist das Land, dem ich die Treue halte

Wie erwähnt, haben die Italiener Osttirol einfach vergessen beim Anschluss von Südtirol. Seitdem gibt es keine direkte Bahnverbindung mehr zwischen Osttirol und Nordtirol, zumindest innerhalb Österreichs. Um mit dem Zug zur Grundausbildung nach Innsbruck zu gelangen, muss ich entweder über Italien fahren oder per Autostopp. Da die Zugfahrt vier Stunden dauert, die Fahrt mit dem Auto nur etwas mehr als zwei Stunden, beschließe ich, künftig zu stoppen. Für die Anreise ist mir das noch zu riskant, weshalb ich vorerst den Zug nehme. Ich kenne mich in Innsbruck nicht aus, das letzte Mal war ich als Volksschüler hier, als wir den Bergisel besichtigten, um Andreas Hofer die Ehre zu erweisen und unsere Dankbarkeit. Bis mich mein Kärntner Geschichtelehrer aufgeklärt hat, dachte ich ernsthaft, Hofer wäre der größte Freiheitsheld aller Zeiten. Dabei haben den angeblich nur neue Absatzmärkte für seinen ebenfalls angeblich herausragenden Wein interessiert.

Als ich aussteige, erinnere ich mich an Heinrich Heines mahnende Worte. Er hat Innsbruck als unwohnliche und blöde Stadt mit beschränkten, aber schönen Bewohnern bezeichnet. Mit der Schönheit der Einheimischen hat er allemal Recht. Schon beim Aussteigen fallen mir drei Frauen mit sehr dunklen, sehr lockigen Haaren auf.

So kann es weitergehen.

Ich freue mich schon sehr auf meine Arbeit. Vor dem Studium ist der Zivildienst ein geschenktes Jahr. Endlich kann ich der Gesellschaft etwas zurückgeben und kann Benachteiligten und Behinderten etwas unter die Arme greifen. Ich werde sicher viel lernen und kann endlich all jenen helfen, die nicht so viel Glück wie ich in ihrem Leben haben. Behinderte zu füttern, mit ihnen zu spielen, sie zu pflegen und sie zu unterhalten, wird mich menschlich reifen lassen. Schon als Pfadfinder habe ich immer versucht, mit guten Taten unsere Welt aktiv besser und lebenswerter zu machen.

Vom Bahnhof aus die Unterbringung für den vierwöchigen Grundkurs zu finden, die im Stadtteil O-Dorf liegt, fällt mir leicht, da ich Sid als persönlichen Führer engagiert habe. Er lebt seit Kurzem in Innsbruck und holt mich ab. Ihm gefällt es hier, er liebt die Stadt und wird sie nie mehr verlassen, weil er Tirol im Herzen trägt. Ich kann bei ihm und seiner Tante in einem geräumigen Innenstadthaus gratis wohnen, wenn ich will.

Das O-Dorf, Kurzform für »Olympisches Dorf«, ist jener künstlich, mit billigen Neubauten errichtete Stadtteil, der für die olympischen Winterspiele 1964 und 1976 gebaut wurde. Nachdem die Olympiaden beendet waren, haben sich hier die ärmeren Innsbrucker angesiedelt. Kein Innsbrucker, der etwas auf sich hält, wohnt freiwillig in diesem Provinzstadtghetto. Die Hochhäuser mit ihren zehn Stockwerken und der eintönig grauen Farbe deprimieren mich. Es gibt auch keine Geschäfte als Orientierungshilfe.

Bevor mein Leben als Behindertenbetreuer losgeht,

muss ich eine dreiwöchige Grundausbildung durchlaufen. Alle Zivildiener werden in verschiedenen Fertigkeiten geschult und erst dann einer Dienststelle zugeteilt. Über die Inhalte hat man mir vorab nichts mitgeteilt, ich habe nur eine Adresse und eine Uhrzeit bekommen. Unser Heim ist ein im typischen O-Dorf-Stil gehaltenes graues Hochhaus mit dünnen Wänden und ausladender Eingangstür. Ich wohne für 21 Tage im dritten Stock auf Zimmer 34 gemeinsam mit zwei anderen Zivildienern. Essenzseiten sind zwischen sieben und acht, um zwölf und um 18 Uhr. Den Abend können wir frei gestalten und auch außer Haus verbringen, wir müssen nur um 22 Uhr wieder im Heim sein.

Ich suche mein Zimmer und treffe dort auf meinen ehemaligen Klassenkameraden Jürgen und einen Landecker, der als Tischler und nebenbei als Rettungsfahrer arbeitet. Jürgen hat seine Matura beim zweiten Antreten erfolgreich absolviert. Er hat damit die einzige und bisher größte Niederlage seines Lebens ausgemerzt. Er leistet Zivildienst, um sich optimal auf das Medizinstudium vorzubereiten. In seiner Freizeit putzt er freiwillig Dienstfahrzeuge. Im Grundkurs sitzen übrigens alle Zivildiener, egal ob sie nachher bei der Lebenshilfe oder bei der Rettung arbeiten. Meine beiden Zimmergenossen haben sich bereits Gedanken gemacht, in welcher Einheit sie die nächsten acht Monate verbringen werden. Ich habe noch keinen Plan. Ich werde Wehrersatzdienst ableisten, weil ich zu feige bin, total zu verweigern und lieber mit Behinderten arbeiten möchte.

In einem nach kaltem Schweiß riechenden Zimmer mit Klassenbestuhlung werden wir 24 Zivildiener von einem Vertreter des Landes Tirol offiziell empfangen. Die meisten meiner Kollegen sind älter als ich. Viele arbeiten seit Jahren oder haben schon ein Studium absolviert. Ich hätte mir mehr Gleichaltrige und eine größere Gruppe gewünscht. Es muss also schwierig sein, die Gewissenskommission zu überstehen. Ein übergewichtiger, aufgedunsener Mann betritt den Raum. Er stellt sich als Vertreter des Landes Tirol vor und wird uns betreuen. Nur einer von sieben schafft es zum Zivildiener, informiert uns der Gruppenbetreuer. Ich fühle mich nicht als Teil einer Elite, eher als Soldat zweiter Klasse. Er erklärt uns den Ablauf der Schulung: wir werden einen Atomschutzkeller besichtigen, einen Vortrag über soziale Einrichtungen hören, Rettungsschwimmübungen lernen und als Höhepunkt Stoffpuppen aus Autowracks mit Spezialzangen bergen. Tiroler Landesgeschichte steht auch am Lehrplan. Diese Gehirnwäsche wird nie aufhören. Unser Gruppenbetreuer trägt eine Dienstuniform des Roten Kreuzes und spricht mit spürbarer Begeisterung von seiner abwechslungsreichen Tätigkeit:

»Wir fahren überall dort hin, wo es weh tut und wo sich der Bürger nicht hintraut. Ihr seid moderne Ritter! Durchbohrte Unfallopfer, Teenagermütter, Alkoholiker im Delirium – es gibt nichts, was ihr nicht sehen werdet.« Ich unterdrücke ein Gähnen.

Die nächsten Wochen wird garantiert nichts passieren. Ich werde mir sinnlose Vorträge von pensionierten Vereinsmeiern anhören, ein wenig in der Gegend herumfahren, Sozialeinrichtungen anschauen und mich langweilen. Der Vortragende ahnt die einschläfernde Wirkung des von ihm vorgestellten Lehrplans, weshalb er vorsorglich auf die absolute Anwesenheitspflicht bei allen Veranstaltungen hinweist.

Wie kommt der Staat dazu, mich zu acht Monaten Zwangsarbeit zu verpflichten? Gerhard Berger sitzt in seiner Villa in Monte Carlo und lacht uns aus als Bodensatz der Gesellschaft, der eine staatlich verordnete Gehirnwäsche verabreicht bekommt. Wenn der Vortragende weiter seine Loblieder anstimmt, werde ich ihn fragen, warum die allgemeine Wehrpflicht nicht für alle gilt. Am Nachmittag ist ein Vortrag über bürgerschaftliches Engagement und die herausragende Bedeutung der Vereine für die Gesellschaft, vorgetragen von irgendeinem verdienten Altpolitiker. Der Berufspolitiker außer Dienst mit zu viel Tagesfreizeit sonnt sich im Rampenlicht seiner verblichenen Amtszeit und wird deshalb auf wehrlose Zivildiener losgelassen. Der Wehrdienst kann unmöglich entwürdigender und sinnloser als sein Gestammel sein. Immer wieder singt er das Lob der Freiwilligkeit. Er hat prinzipiell Recht, nur sitze ich hier leider nicht freiwillig. Aber in ein paar Wochen kann ich endlich mit meinen Behinderten arbeiten und etwas Sinnvolles tun. Meine Entscheidung für den Wehrersatzdienst war goldrichtig. Diese langweiligen Vorträge überlebe ich locker. Auch meine Kollegen kämpfen mit dem Schlaf, nur mein Landecker Zimmerkollege hört aufmerksam zu. Er trägt ein Sweatshirt mit dem Roten-Kreuz-Logo, ein klarer Fall von Überidentifikation.

Der Auftritt des Ex-Politikers war wenigstens teilweise lustig. Er kam schon angetrunken vom Mittagessen und begrüßte uns mit »Liebe Waffenbrüder«. Als ihn der Vortragende auf seine falsche Anrede aufmerksam gemacht hatte, redet er dennoch einfach so weiter, als ob wir beim Militär wären. Der Mann ist eben Vollprofi und gibt nie einen Fehler zu. Er hat uns von der Schönheit des Landes Tirol erzählt und wie stolz er auf uns ist, weil wir praktisch gratis arbeiten, während er monatlich 15.000 Euro Gage einstreift. Wahrscheinlich ist er froh, durch solche Vorträge wenigstens ein paar Stunden seiner Pensionistenroutine zu entkommen. Er lallt ein wenig, doch das stört niemanden. Ich würde auch lieber mit ihm Bier trinken als mir seinen Vortrag anzuhören. In seinen Vortrag baut er auch geschickt einen kurzen Seitenhieb gegen den Wasserkopf Wien ein und meint: »Die Tiroler leisten im Verhältnis zur Bundeshauptstadt dreimal mehr Freiwilligenarbeit und sind Nettozahler.« Nach dem Vortrag bleibt er noch eine Weile hier und wir müssen uns mit ihm fotografieren lassen. Mein Landecker Zimmerkollege strahlt über das ganze Gesicht, so sehr freut er sich über dieses Andenken.

Es gibt keinen gerechtfertigten Grund für diese Grundschulung. Wir lernen weder im Arbeitsalltag verwendbare Fertigkeiten noch gibt es sonstige Gründe für diese Nichtausbildung. Warum werden wir hier eingesperrt? Die Exkursionen verbringen wir teilweise an der frischen Luft. Einen Höhepunkt für unseren Gruppenleiter bildet die Besichtigung des Atomschutzkellers. Alt-Landeshauptmann Wallnöfer war so paranoid, zu glauben, die USA und die UdSSR würden unter Garantie den Atomerstschlag in Tirol ausführen. Sollte das jemals passieren, bietet dieser lächerliche Bunker auch keinen Schutz. Der Vortragende zeigt uns dann Dosenfutter aus dem Zweiten Weltkrieg und erklärt, wir könnten das Zeug noch problemlos verspeisen. Mein Landecker Zimmergenosse ist beeindruckt. Und auch im Schwimmbad lernen wir eifrig, Ertrinkende zu retten. Eine alltagstaugliche Unterrichtseinheit; wie oft habe ich schon Ertrinkende aus der Isel gefischt? Mit der Wasserleiche aus Plastik lasse ich mich lieber fotografieren als mit dem Landecker.

Das Autowrackaufschneiden mit der Riesenzange ist öde. Der Kursleiter wundert sich, warum ich ablehne, die Tür gewaltsam zu öffnen, als er mir die Zange gibt. Warum soll ich ein schrottreifes Auto aufsägen, um eine Plastikpuppe zu bergen. Spontane Zerstörungslust überkommt mich erst, als er unsere Dienststellen zuweist:

»Raggler, Sie werden zur Rettung der Dienststelle Kitzbühel zugeteilt.«

»Wie bitte? Ich habe mich für die Lebenshilfe Osttirol gemeldet. Ich will nicht zur Rettung und erst recht nicht nach Kitzbühel. Was soll ich bei den Schnöseln im Ski-Disneyland? Soll ich bei der Piefke-Saga mitspielen? Außerdem kann ich kein Blut sehen. Ich kann unmöglich zur Rettung!«

»Wir wissen, wozu Sie sich gemeldet haben. Aber das Leben ist kein Wunschkonzert. Seit es den Zivildienst gibt, schicken wir jährlich Nordtiroler nach Osttirol, niemals umgekehrt. Auch die wehren sich mit Händen und Füßen, versetzt zu werden. Sehen Sie es positiv: Sie sind in der Geschichte der Zweiten Republik nun der erste Osttiroler, der in Nordtirol Dienst leisten darf. Sie bekommen von uns Entwicklungshilfe! Wir machen Sie zu einem echten Menschen.«

Die Gruppe lacht schadenfroh. Osttirolwitze funktionieren immer. Ich finde die Situation weniger witzig.

»Ich mag nicht zur Rettung. Ich wollte nie zur Rettung. Ich habe Angst vor Unfällen.«

»Deswegen werden Sie nächste Woche noch hier bleiben. Sie werden einen Intensivkurs zum Rettungsgehilfen absolvieren. Da lernen Sie alles, was Sie brauchen. Wir werden Sie zu einem perfekten Rettungssanitäter ausbilden.«

»Ich kann nicht zur Rettung. Gibt es eine Berufungsstelle?«

»Nein, unsere Entscheidung steht fest. Meckern Sie nicht herum. Viele werden Sie beneiden, den Winter in einer beliebten Fremdenverkehrsmetropole verbringen zu dürfen. Wenn Sie fleißig sind, dürfen Sie sogar beim Hahnenkammrennen mitarbeiten.«

Der Ausbildner will das Gespräch abwürgen, so schnell gebe ich mich aber nicht geschlagen.

»Wenn ich Ihnen doch sage, ich werde ohnmächtig, wenn ich Blut sehe. Ich reagiere allergisch auf Blut. Das ist eine seltene Krankheit. Ich besorge Ihnen ein medizinisches Gutachten.«

»Raggler, reißen Sie sich zusammen! Man kann nicht allergisch auf Blut sein. Ich arbeite seit 30 Jahren in diesem Geschäft. Wenn Sie mich fragen, sind Sie ein Drückeberger. Leute wie Sie gehören eigentlich zum Bundesheer. Allein, wie tief Sie ihre Hosen runterhängen lassen...«

Der Ausbildner will mich zu einem vollwertigen Mitglied des Volkskörpers formen. Er soll ruhig weiterträumen.

Zu Beginn der 168 Stunden umfassenden Basisausbildung für Hilfssanitäter nennt der Ausbildner den Rettungsdienst eine besondere Herausforderung. Eine nur einwöchige Grundausbildung kann keinen ausführlichen Einblick in dieses hochkomplexe Berufsfeld geben. »Konkret ist der Erholungsurlaub hiermit beendet«, knödelt er mit dem kehligen Nordtiroler K-Laut. Es hat etwas Bedrohliches, wenn er von Pflichterfüllung faselt. Wenn er nicht weiterweiß, wird er laut. Sein aggressives Auftreten und sein Vortagsstil nerven mich.

»Viele von euch werden der mentalen Belastung nicht gewachsen sein. Wenn ihr Scheiße baut, müsst ihr euch vor Gericht verantworten. Wir sind die Elite des österreichischen Gesundheitswesens, 365 Tage im Jahr. Eure Uniformen müssen sauber und faltenfrei gebügelt sein. Das Hemd darf nicht über der Hose getragen werden. Jeder Verstoß gegen die Kleiderordnung kostet 100 Euro. In Uniform ist es zudem auch verboten, zu rauchen oder Alkohol zu trinken. Wir haben einen Ruf zu verteidigen! Nicht umsonst ist das Rote Kreuz die beliebteste Nichtregierungsorganisation Österreichs, weit vor der Katholischen Kirche, Greenpeace und Amnesty International. Wer dem Roten Kreuz dient, tritt einer Familie bei und wie jeder Familienverband benötigen auch wir klare Hierarchien und Regeln. Ich selbst habe vor 30 Jahren als Freiwilliger begonnen. Meine Aufgabe sehe ich darin, euch neben einer fachlichen Ausbildung Tugenden und Charakterstärke vorzuleben. Durchschnittlich dienen 60 Prozent eines Jahrganges nachher als Freiwillige weiter. Von euch erwarte ich mir mehr Freiwillige. Wer will sich gleich melden?«

60 Prozent? Welche Drogen nimmt der Kerl? Bekommt der eine Kopfgebühr für die Weitervermittlung ahnungsloser Deppen, die sich ausbeuten lassen? Dieser

Vortrag ist widerwärtige Propaganda, unser Ausbildner verwechselt seine Rolle mit der eines Offiziers. Wenn wir austreten wollen, müssen wir aufzeigen und um Erlaubnis bitten. Und wir sollen ihn mit seinem Dienstgrad ansprechen. Ich möchte nicht ungut auffallen und unterdrücke die Frage, wie er auf diese lächerliche Zahl kommt. Welcher Masochist verlängert seine Zwangsarbeit freiwillig?

Ich habe noch nie über das Rote Kreuz nachgedacht; dieser indiskutable Auftritt macht mich misstrauisch. Wie finanziert sich dieser Verein überhaupt? Die missbrauchen uns als Billiglöhner und Zwangsarbeiter. Wenn der Ausbildner schon beim ersten Vortrag droht, an unser Ehrgefühl appelliert und Anträge für den Freiwilligendienst austeilt, kann das nur heißen, der Verein leidet unter einem eklatanten Mangel an Mitarbeitern. Wahrscheinlich haben Politiker den Zivildienst nur erfunden, um mit billigen Arbeitssklaven Vereine wie diesen am Leben zu halten. Dieser gemästete, aufgedunsene und selbstherrliche Berufsfunktionär braucht uns mehr als wir ihn. Ich lasse mich von diesem Kasperl nicht einschüchtern. Ich werde das Jahr mit teilnehmender Beobachtung verbringen, um herauszufinden, wie das Rote Kreuz wirklich funktioniert. Der Typ schwärmt in immer neuen Superlativen vom »Abenteuer Rotes Kreuz«. Sein Vortragsstil erinnert mich an Jörg Haider, auch der peppt seine Reden gerne mit Scherzen auf Kosten von Minderheiten auf. Die dankbarsten Opfer seiner Witze sind natürlich wir Osttiroler.

»Ihr lebt ja im ärmsten und strukturschwächsten Bezirk Tirols.« Ich ahne, was jetzt kommt. »Du darfst im Rahmen deines Entwicklungshilfeprojektes in einer Fremdenverkehrsmetropole lernen, wie Fremdenverkehr funktioniert. Was es braucht, erfolgreich zu sein. Bei euch gibt es ja nichts. Ihr Osttiroler besitzt ein slawisches Gemüt, ihr seid einfach zu blöd, um Geschäfte zu machen. Die Italiener wollten euch nicht, nicht einmal die Kärntner, nur wir Tiroler hatten in unserer unendlichen Güte Erbarmen mit diesem gottverlassenen Fleck auf der Landkarte. Nutz' also deine Chance auf Alphabetisierung, wir machen dich zu einem vollwertigen Tiroler.«

Meine Kollegen lachen, Osttirol-Witze sind eine sichere Bank.

»Ihr Osttiroler seid keine richtigen Tiroler«, ergänzt ein Kursteilnehmer.

»Ich wüsste nicht, was daran erstrebenswert sein soll, ein richtiger Tiroler zu sein«, erwidere ich, »natürlich bin ich dem Herrn Ausbildner dankbar, wenn er mir helfen will.«

Der Angesprochene misstraut mir, er weiß nicht, ob ich ihn verarsche oder es ernst meine. Nach dem mit weiteren Drohungen gespickten Motivationsvortrag erklärt uns der Ausbildner die inhaltlichen Bestandteile des Kurses. Wir werden alles über die erweiterte Erste Hilfe lernen. Neben Anatomie und Physiologie ist es für Sanitäter wichtig, über Hygienestandards Bescheid zu wissen, Störungen der Vitalfunktionen zu erkennen und anschließend die richtigen Maßnahmen zu setzen. Neben Gerätelehre und Sanitätstechniken lernen wir die Defibrillation mit halbautomatischen Geräten sowie angewandte Psychologie und Stressbewältigung. Das leuchtet mir ein: Wie werde ich bei Unfällen mit Toten reagieren? Die Vorträge zur allgemeinen Krankheitslehre, inneren

Medizin und Orthopädie klingen für mich weniger praxisrelevant. Spannender wird es erst, als wir mehr über Inhalt und Wirkungsweise der einzelnen Arzneimittel im Erste-Hilfe-Koffer des Rettungswagens lernen. Man zeigt uns, wie wir diese verabreichen müssen. Wir lernen, den Zustand von Verletzten und Kranken fachlich richtig zu beurteilen und Störungen lebensnotwendiger Funktionen zu erkennen. Wir überprüfen Augen, Atmung, Herz-Kreislauf-System und bekommen vorgeführt, was wir mit Patienten tun sollen, die unter Schock stehen. Die Betreuung Sterbender wird uns in einer Einheit von 90 Minuten beigebracht. Diesen Lehrplan müssen Genies ausgearbeitet haben. Nach nur einer Woche soll ich sämtliche körperlichen und seelischen Leiden meiner Patienten verstehen, ohne auch nur einen Einblick in das reale Einsatzleben gewonnen zu haben.

Dieses Trockentraining ist komplett sinnlos. Immerhin lerne ich die Unterschiede zwischen Schürf-, Platz-, Schnitt- und Stichwunden kennen und diese entsprechend zu versorgen. Auch das Gebiet der Wundauflagen ist hochkomplex. Die Medizintechnikhersteller bieten rund 1.000 Wundauflagen an, wobei im Rettungsalltag nur die wichtigsten Verbandstofffamilien zum Einsatz kommen. Ich lerne den Unterschied zwischen schmutziger, mittelgradig bis stark nässender, schwach bis mittelgradig nässender und schwach nässender Wunde kennen. Anschließend üben wir mit Wundschnellverbänden, Verbandpäckchen, Kompressen, Heftpflastern, Mullbinden in verschiedenen Größen, Verbandscheren und Rettungsdecken, Wunden auf der Plastikpuppe richtig zu versorgen. Die Wundreinigung und das gegenseitige Armeinbinden sollen uns die Verwundbarkeit des menschlichen Körpers bewusst machen - in den nächsten Monaten werde ich mit menschlichem Leid, Tod und Krankheit konfrontiert werden.

Todesfälle sind das Sahnehäubchen, klärt uns der Ausbildner auf. Das Wort »Sahnehäubchen« bei Toten zu verwenden, zeigt mir erneut, was für ein Widerling er ist. »97 Prozent aller Fahrten sind allerdings Routinefahrten.« Unter dem Begriff »Routinefahrten« kann ich mir nichts vorstellen. Mehr als 80 Prozent aller Zivildiener kämen während ihres Dienstes überhaupt nie mit einem Toten in Berührung. Diese zwei Zahlen beruhigen mich. Ich kann mir nicht vorstellen, nach diesem Minikurs lebensgefährlich verletzte Menschen situationsangemessen zu verarzten. Richtige Notfallärzte müssen sechs Jahre lang studieren und anschließend eine Facharztausbildung machen, bevor sie auf Menschen losgelassen werden.

Bei der Abschlussprüfung erreiche ich von 24 Prüflingen den mit großem Abstand letzten Platz; es ist der schlechteste Wert, seit Zivildienerausbildungen österreichweit statistisch ausgewertet werden. Ich bin stolz auf mich, mein Ausbildner weniger. Er schreit mich an:

»Was bildest du dir ein? Sabotierst du die Ausbildung oder schmollst du, weil du nicht in Osttirol arbeiten kannst! Dein Ergebnis ist indiskutabel, nur können wir dich nicht durchfallen lassen. Die nächsten drei Wochen wirst du nachgeschult, außerhalb deiner Dienstzeiten, so lange, bis du jede Ampulle des Ersten-Hilfe-Koffers auswendig kennst.«

Warum duzt mich der Koffer?

»Sie haben selbst gesagt, wir Osttiroler sind ein bisschen begriffsstutzig. Meine Entwicklungshelfer werden mich schon noch zum Zivildiener des Jahres formen.«

Der Ausbildner ringt um Fassung. Er wechselt wieder in die Höflichkeitsform:

»Auf Ihre Meinung wartet keiner. Sie sind zu dumm, Verunglückte medizinisch erstzuversorgen. Sie sind ein Risiko für ihre Umgebung. So schnell können sie gar nicht schauen und wir verklagen Sie.«

»Sie sehen es selbst anhand der Testergebnisse: Ich bin gänzlich ungeeignet für den Rettungsdienst. Geben Sie sich einen Ruck und lassen mich bitte zu meinen Behinderten.«

Der Ausbildner faucht weiter: »Nichts da! Sie melden sich kommenden Montag um 8 Uhr in der Früh beim Bezirksstellenleiter Huber. Ich habe noch aus jedem neunmalklugen Maturanten einen tadellosen Zivildiener gemacht. Es ist eine Ehre, dem Land Tirol zu dienen. Vergessen Sie das nie!«

11
Tagwache

Weil kein Bus fährt, es keine Bahnstrecke zwischen Lienz und Kitzbühel gibt und ich kein Auto besitze, fahre ich mit dem Zeitungskolporteur der »Tiroler Tageszeitung«. Schweigend passieren wir die ersten Kilometer und ich bewundere meinen Fahrer, der viermal pro Woche zwischen Lienz und Innsbruck pendelt. Überpünktlich stehe ich um halb acht vor dem Rettungshaus, das gleich neben der Hauptstraße liegt. Kitzbühel, der weltberühmte Wintersportort, wirkt an diesem trüben Novembermorgen wie jedes beliebige Tiroler Dorf. Die Einfamilienhäuser haben etwas prunkvollere, jedoch ähnlich falsch proportionierte und nicht funktionale Erker wie die Lienzer Bürgerhäuser. Von der Stelle, an der ich ausgestiegen bin bis zum Rettungshaus sind es höchstens dreihundert Meter. Es nieselt, dennoch stehe ich meine letzten Minuten in Freiheit lieber im Regen, als verfrüht meinen Dienst anzutreten. Um vier vor acht öffne ich leicht zitternd die Tür am Haupteingang und betrete das Dienstzimmer.

»Guten Morgen. Mein Name ist Raggler. Ich bin der neue Zivildiener.« Auf zwei Tische verteilt fixieren mich sechs Augenpaare. Ein älterer Mann um die fünfzig mit kurz geschorenen, lichten grauen Haaren steht auf, kommt auf mich zu und gibt mir übertrieben freundlich die Hand.

»Servus. Ich bin der Otto und werde dir alles zeigen. Gehen wir rauf zum Chef. Dort fassen wir drei Garnituren Gewand aus und ich zeige dir deine Bleibe.«

Otto schiebt mich sanft hinaus. Er bringt mich zum Dienststellenleiter Huber, der mich meinen Dienstantritt schriftlich bestätigen lässt und mir einen Schlüssel aushändigt. Huber wirkt, als stünde er kurz vor der Pensionierung.

»Herr Raggler, Ihnen eilt ein Ruf voraus. Bei der Abschlussprüfung haben Sie richtig geglänzt, wie ich gehört habe, oder?«

Will er lustig sein oder war das ironisch gemeint? Er erklärt mir den Dienstplan: Im Dreiwochenrhythmus habe ich eine Woche Frühdienst zwischen sechs und 14 Uhr, die zweite Tagdienst zwischen zehn und 20 Uhr und der dritte Nachtdienst zwischen 22 und sechs Uhr morgens. Jede Woche bin ich einem anderen hauptberuflichen Rettungsfahrer als Rettungsassistent zugeordnet. Dieser ist mein Vorgesetzter und ich muss seine Anweisungen stets und ohne Rückfragen befolgen. Huber händigt mir höchstpersönlich drei Hosen, drei Hemden und drei Pullover mit einem Aufnäher des Roten Kreuz aus. Alle Kleidungsstücke sind grau. Er kramt noch nach einem Rot-Kreuz-Parka für mich und zieht einen aus dem Stapel. Die Jacke ist viel zu groß und ich verschwinde förmlich darin. Mir gefällt sie auf Anhieb, doch Otto meint, damit sähe ich aus wie ein Schlumpf. Der Dienststellenleiter findet jedoch leider keine kleinere.

Diese Woche bin ich Otto zugeteilt. Deswegen ist er vorhin aufgestanden. Er bringt mich zu meiner Unterkunft. Als mein Kollege die schmale Treppe betritt, bleibt er stehen und dreht sich zur Seite. Von oben kommt uns eine 150 bis 170 Kilo schwere Frau entgegen. Sie ist so fett, dass mein Vorgesetzter ausweichen muss. Beide zugleich finden auf der schmalen Treppe keinen Platz. Die Frau ist höchstens 30 Jahre alt. Das Gehen fällt ihr wegen ihres massiven Übergewichtes schwer. So einen dicken Menschen habe ich noch nie gesehen. Otto grüßt die Dame:

»Guten Morgen Berta, ich bringe dir den neuen Zivi vorbei. Pass' bloß auf, dass er keinen Blödsinn anstellt und in der Nacht nicht zu dir ins Bett schleicht.«

»Grüß Gott, ich bin Frau Strunz. Wenn Sie was brauchen, läuten Sie einfach bei mir. Ich wohne mit meiner Mutter direkt neben ihnen. Auf gute Nachbarschaft.«

Ich grinse bemüht; ihr Unterarm ist dicker als mein Oberschenkel.

Wir gehen weiter und Otto zeigt mir meine Unterkunft. Es ist ein höchstens sieben Quadratmeter großer Raum, vollgepackt mit stickigen Wand- und Bodenteppichen. Die Bude ist bis auf ein schräges Dachfenster fensterlos, weshalb es selbst um halb neun noch dunkel ist. Auf der rechten Seite steht ein Bett, links ein Tisch mit zwei Stühlen und ein Kleiderkasten. Ganz hinten gibt es noch einen Elektroradiator, der die fehlende Heizung ersetzen soll, und einen Fernseher, der laut Auskunft von Otto seit fünf Jahren kaputt ist. Die Luft ist wegen der vielen Teppiche, die seit Jahren nicht gereinigt wurden, stickig und beklemmend. Ich bekomme keine Luft. So mies habe ich mir meine Bleibe nicht vorgestellt. Otto scheint, meine Gedanken zu lesen:

»Fürstliche Unterkunft ist das keine. Nicht so schlimm,

ihr Osttiroler seid Armut und Entbehrungen ja gewohnt. Ist also keine große Umstellung für dich. Zieh' dich um und komm' runter.« Er klopft mir aufmunternd auf die Schulter.

Wie viele Osttirol-Witze werde ich noch hören? Die Nordtiroler machen gerne Späße über uns. Ich verteidige meine Heimat dann und vergleiche die Schönheit meines Bezirks mit dem italienischsprachigen Teil der Schweiz. Diesen Vergleich versteht niemand, weil keiner diesen Teil der Schweiz kennt. Deswegen ist er so stimmig. Osttirol ist auch ein unbeschriebener Fleck. Nicht einmal in Wetterberichten werden wir erwähnt. Wir haben nur 45.000 Einwohner und sind mit 23 Einwohnern pro Quadratkilometer nur halb so dicht besiedelt wie Nordtirol. Die wenigen Einwohner verschanzen sich in Lienz oder in Bergdörfern wie Oberdrum. Unsere Mentalität ist offener als jene der Nordtiroler, wir verbinden den slawischen, den italienischen und den deutschen Geist. Wir sind von den Italienern vergessene Südtiroler. Wir haben viele Plünderungen überstanden und sind zäher als die vom Fremdenverkehr verweichlichten Nordtiroler. Wenn meine neuen Kollegen glauben, sie können sich auf meine Kosten profilieren, spiele ich gerne den begriffsstutzigen Bergmenschen.

Dieser Verschlag, den sie Unterkunft nennen, ist ungemütlich. Die Luft ist stickig; ich öffne das Fenster, muss es aber gleich wieder schließen, weil ich bemerke, dass es sonst direkt auf mein Bett regnet. Die Matratze ist voller Milben, Flöhe und Wanzen und stinkt. Das sehe ich auf Anhieb, weil ich kein Leintuch gekriegt habe. Auch Bettwäsche bekomme ich nicht. Ich soll mir in der nächsten Woche einen Schlafsack mitnehmen und mich in der Zwischenzeit nicht aufpudeln. Ich bin schon gespannt, wie ich in der Zivildieneruniform aussehe, doch im Zimmer gibt es keinen Spiegel. Wenn ich aufs Klo gehen will, muss ich durch den Dienstraum gehen. Ich sperre die Türe hinter mir zu und bemerke einen strengen Schweißgeruch, der den ganzen Aufgang ausfüllt. Dieser Geruch kann nur von meiner Nachbarin stammen. Hoffentlich verschwindet der Gestank wieder.

Ich betrete das Dienstzimmer, begrüße erneut alle Anwesenden, um mein freundliches Wesen zu unterstreichen, und gehe zu Otto. Er stellt mich den anderen Rettungsfahrern vor. Die Hauptamtlichen Lois, kurz vor der Pension, und Hans, um die fünfundvierzig, hager und mit geröteten Wangen, dazu zwei Zivildienerkollegen, beide aus der Gegend und seit langem hauptberufliche Rettungssanitäter. Ich bin tatsächlich der erste Osttiroler, den sie auf ihrer Rettungsstation sehen. Sie mustern mich wie ein seltenes, vom Aussterben bedrohtes Tier im Zoo. Sonst kennen sie uns »Jugo-Tiroler« nur als Skilehrer, Putz- oder Kochhilfen und als Handwerker.

»Du bist der mit dem schlechten Prüfungsergebnis, oder? Na ja, ihr Osttiroler braucht halt ein bisschen länger. Ihr dürft ja überhaupt erst seit 1967 über den Felbertauern fahren! Otto wird dich schon auf Vordermann bringen.« Der Angesprochene freut sich über den Beifall seiner Kollegen. Auch für mich ist es ein Rekord: Die haben nur fünf Minuten für den ersten Osttirol-Witz gebraucht. Ich lache einfach mit, weil sie so peinlich sind. Ich muss erst meinen Platz in der Rangordnung finden und überhöre den kleinen Seitenhieb.

Otto zeigt mir den Fuhrpark und erklärt mir den Tagesablauf. Wir sind drei Partien und fahren abwechselnd Einsätze. In der Früh muss ich warten, bis wir zu Einsätzen gerufen werden. Am Ende des Tages muss ich das Auto waschen und das Fahrtenbuch übergeben. Das Fahrtenbuch, wo Kilometerstand und Art des Krankentransportes einzutragen sind, muss ich penibel führen. Die goldene Grundregel lautet: Kein Krankentransport ohne Namen und Sozialversicherungsnummer. Er erklärt mir die einzelnen Felder und wie ich sie richtig ausfülle. Um halb zehn bekommen meine Kollegen Hunger.

»Romed, bei uns ist es üblich, dass der Zivi die Jause besorgt. Magst uns was holen?«

»Sicher, kein Problem. Wohin soll ich gehen? Ich war noch nie in Kitzbühel.«

»Beim Rettungshaus rechts und dann die Straße entlang etwa 700 Meter, direkt neben der Tabaktrafik.«

Die fünf Männer geben mir Geld und ich schreibe mir jeweils die Bestellung und den genauen Betrag auf, um ihnen nachher gleich die richtige Summe Wechselgeld zurückzugeben. Otto gibt mir mehr Geld. Ich soll noch seinen ausgefüllten Lottoschein mitnehmen und bezahlen. Die erste Probe habe ich bestanden. Sie testen, ob ich bereit bin, niedere Tätigkeiten durchzuführen, die mit meinem Job nichts zu tun haben. Warum nicht? Bevor ich blöd herumsitze und ihre Gespräche belausche, schaue ich mir lieber Kitzbühel an.

November ist in einer Fremdenverkehrsmetropole der tote Monat. Beim Essenholen treffe ich nur Einheimische. Urlauber sehen weniger gehetzt aus als die Werktätigen. Die Einheimischen gehen gebückt oder starren auf den Boden, sie haben den Blues. Sie mustern mich mit prüfenden Blicken, weil ich ein neues Gesicht bin. Ein Animateur in einem Hotel, ein Skilehrer, ein Koch oder ein Tourist kann ich nicht sein, da ich Uniform trage. Ein komisches Gefühl.

Die Fleischerin duzt mich gleich: »Jetzt ist es fein ruhig bei uns, keine Touristen. Du kannst dir nicht vorstellen, was in den Weihnachtsferien los sein wird. Genieße jeden regnerischen Novembertag.« Ich zahle, hole noch den Lottoschein und führe mit der Trafikantin das exakt gleiche Gespräch. Auch sie warnt mich vor der kommenden Saison. Zurück im Rettungshaus gebe ich meinen Kollegen die noch lauwarmen Semmeln sowie ihr Wechselgeld und setze mich zu ihnen. Nichts passiert. Wenn die Stille unerträglich wird, schiebt einer der Männer eine verzweifelte Meldung: »Noch sieben Wochen, dann beginnt der Wahnsinn. Dann müssen wir wieder im Akkord Angetrunkene von den Pisten oder aus dem ›Londoner‹ abtransportieren.«

Nach einer Stunde herumsitzen beginnt meine erste Spazierfahrt. Wir holen eine nette, rüstige Oma, die noch voll gehfähig ist, von ihrer Wohnung ab und fahren sie als Privattaxi zum Krankenhaus zu irgendeiner Nachuntersuchung. Ich nehme ihre Daten auf, wie mir Otto aufgetragen hat, und sie erzählt mir ihre Lebensgeschichte. Ihr Mann ist vor vier Jahren gestorben. Sie besucht jeden Tag sein Grab und zündet eine Kerze an. Sie hat zwei brave Kinder, der Ältere arbeitet als Jurist im Stadtamt, die Jüngere ist Hausfrau mit zwei entzückenden Kindern. Die Oma kramt in ihrer Handtasche und zeigt mir Fotos. Otto hat mir aufgetragen, mit den Patienten viel zu sprechen. Warum, verstehe ich erst, nachdem wir die Oma zuhause abgeliefert haben: Sie steckt mir 10 Euro Trinkgeld zu. Otto kommt zu mir.

»Sehr gut, ein Zehner bei der ersten Fahrt! Du scheinst ein Oma-Liebling zu sein. Je mehr du mit alten Weibern redest, desto mehr Trinkgeld gibt es. Die könnten auch mit dem Taxi fahren, aber sie reden lieber mit den schneidigen Zivildienern. Das Trinkgeld teilen wir. Lass' dich nicht von mir erwischen, wie du alles einsteckst. Die anderen Kollegen beanspruchen das ganze Trinkgeld für sich selbst. Nur ich teile es freiwillig mit euch Zivis.«

Ich nicke.

Trinkgeld für Spazierfahrten zu bekommen, damit habe ich nicht gerechnet. Nach der Fahrt sitze ich wieder stundenlang herum, ohne etwas zu tun. Mir ist entsetzlich langweilig. Um Viertel nach eins geht Otto mit mir wieder in den Fuhrpark und zeigt mir, wie und in welcher Reihenfolge ich den Wagen zu reinigen habe. Zuerst abkärchern, dann die Felgen und die Außenflächen mit einer Lösung einschmieren und anschließend wieder mit dem Hochdruckschlauch abspritzen. Es folgt eine Innenreinigung und ich muss überprüfen, ob der Notfallkoffer voll ist und der Abfalleimer leer. Wenn etwas fehlt, soll ich es aus dem Lager holen und gewissenhaft nachfüllen. Otto zeigt mir noch das Lager und damit ist mein erster Dienst beendet. Wenn das ein typischer Tagesablauf war, werde ich künftig rumsitzen, Pensionisten unterhalten, mich langweilen, Essen für die Kollegen holen und Autos waschen.

Wenn meine Kollegen schlecht über die Besoffenen im Lokal »Londoner« sprechen, ist es dort sicher gemütlich, denke ich mir und gehe hin. Im Vergleich zu Kitzbühel ist Lienz eine Metropole. Dieses Kaff hat keine 7.000 Einwohner. Wer eine halbe Stunde spaziert, kennt den Hauptplatz und alle Gasthöfe. Nur die Dichte an Hotels ist beindruckend. Noch ist November und die Touristenhorden sind fern. Im »Londoner« bin ich außer der Kellnerin und zwei Männern der einzige Gast. Das Lokal versucht, ein britisches Pub zu imitieren, ist aber ein ausgebauter Kuhstall. Wimpel mit Fahnen von Biermarken hängen herum. Ich setze mich an die Bar. Der Gast neben mir spricht mich an:

»Bist du neu hier? Genieß' das Bier. So billig ist es nicht mehr lange. Ab 1. Dezember beginnen die Winterpreise, nach Weihnachten gibt es die Hochsaisonkarte.«

»Was soll das heißen?«

»Na, das Bier kostet im November 2 Euro, im Dezember 3 und in der Hochsaison 4 Euro. Und am Streif-Wochenende noch mehr. Wir haben unterschiedliche Jahreszeitentarife.«

»Verstehe. Hat der Tourismus für euch nicht auch angenehme Seiten? Fesche Touristinnen, die auf kernige Tiroler wie dich stehen?«

»Selma, hör dem Spaßvogel zu! Er fragt, ob wir Touristinnen flachlegen. So ein Blödsinn, oder? Die gestopften Weiber wollen nur die Skilehrer oder die anderen Gäste der Nobeldiskotheken. Dort lassen sie Prolos wie uns nicht rein. Was sollte eine reiche Frau an mir reizen? Ich bin Dachdecker. Aber wenn was geht, dann am ehesten noch hier im ›Londoner‹. Am Faschingsdienstag habe ich eine abgeschleppt. Du kannst jeden Kitzbüheler fragen und alle werden dir bestätigen: Tourismus ist scheiße.«

»Du kannst mir im ganzen Ort kein Lokal empfehlen?«

Meine Thekenbekanntschaft schüttelt den Kopf.

Mein zweiter Arbeitstag verläuft wie der erste. Ich sitze, fahre Routinefahrten, verbringe Zeit im Dienststellenraum. Ich putze freiwillig ein zweites Auto, weil die Zeit nicht vergeht. Als ich die Tür zum Aufenthaltsraum wieder öffne, fängt mich Hans vor den anderen ab und sagt:

»Romed, wir müssen reden. Deine Haare sind zu lang. Die musst du dir schneiden. Sonst bekommst du Probleme.«

Ich bin schläfrig, es ist fünf vor sechs und ich habe noch nichts gefrühstückt. Ich brauche ein Weilchen, um seine Frechheit zu verstehen.

»Wie meinst du das? Zu lange Haare? Die sind nicht mal schulterlang.«

»Sie sind zu lang.« Hans fährt sich über seinen Bürstenschnitt. »Du versteckst deine Augen hinter deinen Stirnfransen. Das ist unhygienisch, oder?«

»Mach' dir keine Sorgen wegen der Hygiene. Gewaschen sind sie. Soweit ich weiß, gibt es beim Zivildienst keine vorgeschriebene Haarlänge. Ich mache nichts Verbotenes…«

Hans schnaubt. Er drückt mir einen Kamm in die Hand.

»Ich diskutiere nicht mit dir. Haare schneiden oder Probleme mit uns allen.«

Ich zögere. »Ähem..., Probleme.«

Ich grinse ihn entschuldigend an und gehe weiter zum zweiten Tisch im Raum, an dem ich mich allein hinsetze. Solange Platz ist, sitzen alle Mitarbeiter am gleichen

Tisch, ich setze mich freiwillig allein an den anderen. Das ist eine Botschaft. Wenn sie mich wegen einer Äußerlichkeit aburteilen, rede ich eben nichts mit ihnen und sitze lieber abseits. Ich habe überhaupt kein Bedürfnis, mit ihnen zu tratschen. Solange ich meine Arbeit ordentlich erledige, kann mir niemand was tun.

Hans ist wütend. Er hat nicht mit dieser Antwort gerechnet. Mit dem Kamm wollte er mich provozieren. Die Aktion war sicher mit den Kollegen abgesprochen. Für den Rest meiner Dienstzeit werde ich mir die Haare wachsen lassen. Dabei wollte ich nie lange Haare. Wenn meine Kollegen sich schon vor meinem Bubikopf fürchten, bin ich gespannt, was sie zu einer ausgewachsenen Matte sagen werden. Meine Kollegen dürfen meinen Haarwuchs live miterleben, kommentieren und bewundern.

Gleich nach Dienstschluss setze ich mich in den Zug und fahre zu Sid nach Innsbruck. Er holt mich vom Bahnhof ab und hat ein feines Ausflugsprogramm zusammengestellt.

»Morgen gehen wir ins ›Haus am Haven‹, ein autonomes Kulturzentrum mit Livekonzerten und contra-tirolerischer Ausrichtung. Dort ist die Präsentation einer Platte verschiedener Innsbrucker Bands.«

»Ich weiß, deshalb bin ich da. Ich schreib für Sonic News.«

Außerdem will ich in Innsbruck Platten einkaufen, um ein neue Kassette für meinen auf 15 Personen angewachsenen Stammkundenkreis aufzunehmen. Sid arbeitet jetzt als Sozialarbeiter beim Verein DOWAS, was für »Durchgangsort für Wohnungs- und Arbeitssuchende« steht. Seine Arbeit ist im Unterschied zu meiner sinnvoll und hat ihn tatsächlich reifen lassen.

»Alle Tiroler, die der Tourismus zerstört, landen bei mir. Versoffene Kellner, Stubenmädchen mit Tablettensucht, überarbeitete Köche. Ich hab' Familien, wo alle saufen. Das ist so krank, was der Massentourismus mit den Menschen macht.« Bisher hatte er nur seinen Hass auf den Vater und die Trauer um die tote Mutter. Die tägliche Arbeit mit dem Auswurf der Tiroler Idee stimmt ihn sanftmütiger. Zu ihm kommen Knechte, Handarbeiter, Tellerwäscher und andere Menschen, die unter der Ausbeutung und dem Druck der Tiroler Gastronomie zusammengebrochen sind. Die von der Tourismusindustrie Ausgespuckten sind seine Stammkunden. »Viele meiner Patienten sind kaum älter als wir. Aber die haben keine Hoffnung mehr.«

Im Gegensatz zu uns. Wir werden uns besaufen, damit ich Kitzbühel vergesse. Sid wohnt direkt in der Altstadt, fünf Minuten zu Fuß vom Bahnhof entfernt. Mir hat er ein Bett im Wintergarten hergerichtet. Er ist der erste freundliche Mensch, mit dem ich seit Dienstantritt spreche.

»Sid, du darfst auf keinen Fall zur Rettung gehen. Das sind die vollen Leuteschinder dort.«

Sid winkt ab und meint: »Warum glaubst du hospitiere ich beim DOWAS? Ich mach dort meinen Zivildienst.«

Wir gehen Pizza essen und spülen sie mit einem Glas Adambräu hinunter. Mir wird schlecht. So ein entsetzliches Bier habe ich noch nie getrunken. Wer mit Falkensteiner aufgewachsen ist, empfindet das Adam als einen tätlichen Angriff. Sid bemerkt meinen Grausen:

»Ha, ha, ist das das erste Mal, dass du Adam trinkst?

Die Innsbrucker Bevölkerung hat schon resigniert. Aber sie wird sich nie daran gewöhnen. Es gibt in den Tälern viele gute kleine Brauereien, auch einige gute Bierlokale, nur die Innsbrucker Brauerei braut dieses indiskutabel schlechte Gesöff.«

Wir gehen weiter zur Lokalmeile bei den Bahnhofsbögen. Dabei passieren wir die Lager- und Produktionshallen von Adambräu. Arme Innsbrucker. Die müssen das ganze Jahr und ihr ganzes Leben dieses grauenhafte Zeug trinken. Alle Lokale, die Sid und ich ab jetzt besuchen, sind Adambräu-freie Zone. Vor der ersten Bar steht eine Gruppe auffällig gekleideter Jugendlicher. Einer mit Irokesenfrisur gibt uns einen Flugzettel für das morgige Konzert, ein zweiter mit Rastazöpfen stellt sich als Pete, Gitarrist der Band THC, ein dritter mit akkuratem Kurzhaarschnitt als Bugg:iie De:bug, Sänger der Hardcoreband Out of Order, vor. Schon wieder höre ich ein neues Wort: »Hardcore«. Die Jungs versprechen mir die Party des Jahres. Es gibt außerhalb von Kitzbühel doch normale Tiroler! Acht Bands werden spielen, der Eintritt kostet nur 5 Euro und jeder Gast bekommt einen Tonträger. Ich erzähle Bugg:iie De:bug, dass ich für das Wiener Musikmagazin »Sonic News« schreibe. »Super, frag' beim Eintritt nach Gernot, dann brauchst du nicht zu zahlen. Das läuft dann unter ›Presseticket‹.« Die Innsbrucker sind freundlichere Menschen als die Kitzbüheler.

Nachdem ich die Pixies versäumt habe, wird das mein erstes richtiges Konzert. Ich nehme mir einen Stapel Flugzettel mit, um zu helfen, damit die Veranstaltung voll wird. Pete meint, an guten Tagen kämen mehr als fünfhundert Leute in das »Haus am Haven«.

»Es ist erst seit einem halben Jahr offen und wir veranstalten nur unangemeldete Konzerte. Während der Arbeitswoche wohnen ein paar Punks dort, die bei den Konzerten und DJ-Nächten die Gastro machen. Weil alles inoffiziell ist, bekommen wir oft Besuch von der Polizei. Davon lassen wir uns nicht entmutigen. Wir sind ein Kunstprojekt, wo es um die Wiederaneignung des öffentlichen Raumes geht. In Innsbruck sind Wohnungen unleistbar. Da ist es besser, Häuser zu besetzen.« Die Innsbrucker sind politisch wachsam, stelle ich fest und es ist einfacher als in Kitzbühel, neue Bekanntschaften zu schließen.

Das »Haus am Haven« liegt nicht am Inn. Hafen sehe ich auch keinen, es ist eine verlassene Lagerhalle mit großem Garten und einem abgetrennten Raum, wo die Punks wohnen. Ich bin zu früh dran, es wird noch kein Eintritt kassiert und die Bar hat auch noch nicht geöffnet, aber ein netter Betrunkener schenkt mir ein Dosenbier. Ich bin absichtlich so früh hergekommen, um mich ein bisschen umzuschauen. Vielleicht schreibe ich für »Sonic News« eine Reportage über Hausbesetzer in Innsbruck. Obwohl es das »Haus am Haven« noch nicht lange gibt, hat es sich bereits einen Ruf als Veranstaltungsort mit vernünftigen Preisen erarbeitet. Die Leute, die herumlungern, sehen anders aus als meine Zivildienerkollegen und die Innsbrucker auf den Straßen. Nur wenige ziehen sich punkig an, haben grüne oder rot gefärbte Haare und rotkarierte Stoffhosen. Die meisten tragen unauffällige Kleidung; Turnschuhe, Jeans, Pullover und Parka, wobei die Farben Blau, Schwarz, Grau und Camouflage dominieren.

Wie von Bugg:iie De:bug angekündigt, muss ich dem

Türsteher nur den Namen Gernot nennen, um keinen Eintritt zahlen zu müssen. Gernot schenkt mir den Punk-Sampler und macht mit mir einen kleinen Rundgang. Das »Haus am Haven« ist Stützpunkt und Aushängeschild einer Kulturinitiative, bei der sich alle Nordtiroler mit normalem Geschmack zusammengerauft haben. Am besten besucht sind die Hardcorekonzerte, erklärt mir Gernot stolz. Seine Freundlichkeit ist ansteckend. Gernot spielt mit Bugg:iie De:bug bei »Out of Order«, die ebenfalls am Sampler mit einem Lied vertreten sind. Sie werden heute als vierte Band spielen. Gernot organisiert im »Haven« die Konzerte. Hardcore, so viel reime ich mir aus seinen weiteren Ausführungen zusammen, ist Gitarrenmusik mit politischem Anspruch; klingt ähnlich wie Punk, nur schneller und härter. Gernot will mit seiner Musik politische Anliegen transportieren. Ich schäme mich ein wenig, weil Sid, Breiti und ich nur auf Partys gehen, um Mädchen kennenzulernen. Wir haben keinerlei politische Ziele und Ansprüche.

Für Gernot transportiert Hardcore eine Haltung und erst dann Musik und Freizeitvergnügen. Wichtigstes politisches Element sind die Preise. Der Eintritt kostet nie mehr als 10 Euro, selbst wenn die Bands aus den USA anreisen. Die Bandmitglieder schlafen auf Couches in den Wohnungen diverserer Vereinsmitglieder oder direkt »am Haven« und nicht in teuren Hotels. Die Getränke sind billig und Marken gewinnorientierter Konzerne wie Coca-Cola werden nicht verkauft. Bei den angebotenen Speisen gibt es je ein vegetarisches und ein veganes Gericht. »Was hat veganes Essen mit Musik zu tun?« Meine Unwissenheit belustigt Gernot. Er hat früher auch Bier getrunken, aber etliche seiner Freunde haben sich versoffen, weshalb viele ehemalige Punkrocker zum gesünderen Hardcore-Lebensstil gewechselt sind.

»In Innsbruck gibt es viele Straight-Edge-ler. Das sind Menschen, die überhaupt keinen Alkohol trinken, nicht rauchen, vegan oder vegetarisch leben und viel sporteln. Die haben nur Sex, wenn sie eine feste Freundin haben.« Sein Selbstbewusstsein imponiert mir. »Die Herrscher halten sich ihre Untertanen mit Alkohol und Tabak gefügig. Wenn sich die Leute besaufen, merken sie nicht, wie sehr sie beschissen werden.« Gernot lebt wie ich, bevor ich Sid und Breiti kennenlernte. Ich sollte wieder mehr sporteln.

Gernot hat für die Bewohner des »Haven« große Pläne. Innerhalb eines Jahres sollen alle aufhören zu trinken und zu politischen Kadern herangezogen werden. Dieser Mann schafft es, für Demonstrationen mehr als 300 Leute zu mobilisieren. Sein mittelfristiges Ziel lautet, die Tiroler Kulturpolitik aufzumischen und statt Saufpartys ein Zentrum für selbstverwaltete, antikapitalistische Aktionen zu etablieren. Mittlerweile habe ich ein schlechtes Gewissen, weil ich neben Gernot ungeniert an meinem Bier nuckle. Für ihn bin ich ein vergnügungssüchtiger Untertan, der seinen Zivildienerfrust im Bier ertränkt, statt aktiv gegen soziale Missstände anzukämpfen. Gernot greift mich nicht direkt an. Vielleicht glaubt er, freundlich sein zu müssen, weil ich sonst über den Sampler und das Haus schlecht schreiben könnte. Ich bin Moritz aufrichtig dankbar - seit ich Mitarbeiter von »Sonic News« bin, bekomme ich gratis Schallplatten und brauche keinen Eintritt mehr zu bezahlen. Gernot hat mich also in die

Interna der Innsbrucker Kulturszene eingeweiht und jetzt weiß ich auch, dass »Straight Edge« so viel wie freiwillig abstinent heißt.

Die ersten drei Bands spielen grauenhaft, doch das Publikum feiert selbst diese unbegabten Amateure frenetisch. Dann betritt Gernot die Bühne und stellt den Sampler und alle am Projekt beteiligten Bands vor. Der Sampler mit sieben Bands und 23 Minuten Spielzeit zum Preis von 5 Euro bei einer Auflage von 500 Stück bietet den historisch ersten Einblick in die noch junge und alternative Musikszene Innsbrucks. Nach der Ansprache, die auch eine kurze Bürgermeisterbeschimpfung enthält, bleibt Gernot auf der Bühne und steckt seine Gitarre an. Er beginnt das Konzert mit einer kurzen Ansage: »Wir sind Out of Order. Wir spielen Hardcore.« Die Gitarren, das Schlagzeug, der Bass und der Sänger spielen, schreien und springen lauter und härter als alles, was ich jemals gehört habe. Den Punks ist das zu brutal und sie verziehen sich an die Bar. Dafür strömen kurz geschorene, muskelbepackte Männer nach vorne, formen einen Kreis und tanzen wobei sie einander herumschubsen. Ich kann mich dieser Energie nicht entziehen und haue mich rein in den Pulk. Jeder versucht, die anderen zu übertrumpfen; kürzere Haare zu haben, mehr Tattoos zu zeigen, mehr Liegestütze zu schaffen. Sänger Bugg:iie De:bug springt von der Bühne ins Publikum und singt dort weiter. Mit seinen weit aufgerissen Augen und dem Matrosenanzug wirkt er wie ein verwirrter Wiener Sängerknabe. Er schlägt sich mit dem Mikrofon absichtlich und mit voller Wucht auf die Stirn und blutet ziemlich stark.

Ich bin begeistert, gehe zu Gernot und gratuliere zum

Auftritt. »Spielt ihr auch auswärts? Ihr könntet doch mal in Lienz spielen!« Gernot freut sich über meine Anfrage. Er schreibt mir seine Adresse und Telefonnummer auf. Neben Musikjournalist und Kassettenverkäufer bin ich jetzt auch Konzertveranstalter.

12
Disziplin ist alles

Ich schleiche in mein Zimmer und hoffe inständig, keinem hauptamtlichen Rettungsfahrer zu begegnen. Eine Verspätung darf ich mir nicht erlauben, schließlich warten die nur auf einen Fehler von mir. Jemand war in meiner Abwesenheit hier. Ich kann aber nichts Verdächtiges entdecken. Alles liegt dort, wo es liegen soll. Doch etwas ist anders.

Meine Kollegen antworten auf meinen betont fröhlichen Morgengruß mit Schweigen, sie wollen also mit ihren Feindseligkeiten weitermachen und setzen auf Zermürbungstaktik. Ich ignoriere das Schweigen und frage, wem ich zugeteilt bin. Hans steht auf schnauzt mich an:

»Du fährst mit mir. So nett wie Otto bin ich nicht. Zum Aufwachen reinigst du alle Autos.« Er drückt mir wieder einen Kamm in die Hand. Sein Einfallsreichtum, mich bloßzustellen, ist begrenzt. »Geh‘ zum Friseur. Vorher fahre ich nicht mit dir.«

Ich bleibe ruhig und antworte: »Hans, ich erinnere dich nur ungern, aber dieses Gespräch hatten wir schon. Es gibt kein Gesetz, wie lange meine Haare sein sollen. Selbst wenn du mir jede Woche einen Kamm schenkst, schneide ich mir nicht die Haare.«

»Bist du so dumm, oder tust du nur so? Was glaubst du, wer du bist? Wir Fahrer haben uns beim Chef über dich beschwert. Außerdem hast du dein Zimmer nicht aufgeräumt, oder? Wir haben dich überprüft, Hermine.«

Er redet mich mit einem Frauennamen an und denkt, das sei originell. Dabei ist es nur frauenfeindlich, weil er meine Sanftmut für weibisch hält. Er läuft rot im Gesicht an. Wenn er sich so nah vor mir aufbaut, ist er kurz davor, gewalttätig zu werden.

»Wieso schnüffelst du in meiner Bude rum? Wo steht denn geschrieben, wann und wo ich meine Unterkunft aufräumen muss? Gibt es da ein Regelwerk oder ein Gesetz? Wenn ja, zeig mir das bitte.«

»So etwas wie dich haben wir früher gefressen! Ordnung halten ist das Mindeste. Du bist ein altkluger Maturant, der keine Ahnung hat vom Leben.«

»Danke für deine Einschätzung. Dieses Loch ist so abgewohnt, aufzuräumen wäre da reine Zeitverschwendung. Versuch' mal mit mir zu sprechen, ohne mich zu beleidigen. Ich habe dir nichts getan.«

»Mir gefällt deine Frisur nicht. Solche Subjekte wie du gehören zum Militär. Du brauchst ein wenig Disziplin. Disziplin ist alles. Und du hast mir zu gehorchen, Doris.«

In seinem roten Gesicht blitzen feindselige Augen. Mit Sicherheit hatte er kein so gutes Wochenende wie ich. Also lenke ich ein.

»Vorher war ich noch die Hermine … Hans, ist schon gut, ich gehe Autos waschen. Danach hole ich dir eine Wurstsemmel und deinen Lottoschein. Habe ich auch für Otto gemacht.«

Er wird mich nicht brechen. Pflichtbewusst putze ich den Fuhrpark und zusätzlich alle Privatautos meiner Kollegen. Lieber putze ich alleine vor mich hin, als mir ihre blödsinnigen Gespräche anzuhören. Als ich fertig bin, setze ich mich zu ihrem Tisch.

»Setz' dich rüber zum Frauentisch. Wir mögen keine Langhaarigen«, schnauzt mich Otto an. Ich bin nicht überrascht und nehme am anderen Tisch Platz. »Und lümmel' nicht so herum. Du trägst eine Uniform. Lies' dir diesen Bericht in der ›Tiroler Tageszeitung‹ durch. Da ist ein Student in Brixen erfroren. Gut so, studierte Deppen gibt es viel zu viele.«

Bevor ich antworten kann, stürmt Hans herein und ruft: »Notfall, Zwei Autos müssen sofort raus. Notfall! Romed, raus. Schnell, schnell!«

Er ist aufgeregt und vergisst auf die sonst üblichen Unfreundlichkeiten. Es muss also was Schlimmes passiert sein. In einer Fabrik in Reith bei Kitzbühel ist ein Arbeiter in ein Fließband geraten, höre ich. Wir rennen zum Auto und Hans schaltet das Folgetonhorn ein. Wir fahren mit 130 Stundenkilometern über die Bundesstraße und überqueren schon die zweite Ampel bei Rot. Als wir ankommen, suchen wir nach dem Opfer. Ich muss im Laufschritt mehrere Personen fragen, wo der Unfall passiert ist. Neben dem Notfallkoffer brauche ich nichts mitzunehmen, weil auch ein Notarzt kommen wird.

Wir rennen weiter und ein Mann liegt neben dem Förderband. Vor ihm stehen zwei Kollegen und starren ihn an, ohne ihm zu helfen. Als wir vor dem Verletzten stehen, verfalle ich in eine Schockstarre: Der etwa 40-jährige Mann hat eine abgetrennte Schulter. Seine Haut ist so bleich wie die der geschlachteten Schweine, wenn mein Nachbarbauer die geteilten Hälften auf der Brücke seines Stalles aufhängt. Die Schulter des Verunglückten ist durch einen sauberen Schnitt fast zur Gänze vom restlichen Körper abgetrennt. Hans ist von der Schwere des Unfalls auch überwältigt. Wir wissen beide nicht, was wir tun sollen. Wir müssen auch gar nichts tun, weil in diesem Moment der Notarzt auftaucht. Dieser intubiert das Opfer, wir heben ihn auf die Liege und tragen ihn zum Hubschrauber. Der Verunglückte liegt regungslos da, ich weiß nicht, ob er schon tot ist oder nur ohnmächtig. Wir übergeben ihn dem Personal des Rettungshubschraubers, damit ist unser Einsatz beendet. Hans schickt mich noch zu den Kollegen des Verunglückten, um die Patientendaten aufzunehmen. Um unseren Einsatz richtig zu verbuchen, muss der Ablauf des Unglücks genau protokolliert werden. Ich möchte die Kollegen des Verunglückten fragen, ob dieser Familie hat und ob ich jemanden anrufen soll. Doch Hans drängt mich zum Aufbruch. Schweigsam fahren wir zurück.

»Hans, glaubst du, der Mann wird sterben? Ich habe noch nie einen Toten gesehen.«

»Bei uns verrecken dauernd Leute. Diese Schnellstraße und die Fabrik sind Todeszonen. Man gewöhnt sich dran. Du hast versucht, ihn nach bestem Wissen zu verarzten, oder?«

»Kann ich darüber mit jemandem auf der Dienststelle sprechen? Ich bin ziemlich fertig.«

»Was heißt, du willst mit jemandem sprechen? Du bist ein verwöhntes Mädchen. Dauernd sterben Menschen. Ist nichts Besonderes.«

Für mich schon.

Die nächsten Nächte kann ich nicht schlafen. Vor dem Einschlafen sehe ich überall Schweinehälften und Blutspritzer. Ich stelle mir den Verunglückten als fürsorglichen Familienvater vor. Er war nur einen Moment unaufmerksam, ist ausgerutscht und ins Förderband geraten. Wegen der Alpträume habe ich meine Kollegen gefragt, ob wir bei Todesfällen psychologisch nachbetreut werden. Sie haben nur gelacht. Meine Angststörung nimmt keiner ernst. »Drückeberger«, »Scheiß Hypochonder«, »Verweichlichtes Mädchen«, sagen sie nur. Beschimpfen kann ich mich selbst auch, also beschließe ich das Gesehene anders zu verarbeiten. Was ich gesehen habe, sehen viele: Durchschnittlich muss ein Zivildiener zwei bis vier Tote betrauern.

Seit dem Unfall habe ich bei jedem Dienst Angst vor dem nächsten schweren Unfall. Bei jeder Ausfahrt, die kein Routinetransport ist, fange ich an zu zittern. Meine Vorsprache beim Bezirksinspektor bleibt erfolglos. »Unfälle gehören zum Geschäft. Einsätze wie der Erlebte helfen Ihnen beim Erwachsenwerden«, besänftigt mich der Bezirksstellenleiter. Lieber als meine Ängste diskutiert er meine Frisur und die Unordnung auf meinem Zimmer, über die ihn meine lieben Kollegen gewissenhaft informiert haben.

Ich habe keine Zeit zum Nachdenken, weil Hans und ich eine alte Frau mit Alzheimer ins Krankenhaus bringen müssen. Die Dame mit wachsfaltigem Gesicht und strähnig-dünnen Haaren holen wir von einem luxuriösen Einfamilienhaus ab. Mit ihrer Tochter erledige ich die Formalien, weil die über 90 Jahre alte Frau sich selbst nicht mehr artikulieren kann. Während der Fahrt schreit sie mich mit unverständlichen Stammellauten an. Hans pöbelt, ich solle sie festbinden, was ich allein und im Stehen nicht schaffe. Ich versuche, sie zu beruhigen, indem ich ihre Hand nehme und sie streichle. Das gefällt der Frau nicht; sie knickt meinen Zeigefinger gewaltsam um. Für eine alte Frau hat sie erstaunliche Kräfte. Ich muss loslassen und sie will aufstehen. Hans schreit von der Führerkabine Anweisungen und Flüche nach hinten. Ich muss meine ganze Kraft aufbieten, um die Oma wieder in die Liegestellung zu bringen. Sie keift mich an. Sie ist offensichtlich schwer daneben und weiß nicht, wo sie ist. Wenigstens liegt sie wieder. Erst jetzt bemerke ich, dass während unseres kleinen Handgemenges ihr weißes Nachtkleid nach oben gerutscht ist. Sie trägt keine Unterhose, das sehe ich, als ich meinen Blick von ihren Füßen nach oben gleiten lasse. Stattdessen sehe ich ihre Scham. Die wenigen grauen Haare sind mit Dreck, Blut und einer weißen Flüssigkeit verklebt. Dieser Anblick ist ekelhaft. Wenn ich den nicht schleunigst aus meinem Gehirn verbanne, will ich nie mehr etwas mit Frauen zu tun haben. Es würgt mich und ich schiebe ihr Kleid wieder nach unten. Erneut will die Patientin aufstehen. Als ich mich zu ihr umdrehe, hat sich dieses Biest schon wieder aufgerichtet. Ich sollte der Alten eine in die Fresse hauen. Stattdessen greife ich mit meiner rechten Hand auf ihre linke Schulter und will sie in Liegestellung bringen. Die Patientin wehrt sich wie gehabt und ich erhöhe den Druck. Ich nehme meine zweite Hand zu Hilfe und beuge mich zu ihr runter, um mehr Kraft zu bekommen. Da spüre ich einen Schwall von Erbrochenem auf mir. Ohne vorher zu würgen, übergibt sich die Frau. Nach der ersten Fontäne mitten in mein Gesicht kommen zwei weitere, denen ich ausweichen kann. Ihr Widerstand ist gebrochen und sie legt sich reglos hin. Ich traue mich nicht, von ihr wegzugehen, weil sie dann wieder aufstehen könnte. Also halte ich ihre Hand, während ihr Erbrochenes von meinem Gesicht herabtropft. Mich würgt es heftig. Ich wische alles weg. Lange darf diese Horrorfahrt nicht mehr weitergehen. Ich habe Hans bereits gefragt, wie lange wir noch brauchen, doch der ignoriert mich und registriert die Kotzattacke erfreut. Bin ich paranoid, oder fährt er langsamer als sonst?

Die Patientin liegt wie leblos auf der Liege. Ich probiere, eine Gefühlsregung in ihrer Mimik zu erkennen. Mir tut die alte Dame leid. Sie weiß nicht, wohin sie gefahren wird. In ihrem Mund sind keine Zähne mehr und ihre blauen Augen sind wässrig. Ihr Händedruck ist mechanisch. Die Wärme meiner Hand beruhigt sie. Ich beginne, ihr von mir zu erzählen. Dass ich aus einem Dorf komme, gerne bergsteige und hier freiwillig arbeite, um alten und kranken Menschen zu helfen. Dass ich es schön finde, bei ihr zu sein und hoffe, dass sie ein erfülltes Leben hatte. Weil die Patientin so mager ist, frage ich sie, ob sie als Leichtathletin oder Turnlehrerin gearbeitet hat. Doch sie behält ihre Lebensgeschichte im Unterschied zu meinen sonstigen Pensionisten lieber für sich. Als Hans endlich die Tür öffnet, schnappe ich nach frischer Luft und muss selbst speien. Wir tragen die Patientin ins Krankenhaus und übergeben sie den Krankenpflegern.

Hans schreit: »Du stinkst! Glaubst du, ich sitz neben einem Angekotzten? Verzieh' dich gefälligst nach hinten.« Ich renne aufs Klo und wasche mich notdürftig. Krankenhausluft riecht schlecht, aber im direkten Vergleich zu Erbrochenem nachgerade erfrischend. Hans ist sadistisch veranlagt und lässt mich einfach hinten bei geschlossenen Fenstern sitzen. Hier ist die ganze Luft vom Geruch des Erbrochenen durchtränkt. Ich muss durchhalten. Ich atme ganz schwach durch die Nase und halte mir die Hand vor. Ohne diesen selbst gebauten Filter müsste ich mich gleich wieder übergeben. Ich habe Kopfweh und Hans fährt verdächtig langsam. An der Ortseinfahrt bleibt er stehen und geht noch zum Billa einkaufen. Das ist reine Provokation. Während seines Einkaufs öffne ich die Tür, damit etwas Frischluft reinkommt.

Als wir in der Garage einparken, schreit er mich wieder an: »Schau dir diese Schweinerei an! Du bist sogar zu blöd, die Tasse rechtzeitig zu finden. Putz' den Wagen und zieh' dir was Frisches an.« Hans lacht mich aus. Für eine Antwort bin ich zu erschöpft, außerdem will ich ihn durch meine Widerrede nicht weiter provozieren. Ich ziehe meinen Pullover aus, hole Kübel, Putzschwamm und Wischtücher und reinige den Wagen. Obwohl ich den Boden dreimal aufwische, verflüchtigt sich der Gestank nur langsam. Als kleines Abschiedsgeschenk hat mir die Oma noch ein wenig auf die Liege geschifft, die ich frisch überziehe.

Ich verstaue den grünen Parka mit Rot-Kreuz-Aufnäher, den ich mir aus der Kleiderkammer geklaut habe, in meiner Tasche und verschwinde. Mit meinem selbst gemalten Lienz-Schild dauert es keine Minute, bis mich ein Auto mitnimmt. Dabei mache ich einen Fehler, ich hätte nicht ins erstbeste Auto einsteigen sollen. Mein Fahrer brettert bereits mit 100 km/h durchs Ortsgebiet. Die Strecke über den Pass Thurn fährt er konstant über 170, auch doppelte Sperrlinien hindern ihn nicht an

Überholmanövern. Stolz erzählt er mir, dass er alle Radargeräte kennt. Er arbeitet auf Montage in Vorarlberg und braucht für die Strecke heim nach Matrei in Osttirol statt sechs Stunden nur mehr drei Stunden und zehn Minuten. Er fährt jedes Wochenende heim, weil Matrei die geilste Marktgemeinde der Welt ist. Deshalb kann es ihm nicht schnell genug gehen. Besonders begeistert ihn sein Sicherheitsgurt, den er sich von einem professionellen Rallyefahrer besorgt hat. Je länger der Typ rast, desto sicherer bin ich mir, Osttirol nie mehr zu sehen. Wir verunglücken noch im Bezirk Kitzbühel und anstatt mir zu helfen, tritt mir Otto in die Eier und all meine Kollegen feiern meinen Tod! Ich will nicht so alt werden wie die demente Frau, aber heute muss ich noch nicht sterben. Ist das ein Selbstmordattentäter oder ein Serienmörder, der Autostopper umbringt? Der geringe Gegenverkehr spendet mir Hoffnung. Immer wenn der Raser doppelte Sperrlinien ignoriert, kommt uns wie durch ein Wunder kein Fahrzeug entgegen. Beim Aussteigen fragt er mich, ob ich am Sonntag wieder mit ihm fahren möchte, doch ich winke ab. Künftig werde ich mir meine Mitfahrgelegenheiten besser aussuchen. Frauen und Familienautos, ja, Sportwagen und Fahrzeuge mit Heckspoilern, nein.

Zu Hause beim Abendessen erzähle ich vom tödlichen Unfall und den Schikanen meiner Kollegen. Meinem Vater imponiert, wie ich Schwerverletzte verarzte, den ganzen Tag Autos putze und Pensionisten unterhalte. Weil ich bislang weder bei Ferienjobs noch mit Lehrern gröbere Schwierigkeiten hatte, wundert er sich allerdings über die Feindseligkeiten meiner Mitarbeiter. Er verspricht mir, nächste Woche beim Innenministerium anzurufen und dort nachzufragen, ob es Vorschriften für Haarschnitte gibt.

Mein Papa hat auch schon bessere Zeiten erlebt, er hat seinen zweiten Bandscheibenvorfall gehabt und musste operiert werden; danach hat ihm seine Firma gekündigt, weil er mit 49 Jahren angeblich zu alt geworden ist. Er hat zum ersten Mal keinen Job, zwei unversorgte Kinder und Existenzangst. Ich habe ihn als Kind stets souverän erlebt, doch nach seiner Wiedersehensfreude ist er beim Essen seltsam wortkarg. Obwohl er fleißig war, hat ihn der Chef wegen seiner Krankheit rausgeschmissen. Das macht ihn fertig. Ich bin wütend, weiß aber nicht, wie ich ihm helfen kann. Natürlich ist 49 Jahre uralt, aber Buchhalter werden immer gebraucht, tröste ich ihn:

»Die Zeiten sind abgesehen von meinem Zivildienst und deiner Arbeitslosigkeit doch in Ordnung. Deutschland hat sich wiedervereinigt, den Eisernen Vorhang gibt es nicht mehr. Du wirst sehen, dieses Jahrzehnt wird unseres.« Ich klopfe ihm auf die Schulter. »Wenigstens liege ich dir nicht mehr auf der Tasche. Mit meinem Zivildienstgeld komme ich locker über die Runden. Ich bekomme 150 Euro Lohn und dazu noch 300 Euro Essensgeld. Nachher arbeite ich gleich wieder beim Wasserwerk. Ich will dich nicht ausbeuten wie dein ehemaliger Boss.«

»Gut zu wissen, dass du kein Geld brauchst. Noch geht sich alles aus, aber in sieben Monaten läuft mein Arbeitslosengeld ab. Bis dahin muss ich was finden oder es wird eng für uns und ich muss Notstand beantragen. Ich dachte immer, wer arbeiten will, bekommt eine Arbeit. Doch dreißig Jahre Erfahrung zählen nichts.«

Ich verstehe das alles nicht. Mein Vater hat mir die

Welt erklärt, ist mit mir Bergsteigen gegangen und ich kann mich blind auf ihn verlassen. Dieser stolze Mann verliert gerade sein Urvertrauen.

Patienten sterben, mein Vater verliert seinen Arbeitsplatz, der Kommunismus ist gescheitert; nur unsere wöchentlichen Saufereien im Club K2 laufen immer nach dem gleichen Schema ab. Das beruhigt mich. Verweile, Party, verweile. Die Militärfraktion redet vom neuesten Überlebenstraining und ich baue meinen Bauchladen auf. Die neu zusammengestellte Kassette ist meine zehnte. Für die Jubiläumsausgabe hat mir Breiti ein Cover gezeichnet und ich verkaufe sie um 15 statt um 10 Euro. Schon nach einer halben Stunde habe ich 14 Kassetten verkauft, als Caro vor mir steht. Ohne Laura, dafür mit noch kürzeren und noch blonderen Haaren. Sie schaut aus wie das Tank-Girl. Ob sie meine Comicheldin kennt? Als sie so vor mir steht und ihre Arme verschränkt, muss ich sie einfach anstarren. Sie trägt blickdichte, schwarze Strumpfhosen, schwarze Schuhe mit hohen Absätzen, einen grauen Minirock, ein schwarzes Ledergilet, darunter nur einen ebenfalls schwarzen Sport-BH und darüber einen geöffneten, weißen Anorak mit Kapuze. Um ihren Hals hat sie kunstfertig ein schwarzes Perlenkettenimitat mehrmals verknotet. Mit den Absätzen ist sie größer als ich. Caro, auf weibliche Art athletisch, lullt meinen Verstand ein. Nach dem tödlichen Unfall konfrontiert sie mich sozusagen mit dem prallen Leben. Ein edles Kontrastprogramm. Sie formt ihren Mund zu einer kleinen Schnute. Das lange Schweigen ist mir unangenehm. Ist sie nur da, um sich eine Kassette zu kaufen? Das wäre naheliegend, sie mag Musik.

»Magst eine Kassette? Wie läuft`s bei dir? Ganz ohne Laura unterwegs?«

»Ich kann nur kurz bleiben, weil ich um zehn daheim sein muss. Ich soll dir was von der Laura ausrichten. Sie findet dich cool, aber sie will keinen Freund. Sie findet küssen eklig. Das ist ihr zu schlatzig. Seitdem ihr was hattet, glaubt sie, asexuell zu sein.«

Ich sollte traurig sein, aber Caros Anwesenheit spendet mir Trost. Ich denke überhaupt nicht an Laura! Wenn sie so vor mir steht, sehe ich nur Beine. Ihre Nase ist schön knubbelig und ihre hellblauen Augen lächeln spöttisch, frech und ein wenig überheblich. So mag ich es am liebsten. Wir reden noch ein bisschen über Musik, dann verabschiedet sie sich schon wieder. Eventuell taucht Babsi noch auf und knutscht mit mir. Das wäre ein angemessenes Trostpflaster, jetzt wo ich von Lauras Asexualität erfahren habe. Warum erzählt sie mir das nicht selbst? Weil sie ständig im Doppelpack mit Caro unterwegs ist, habe ich schon vermutet, die beiden sind lesbisch. Auf die Idee, dass sie asexuell ist, wäre ich nie gekommen.

Moritz kommt mit seiner Motorradgang vorbei. Er ist zufrieden mit meinem Konzertbericht und steckt mir fünf frische Schallplatten zu, die ich für ihn besprechen soll. Obwohl es schon nach zehn ist, füllt sich der Club nicht. Moritz trinkt drei Bier ex und dazu jeweils einen Jägermeister, auch das hebt seine Laune nicht.

»Warum ist nichts los?«

Clubchefin Margit klärt uns auf: »Im Volkshaus ist ein Reggaekonzert.«

In Lienz gibt es so selten Konzerte, weshalb die ausgehungerten Musikfreunde alle Veranstaltungen besuchen, auch wenn sie die Band nicht kennen oder die Musikrichtung nicht mögen. Moritz beschließt hinzugehen und da weder Breiti, Sid noch Babsi auftauchen und Caro schon wieder gegangen ist, begleite ich meine Rockerfreunde. Ich bin der einzige, der statt einer schwarzen Lederjacke einen grünen Rotes-Kreuz-Parka trägt. Ich fahre auf dem Rücksitz von Moritz' Maschine mit, ohne Helm. Moritz setzt seinen auch nicht auf, um seine Frisur nicht zu zerstören. Die Rocker fahren mit ihren schweren Maschinen im Schritttempo über die Beda-Weber-Gasse. Die wenigen Fußgänger, die noch auf der Straße unterwegs sind, weichen instinktiv aus. Mit ihren »Murder Inc.«-Aufnähern auf den Jacken wirken die vier wie eine Nachwuchsdelegation der Hells Angels. Ich husse ein wenig:

»Moritz, warum fährt deine Mühle so langsam? Da düst ja mein altes Mofa schneller.«

Ich will ihn anstacheln. Ihn zu ärgern, wiegt das bisschen Angst locker auf.

»Halt die Schnauze, was wir hier machen, ist cruisen. Wir genießen unsere Ausfahrten.«

Moritz stellt seine Maschine ab und streichelt in einem Moment, als er sich unbeobachtet fühlt, zärtlich über den Tank. Er reicht mir seinen Flachmann und ermuntert mich zum Trinken. Ich lehne ab, weil ich keine harten Getränke vertrage, als er seine Jacke öffnet, die Pistole zieht und sie mir an die Schläfe setzt.

»Trink den Schnaps oder ich blase dir das Hirn raus.«

Wenn es ihm so wichtig ist, mich trinken zu sehen, werde ich ihm diesen Gefallen tun. Als ich absetze, nimmt er seine Pistole von meiner Schläfe, schießt in die Luft und lacht irre. Ob das eine echte Waffe ist? Nach Abfeuerung dieser kleinen Salve richtet er die Waffe erneut auf mich. Er fuchtelt damit vor meinem Gesicht herum.

»Trink mehr Schnaps! Ich will Freude in deinem Gesicht sehen, wenn du trinkst.«

Vor der Pistole fürchte ich mich weniger als gestern beim Autostoppen mit dem Raser. Selbst der Flachmann ist mit einem Totenkopfaufkleber verziert. Bei dieser Sauferei geht es Moritz sicher um eine Art Aufnahmeritual. Nachdem er mit meiner Arbeit als Lohnschreiber zufrieden ist, will er mich mit dieser ruppigen Aktion als Neumitglied in seinem Motorradklub anwerben. Biker stehen auf Mutproben. Ich mag Moritz und seine Gang, also trinke ich lange und ausgiebig. Seine Entourage nickt anerkennend, Moritz verstaut die Waffe wieder in der Tasche.

»Du bist kein Feigling«, er streichelt mir über den Kopf, »meine Puffen ist nur eine Gaspistole. Wenn ich dir damit ins Gesicht schieße, bist du nur blind. Lasst uns reingehen.«

Moritz ist schon besoffen. Auch mir fährt der ungewohnte Schnaps ins Hirn. Ich schlage den Rockern vor, mit dem Kassier um einen Gruppenrabatt zu verhandeln. Moritz nimmt das Geschäftliche gleich selbst in die Hand.

»Wegen der Musik kommen wir nicht. Wer spielt da überhaupt? Ich garantiere dir, wir saufen dir die Bar leer.« Moritz kramt in seiner Brusttasche und drückt ihm einen 50 Euro Schein in die Hand.

Die gespielte Musik gefällt Moritz nicht. Er ballt seine Faust und singt: »Breaking the Law! Breaking the Law!« Er sieht sich im Raum um und sucht nach Frauen mit großen Brüsten. Da niemand diesem Profil entspricht, ist er frustriert und kommandiert uns zur Bar. Nach zwei Bier kann ich nicht mehr stehen. Ich sehe einen einsamen Sessel und steuere ihn mit letzter Kraft an. Mit weichen Knien sinke ich hinein. Das Sitzen tut mir gut. Ich versuche, mich auf die Gitarren und die Stimme des Sängers zu konzentrieren, damit ich mich nicht übergebe. Ich schließe die Augen und ziehe mir die Kapuze des Parkas über den Kopf.

»Scheiß Zivildiener!«

Ich spüre zwei harte Ohrfeigen. Eine kräftige Hand rüttelt an meiner Schulter. Ich muss eingeschlafen sein. Ich blicke einem riesigen Mann, sicher zehn Jahre älter als ich, ins Gesicht. Er brüllt mich an. Die Schellen wecken mich auf. Ich bin schlagartig hellwach.

»Woher willst du denn wissen, ob ich Zivildiener bin.«

»Du Penner trägst einen Rettungsparka.« Er holt zum nächsten Schlag aus.

Wo um Himmels Willen sind Moritz und seine Gang? Wenn mir nicht bald jemand hilft, prügelt mich der Typ ins Koma. Die nächsten Ohrfeigen prasseln auf mich ein. Die sind wesentlich härter, als die beiden ersten zum Aufwachen. Dabei dachte ich bislang, Reggaekonzerte würden nur von friedlichen Menschen besucht. Als er erneut ausholt, sehe ich, wie ihm von hinten jemand an den Arm greift. Es ist Rahim!

»Hey, Robert, lass‘ den Romed in Ruhe. Den kenne ich. Der ist in Ordnung.«

»Echt? Der Spinner ist Zivildiener und seine Fresse macht mich zornig.«

»Ja, er zieht sich gerne seltsam an, aber abgesehen davon ist er in Ordnung.«

Der Riese weiß nicht, ob er Rahim glauben soll.

»Meinetwegen.«

Ich verlasse fluchtartig das Volkshaus. Für heute habe ich genug.

13
Lehrjahre sind keine Herrenjahre, Raggler!

Nachtdienste sind bei meinen Kollegen beliebt. Man muss keine Autos putzen und wenn keine Unfälle oder Kneipenschlägereien vorkommen, darf man sich um Mitternacht hinlegen. Fürs Schlafen bezahlt zu werden, finde ich grundsympathisch.

Um eins vor zehn betrete ich den Dienstraum. Leider bin ich diese Woche wieder Hans zugeteilt. Ich begrüße ihn freundlich, doch er antwortet nicht. Er ist weiter auf Konfrontationskurs. Neben ihm sitzen zwei Polizisten in Uniform am Tisch und die Telefonistin Else, die während der Tagdienste im ersten Stock arbeitet. Ich setze mich zu ihnen und hoffe, dass Hans wegen der Gäste auf seine üblichen Beleidigungen verzichtet. Sie reden über Kitzbüheler Neuigkeiten und beschweren sie sich über die kommende Wintersaison. Langsam kapiere ich, warum die beiden Uniformierten bei uns sind. Sie haben offiziell Dienst, sind aber zu faul, Streife zu fahren, und wärmen sich lieber bei uns auf. Außerdem hat der kleinere der beiden Polizisten, ein stämmiger Blonder mit Ivan-Drago-Haarschnitt, ein Auge auf Else geworfen. Er lacht bei jeder ihrer Wortmeldungen. Damit signalisiert er Interesse. Die beiden könnten auch bereits ein Paar sein. So genau will ich das gar nicht wissen. Allmählich geht ihnen der Gesprächsstoff aus. Sich anzuschweigen ist ihnen unheimlich. Also wählen sie mich als nächstes Gesprächsthema. Meine kurze Erholungsphase nach der verrückten Alten, dem Raser und der Schlägerei ist somit beendet.

»Also du bist der verhaltensauffällige Osttiroler. Ich komme selbst von dort, aber ich muss Hans beipflichten. Mit deinen fettigen Haaren bist du eine Schande für jeden Uniformträger. Kein Wunder, dass es so viele Osttiroler-Witze gibt, bei Gestalten wie dir.«

»Was bist denn du für ein Nazi? Es geht dich einen Scheißdreck an, wie ich mich anziehe.«

Ich bin wütend. Und erschrecke vor meiner eigenen Frechheit. Ich habe soeben einen Polizisten in Uniform beleidigt.

»Sag einmal, spinnst du? Siehst du nicht, dass ich im Dienst bin? Das war eine Beamtenbeleidigung. Wenn ich will, kann ich dich festnehmen. Das kostet dich mindestens 200 Euro, du Spinner.«

Hans stachelt ihn weiter auf: »Ich habe es genau gehört. Er hat dich Nazi genannt. Das kann ich bezeugen. Bei meiner Ehr'.«

Kurz denke ich nach, ob ich einen Rückzieher machen soll. Aber ich überlege es mir anders. Von einem Dorfgendarmen lasse ich mich nicht einschüchtern.

»Mach mal halblang. Du sitzt hier in Uniform, das ist richtig. In deiner Dienstzeit. Während du Verbrechen bekämpfen oder Temporaser abfangen solltest, verplemperst du deine Zeit bei uns und tachinierst. Du kannst nichts gegen mich unternehmen. Du dürftest nicht mal hier sein. An deiner Stelle würde ich abhauen, sonst zeige ich dich an. Mir gefällt deine Witzfrisur auch nicht.«

Ich pokere hoch. Ich habe keine Ahnung, ob mein

Vorwurf stimmt, aber von fremden Leuten muss ich mich nicht schief anreden lassen. Wenn er Else aufreißen will, soll er sich anders profilieren als mit halblustigen Scherzen auf meine Kosten. Er senkt seinen Blick.

»Okay, diese Runde geht an dich. Niemand im Raum hat gehört, wie du mich angegangen bist. Niemand weiß, dass wir hier waren. Merk dir eins, ab sofort stehst du unter Beobachtung.«

»Sicher doch. Lass uns wieder Freunde sein. Du bist doch auch Osttiroler. Da müssen wir zusammenhalten gegen die Schluchtenscheißer.«

Ich lache ihn spöttisch an. Ich habe seinen wunden Punkt getroffen.

Der Ivan-Drago-Gedächtnishaarschnitt blickt zu seinem Kollegen. Der greift zur Dienstkappe auf dem Tisch und setzt sie sich auf. Sie gehen. Es folgen keine Beschimpfungen und Zurechtweisungen von Hans. Er ist geschockt von meiner Unverschämtheit. Ungläubig schüttelt er den Kopf. Soll ich auch im Umgang mit meinen Rettungskollegen meinen Ton verschärfen? Ihre permanenten Nadelstiche zermürben mich. Sollte ich Schwäche zeigen, werden sie mich fertigmachen. So einfach wie mit dem Polizisten ist die Situation mit den Rettungsfahrern nicht: Wenn ich Hans anpöble, bekomme ich ein Disziplinarverfahren. Mein Dienst ist staatlich verordnete Zwangsarbeit. Ich muss mich leider ungestraft fertig machen lassen; also lenke ich ein:

»Hans, reg' dich nicht auf, das ist nicht gut für deinen Blutdruck. Von einem Landsmann lasse ich mich nicht schief anreden, der versteht das schon.«

Hans ringt nach Worten. Er begreift nicht, warum

mich eine Uniform nicht einschüchtert. Er schaut ein Weilchen ins Leere, bis er anfängt, übertrieben zu gähnen und kurz angebunden sagt:

»Ich bin müde. Ich lege mich hin. Du kannst auch schlafen gehen. Wenn etwas passiert, rufe ich dich.«

Zur Abwechslung darf ich meinen ersten Schweralkoholiker bergen. Seine Angehörigen haben uns gerufen; er liegt regungslos in seinem Zimmer. Zimmer ist für diese Behausung der völlig falsche Ausdruck. Wir werden von einer älteren Frau in ein Kellerloch gelotst. Dort liegt neben überquellenden Kartons nur eine nicht überzogene, komplett verdreckte Matratze. Der Raum hat kein Fenster, die Luft ist stickig, wir können kaum atmen. Hier liegt ein Mann mit grauem Vollbart. Hans rüttelt ihn und schreit ihn an. Der Mann hat sich bereits seine letzten Gehirnzellen rausgesoffen, ein sinnvolles Gespräch mit ihm zu führen, ist unmöglich. Hans und ich stützen ihn und schleppen ihn bis zum Rettungswagen. Seine Angehörigen schämen sich, weil sie sehen, wie wir uns mit ihm abmühen. Krank ist der verwirrte Mann, suchtkrank und er stinkt wie ein Iltis. Wir fahren ihn ins Krankenhaus in die Ausnüchterungsstation.

Hans zeigt mir im Krankenhaus die Gitterbetten, wo die schweren Fälle angegurtet werden, wenn sie heftige Entzugserscheinungen haben. Ich rechne mir aus, wie viel ein Mensch trinken muss, um sich so effizient selbst zu zerstören wie unser Patient. Der arme Mann ist total abgemagert, ich kann nicht abschätzen ob er fünfzig, sechzig oder siebzig ist. Hans muss ihn schon öfter transportiert haben. Er redet mit ihm wie mit einem Gegenstand. Wenn der Patient nicht reagiert, haut er ihm auf den Hinterkopf wie einem Straßenköter. Der Mann ist Alkoholiker, kein Tier; ich weiß aber selbst nicht, wie ich Alkoholiker angemessen behandeln soll. Hans baut generell gerne an Schwächeren seinen Lebensfrust ab. Auch das Ärzteteam begrüßt den Patienten wie einen alten Bekannten. Wie ich erfahre, gilt er als hoffnungsloser Fall. Er zittert und leidet an Orientierungslosigkeit. Dann müssen wir weiter, wir werden gleich vom Krankenhaus aus direkt zu unserem nächsten Einsatz geschickt. Ohne Unterbrechungen zu arbeiten, mag ich. So muss ich keine Autos putzen und mir auch keine unnötigen Gespräche im Dienstraum anhören.

Unser nächster Fall ist wieder heikel. Wir müssen eine Schwangere nach Innsbruck fahren, weil es Komplikationen gibt, die vor Ort nicht gelöst werden können. Die näheren Umstände der Schwierigkeiten sind noch unbekannt; wir werden nur angehalten, schnell zu fahren, da die Wehen bereits eingesetzt haben. Hans und ich fahren zur Patientin, holen die Trage und betten die junge Frau. Ich gurte sie an und halte ihre Hand. Die Gebärende ist mehr Kind als Frau, höchstens 14 Jahre. Ihr Alter missfällt Hans. »Was müssen die scheiß Jugos sich so früh vermehren? Und wir müssen das auch noch finanzieren.« Der Typ ist hauptberuflich Sadist und nebenberuflich Rassist. Was um Himmels Willen hat der Geburtsort der Patientin mit ihrer Schwangerschaft zu tun? Das junge Mädchen hat Angst. Während der Fahrt und vor der Patientin mit Hans zu streiten, beruhigt sie sicher nicht. Ich beiße mir auf die Zunge und kümmere mich um die junge Frau.

Ich halte ihre Hand und lege ihr einen Waschlappen auf die Stirn. Ich frage sie, wie sie ihr Kind nennen möchte und ob sie sich freue, Mama zu werden. Bessere Fragen fallen mir nicht ein, denn ich muss dauernd an die Schwangerschaftseinheit während der Grundausbildung denken. Dort hat man uns eingebläut, dass wir im Notfall selbst und direkt im Auto entbinden müssten. Um mit der Patientin ein Vertrauensverhältnis aufzubauen, habe ich ihr meinen Namen verraten. Sie hat mir ihren auch gesagt: Miroslava. Sie vermisst ihre Mutter und hat noch mehr Angst als ich. Sie zittert, weint und hält meine Hand ganz fest. Zwischendurch bittet sie mich um einen Schluck Wasser. Sie fragt mich, ob ich schon öfter Schwangere transportiert hätte. Ich lüge sie an und erzähle von zahlreichen erfolgreichen Entbindungen, und dass wir die Fotos aller Babys, die wir im Rettungsauto entbunden haben, im Dienstzimmer der Rettung sammeln. Neugeborene bringen Glück, sage ich ihr.

»Wird dein Kind ein Bub oder ein Mädchen? Bist du mit dem Vater des Kindes zusammen?« Miroslava schweigt, ihre Wehen werden heftiger.

Wenn wir Pech haben, muss ich wirklich im Auto entbinden. Sie krallt sich an meiner Hand fest. Erstaunlich, welche Kräfte dieses kleine, höchstens 1,55 Meter große Mädchen mobilisiert. Sie wimmert, weint und schreit. Manche der Wörter kenne ich, weil sie deutsch sind, aber auch ihre serbokroatischen Sätze sind nicht schwer zu verstehen. Es sind abwechselnd flehende Bitten und wüste Flüche. Ich achte sorgsam darauf, ob die Intervalle zwischen den Wehen kürzer werden. Kurz vor Wörgl bin ich mir sicher, dass wir keine Entbindung mehr erleben werden. Als wir die Innsbrucker Universitätsklinik erreichen, gebe ich Miroslava einen Kuss auf die Stirn und erinnere sie, uns ein Bild ihres Kindes zu schicken, wenn es geboren ist. Für einen kurzen Augenblick vergisst die Kleine ihre Angst und lächelt mich an. Hans findet diese Geste weniger rührend. Kaum im Auto fängt er mich an zu beschimpfen:

»Warum küsst du eine Jugobraut? Da bekommst nur die Krätze oder Flöhe oder was weiß ich. Wenn es nach mir ginge, würde ich diese Bagage abschieben.«

»Hans, ist doch völlig egal, woher die kommt. Tut dir das Mädchen nicht leid? Die ist selber noch ein Kind, sie ist dreizehn, die hatte einfach Angst und Schmerzen.«

»Alt genug zum Schnackseln ist sie ja auch. Dieses Jugos gehören alle rausgeworfen.«

»Du weißt schon, dass es Jugoslawien nicht mehr lange geben wird. Vielleicht wollte sie gar nicht nach Österreich und ihre Familie musste flüchten, weil sie Stress hatten.«

»Ich mag keine Jugos. Verteidige die Schlampe nicht auch noch. Das ist wieder typisch. Na ja, in Osttirol beginnt halt der Balkan. Ihr seid die Jugos von Tirol. Euch braucht auch keiner.«

»Und ich mag keine Fremdenfeinde. Wenn du nicht aufhörst, hier rassistische Meldungen zu schieben, gehe ich zum Dienstellenleiter. Mich kannst du gerne beflegeln, aber lass' das kleine Mädchen in Ruhe.«

Hans schnaubt: »Du willst zum Dienstellenleiter? Na, das trifft sich gut. Der Huber hat mir nämlich gesagt, du sollst zu ihm raufkommen. Du kannst mich gerne verpetzen. Ich arbeite seit 20 Jahren beim Roten Kreuz und alle mögen mich. Du bist seit einem Monat hier. Was glaubst du G'scheitscheißer, wem der Huber mehr vertraut?«

Was kann der Dienststellenleiter schon von mir wollen?

Wahrscheinlich wird er wieder die mangelnde Ordnung in meinem Zimmer bekritteln oder mich zu einem Friseurbesuch animieren. Blau gemacht habe ich nie, also können sie mir kein Disziplinarverfahren anhängen. Nur das falsche und hinterfotzige Grinsen von Hans beunruhigt mich. Er weiß etwas.

An der Wand von Hubers Dienstzimmer hängen Urkunden mit Auszeichnungen vom Roten Kreuz. Er ist eine hochdekorierte Führungskraft und spricht in einem Ton, der kein ergebnisoffenes Gespräch erwarten lässt:

»Raggler, setzen Sie sich. Sagen Sie mal, geht es Ihnen noch gut? War es wirklich notwendig, dass sich Ihr Vater beim Innenministerium über unsere Dienststelle beschwert. Er meint, wir hätten Sie wegen ihrer Haare schikaniert. Wir haben eine Rüge von den depperten Wienern bekommen. Ich meine, Sie können doch zu mir kommen, wenn Sie Probleme haben, oder?«

»Echt, mein Vater hat sich beschwert?«

»Wir haben wegen Ihnen Probleme. Und das drei Monate vor meiner Pension. Ihre Kollegen haben sie mit dieser Aktion gegen sich aufgebracht. Ich weiß nicht, was da unten so alles vorfällt. Ihre Haare dürfen Sie tragen, wie Sie wollen, das hat mir das Innenministerium versichert. Ich habe mir für Sie was überlegt. Wir versetzten Sie ab 1. Jänner nach Fieberbrunn. Dort können sie neu anfangen.«

»Wo liegt denn Fieberbrunn? Kann ich nicht nach Osttirol?«

»Schminken Sie sich das nach Ihren Auftritten ab. Sie werden den Rest Ihrer Dienstzeit im Bezirk Kitzbühel verbringen. Fieberbrunn ist ein kleiner Ort in der Nähe mit knapp 4.000 Einwohnern. Da ist weniger los als bei uns und auf der Dienststelle arbeiten nur zwei Angestellte.« »Einverstanden.«

»Noch was. Als kleines Dankeschön für ihre Intervention beim Innenministerium teile ich Sie zum Dienst an Heiligabend ein. Sie können die Zeit nutzen, um nachzudenken, wie es ist, Kameraden zu denunzieren.« Huber schüttelt resigniert den Kopf. »Mich hat schon der Ausbildner vor ihnen gewarnt.«

Ich stehe auf und gehe runter in den Aufenthaltsraum. Bald bin ich erlöst.

Meine Kollegen starren mich durchdringend an. An ihren Blicken und an ihrem Schweigen merke ich, dass sie über meine Versetzung längst Bescheid wissen. Mein neuer Dienstort hebt meine Laune. Ich kann mich umorientieren, schlimmer als in dieser verkommenen Fremdenverkehrshochburg kann es unmöglich werden. Hans reißt mich aus meinen Überlegungen: »Ich habe Hunger. Hol' mir Mittagessen.«

Für mich sind die Botengänge die schönste Zeit des Tages. Durch sie entkomme ich dem Irrsinn des Aufenthaltsraumes. Wenn Hans mir Arbeitsaufträge erteilt, sagt er weder »danke« noch »bitte«. Der Befehlston befriedigt seine grausame Ader und er steigt damit in der firmeninternen Hierarchie auf. Würde ich weinen, wäre sein Triumph perfekt. Also ignoriere ich seinen schroffen Kasernenton, stehe auf und bitte ihn um Geld für seine Bestellung.

Ins Putzen lege ich meine ganze Leidenschaft. Wenn ich nach dem Abwaschen den Rettungswagen auf Hochglanz poliere, spüre ich eine innere Befriedigung. Der

Anblick eines sauberen Autos erfreut mich. Hans fährt oft absichtlich in Pfützen oder verschmutzt das Auto, damit es für mich schwieriger wird, es zu säubern. Wenn ich länger als fünfzehn Minuten für die Reinigung brauche, herrscht er mich an. Die Garage ist mein einziger Rückzugsraum. Wahrscheinlich war es die richtige Entscheidung von Huber, mich zu versetzen. Sechs weitere Monate hier und ich entwickle noch Gefühle der persönlichen Zuneigung zu den Autos.

Fünf Wochen Schweigen, Autowaschen und ständige, kleine Beleidigungen wechseln sich mit Autofahrten und Partywochenenden zum Runterkommen ab. Wenn ich mich an die Hauptstraße stelle, steige ich nicht mehr in den erstbesten Wagen ein, der hält. Sportwägen und Männer unter dreißig verweigere ich als Lenker, ich bevorzuge alte Autos und Familienkarossen. Diese Fahrzeugtypen werden von Nichtrasern gefahren. Diesmal steige ich in einen Peugeot 305. Mein Fahrer wohnt in Leisach, arbeitet in Schwaz und pendelt wöchentlich hin und her; er hält sich genau an die Geschwindigkeitsbegrenzungen. Bislang ist er mein nettester Fahrer, er will nicht einmal mit mir reden. Sein Fahrstil ist angenehm ruhig, schon am Pass Thurn schlafe ich ein. An der Stadteinfahrt weckt er mich auf und fährt mich noch bis vor unsere Haustüre.

Im Club K2 gebe ich Moritz meinen Artikel vom Haven-Konzert und er gibt mir neue Platten, die ich in meinem Rucksack verstaue. Ich kenne keiner der Bands, die er mir gibt. Er gibt mir immer nur Ausschussware. Da ich heute keine Lust habe, Moritz‘ rüden Bikerwitzen zu lauschen und ihm und seiner kaufmännischen Weitsicht zu huldigen, gehe ich weiter ins »Hoppla«. Breiti, Sid, Babsi und ein paar andere Bekannte sitzen am Stammtisch. Von Caro keine Spur. Ich setze mich gleich neben Babsi und bestelle ein Bier. Ihre Schenkel strahlen mich an. Sie umarmt mich und wird mich von Kitzbühel ablenken. Ihre Hand ist schön warm und die langen, dicken Naturlocken blinzeln mich auffordernd an.

»Ich schlafe bei Johanna. Magst mitkommen und mit mir dort übernachten?« Das soll meine erste Liebesnacht werden, an die ich mich erinnern kann. Ich werde nur wenig trinken. Dennoch überkommt mich weder Vorfreude noch Aufregung. Ich kenne Babsi einfach zu gut und muss mich bei ihr weder anstrengen noch den abgebrühten und lässigen Liebhaber spielen. Wir mögen uns einfach. Diese Gewissheit und mein Mangel an Aufgeregtheit schüren Zweifel in mir. Außerdem muss ich an Caro denken. Wenn ich nicht den gleichen Fehler wie bei Anne machen will, muss ich mit Babsi Schluss machen. Wir sind offiziell kein Paar. Wenn ich mit ihr schlafe, nutze ich sie nur aus. Andererseits ist Caro eine harte Nuss. Bis die sich für mich interessiert, werde ich noch viele Wochenenden brauchen. Sie denkt wahrscheinlich, ich sei ein Verlierer, weil Laura mich so grausam abserviert hat. Oder ist sie auch asexuell? Oder steht sie auf Mädchen? Ich habe schon beobachtet, wie sie Laura über den Unterarm gestreichelt hat. Das hat mich erregt. Oder hat sich Caro die ganze Geschichte über Laura ausgedacht, weil sie auf mich steht und in Laura eine Konkurrentin sieht? Vielleicht stehen beide auf mich. Vielleicht wollen alle was von mir! Ich fühle mich jedenfalls reif für Sex.

Babsi strahlt mich richtiggehend an. Sie findet mich

gut, weil ich bei ihr ein richtiger Draufgänger war. Dieses Zögerliche törnt Mädchen nur ab. Wir trinken unser Bier aus und spazieren zu Johannas Wohnung in der Friedenssiedlung. Babsi redet die meiste Zeit mit Johanna über Dinge, die mich nicht beschäftigen und von denen ich nichts verstehe. Leider mag sie keine Musik, für Mode hat sie auch kein Auge, dennoch sieht sie in ihren engen Jeans und ihrem dicken Wollpulli toll aus. Schon beim Spazierengehen greife ich unter ihren Pullover, obwohl Johanna neben uns geht. Ich präge mir die Beleuchtung und den Weg gut ein, ich will mich an jedes Detail dieser Liebesnacht erinnern können. Johanna lebt in einer gutbürgerlichen Siedlung am Stadtrand, wie es sich für eine Architektentochter gehört. Wir huschen ins Schlafzimmer, nachdem wir Johanna schnell abgewimmelt haben. Babsi hat vorsorglich noch zwei Flaschen Bier mitgenommen. Ich ziehe ihr gleich im Stehen den Pullover, die Jeans und ihre Strümpfe aus. Wir haben es sehr eilig. Ihre Unterhose und ihren BH lasse ich vorerst an ihr. Mich ziehe ich gleich selbst aus. Ich lege sie aufs Bett und wir beginnen, uns zu küssen. Weil ich nur drei Bier getrunken habe, bekomme ich alles mit. Ich spüre die Hitzewellen ihrer Hand und ihres Körpers. Babsi greift vorsichtig auf meine Unterhose. Ich kann mich kaum mehr beherrschen und möchte am liebsten abspritzen. Kurz nuckle ich an ihrem Busen, dann ziehe ich vorsichtig ihre Unterhose aus. Gleichzeitig streife ich auch meine ab. Ich lege mich auf sie. Ich beginne einfach zu stoßen und hoffe irgendwann ans Ziel zu kommen. Babsi atmet schnell. Ihr Körper ist ganz heiß.

Am nächsten Abend treffe ich zufällig Caro am Bahnhof, die sich am Kiosk die »Vogue« kauft. Sie ist eine Modenärrin. Bestimmt wird sie bald ein international erfolgreiches Topmodell wie Claudia Schiffer. Sie begrüßt mich wie immer mit einem leicht spöttischen Lächeln. Heute kann ich ihr selbstbewusst entgegentreten. Ich schenke ihre eine Kassette und zusätzlich noch meinen Totenkopfring, den sie beim letzten Mal, als sie ihn an meiner Hand sah, gut fand. Es ist Zeit für diese kleine Aufmerksamkeit.

»Ich setze dich ab jetzt auf meine Gratis-Verteilerliste.«

»Danke. Warum schenkst du mir einen Ring?« Caro ist überrascht.

»Weil er bei dir besser ausschaut als an mir.«

Ich laufe nicht rot an, obwohl ich erbärmlich herumschleime. Sie freut sich und kramt ebenfalls in ihrem Rucksack.

»Gut, dann schenke ich dir mein Bart-Simpson T-Shirt.« Caro wirkt so geheimnisvoll. »Tut mir leid, dass das mit Laura und dir nicht geklappt hat. Aber andere Väter haben auch schöne Töchter.« Sie lacht aufreizend.

Sie mag komische Musik, weshalb sie mir Kassetten abkauft, zieht viel zu kurze Röcke und Netzstrümpfe an und kombiniert das mit Turnschuhen oder hohen Stöckelschuhen mit breiten Absätzen. Sie muss schon um elf nach Hause, weil sie erst sechzehn ist. Obwohl ihr Vater Caro Alkoholkonsum verboten hat, trinkt sie immer. Es sieht sehr sexy aus, wenn sie so aus der Flasche nuckelt. Sie nimmt immer nur ganz kleine Schlucke. Caro gefällt mir so gut, wie keine Frau vor ihr. Ich frage sie, ob sie mit mir Ski fahren möchte oder ins Kino gehen. Sie sagt zu. Das war nicht schwer.

Der Advent verläuft ohne Todesfälle. Bei den Kontrollfahrten kutschiere ich Senioren zu Ärzten oder ins Krankenhaus. Weil alle meine Kollegen längst von meiner Strafversetzung wissen, ignorieren sie mich; mich fertigzumachen trauen sie sich nicht mehr nach der Intervention meines Vaters beim Innenministerium. Weil niemand mit mir spricht, bin ich mittlerweile froh, wenn mir die Pensionisten aus ihrem Leben erzählen -Geschichten über ihre chronischen Rückenschmerzen, die Weltkriege oder ihre Mühen mit Gefäßverengungen. Ich dürfte ein guter Zuhörer sein, denn von allen Zivis bekomme ich das meiste Trinkgeld. Meine Lieblingspatienten waren bisher ein verarmter Weltenbummler und Jetset-Skilehrer, der sich brüstete, Jackie Onassis, Senta Berger und Romy Schneider flachgelegt zu haben, ein ehemaliger Rodelweltmeister, der mir verriet, wie man trotz Eis bremsen kann und ein früheres deutsches Model. Meistens transportiere ich aber nur Alkoholleichen ab. Wir besorgen uns die Namen bei ihren Begleitern und fahren sie ins Krankenhaus, wo ihnen der Magen ausgepumpt wird. Das ist reine Routine. Dauernd Betrunkene rumzukutschieren, verleidet mir das Saufen. Ich überdenke mein Trinkverhalten. Richtige Leidenschaft empfinde ich fürs Trinken sowieso keine. Unter der Woche trinke ich nie etwas.

Meine Freizeit verbringe ich mit Caro auf der Skipiste oder im Kino. Beim letzten Treffen haben wir uns »My private Idaho« angesehen. Dieser Film erzählt die Liebesgeschichte zweier schwuler Stricher. In meinem Dorf gibt es keine Schwulen und keine Stricher, Caro schwärmt seitdem natürlich von River Phoenix. Ihre Begeisterung für diesen Schönling schüchtert mich noch mehr ein. Dieser Halbgott sieht umwerfend gut aus, mit dem kann sich ein Landkind nicht vergleichen. Widerwillig muss ich mir eingestehen, Caro und ich sind nur Freunde. Ich werde sie nie erobern. Meine Flirtversuche nimmt sie nicht richtig wahr. Wir reden nur und küssen einander nie. Wahrscheinlich ist sie Spätentwicklerin wie ich und schert sich nicht um Beziehungsfragen oder ist eben doch die Geliebte von Laura.

Caro besucht die zweite Klasse der Handelsakademie, hasst ihren älteren Bruder sowie alle betriebswirtschaftlichen Fächer. Sie will Supermodel werden, wie ich mir das bei ihrem Äußeren schon gedacht habe. Aber sie glaubt, zu klein und zu dick zu sein, weil sie nur 1,74 Meter groß ist und 52 Kilo hat. Aus Modezeitschriften holt sie sich Inspiration für ihre gewagten Outfits. Neben ausgezeichneten Skifahrkenntnissen besitzt sie eine weitere sportliche Gabe, sie ist österreichische U17-Staatsmeisterin im Berglauf. Fünfzehn Kilometer schafft sie, ohne außer Atem zu geraten. Ansonsten verbringt sie ihre Freizeit wie ich: Sie verplempert sie mit Pläneschmieden, wie sie am schnellsten der Kleinstadt entkommen kann. Sie möchte nach Mailand, der Mode wegen, oder nach Berlin oder Paris. Außer über Mode spricht sie nur über Musik. Neben dem Gitarrenzeug mag sie Schwulen-House und Disco. Wegen ihrer Vorlieben überdenke die Zusammensetzung meiner Kassetten. Ich strenge mich echt an. Auf die erste Seite meines aktuellen Tapes spiele ich Lieder von der Kolossalen Jugend, auf die zweite Tanzmusik. Beim Skifahren trinken wir statt Alkohol Skiwasser, mit Wasser verdünnten Himbeersirup, oder Apfelsaft. Die Sauferei geht mir nicht ab.

Mit Caro läuft leider nichts und Babsi habe ich seit Wochen nicht mehr gesehen. Ich habe mir vorgenommen, mit ihr zu reden, sobald ich sie treffe. Ich kann mir nicht vorstellen, mit ihr zusammen zu sein. Ich habe schon immer ein bisschen für sie geschwärmt, aber sie ist eben nur meine freche Ex-Lieblingsmitschülerin. Sie ist mir zu wesensverwandt, zu ehrlich, zu weltzugewandt, das kann nur im Chaos enden. Das dreckige Lachen von Caro finde ich anziehender. Meine letzten Tage in Kitzbühel verbringe ich mit strategischen Überlegungen, wie und wann ich einen ernst gemeinten Annäherungsversuch bei Caro starten werde. Die Lösung ist einfacher als gedacht: Der Jahreswechsel steht vor der Tür; ich werde einfach eine Silvesterparty veranstalten und sie einladen. Als ich meinen Dienst quittiere, verabschiede ich mich von keinem der Kollegen. Vor der Tür schreie ich vor Freude. Ich nehme einen Filzstift aus der Tasche und kritzle »Fickt Kitzbühel, nicht Touristen« auf die Tür.

14
Bart Simpsons Silvesterstreich

Sid und Breiti kaufen mit mir die Getränke für die anstehende Silvesterparty. Meine Eltern sind verreist und ich habe sturmfrei. »Zwei Packungen Chips und drei Packungen Soletti reichen als Verpflegung«, beschließt Sid. Breiti stapelt liebevoll drei Kisten Falkensteiner in den Einkaufswagen. Wir kaufen vier Flaschen Sekt und zwei Packungen Orangensaft. Breiti nimmt mich zur Seite:

»Saufen brauchen wir heute nicht so viel wie sonst.«

»Wieso denn das?«

Breiti lächelt verschwörerisch.

»Lass' dich überraschen.«

Ich habe keine Ahnung, wovon er spricht.

Ich freue mich, wieder mit Breiti und Sid unterwegs zu sein. Nach dem Einkaufen beginnen wir zu Mittag mit dem Vorglühen. Beim Auflegen am Abend improvisieren wir. Um die Musik zu mischen, müssen wir zwischen Platten, CDs und Kassetten wechseln, dadurch vermeiden wir Pausen. So sollten wir guten Sound hinbekommen. Um halb vier sind wir beim vierten Bier angelangt. Wenn wir in diesem Tempo weitermachen, werde ich den Jahreswechsel nicht erleben. Wir gehen zum Auto und ich fahre mit Sid und Breiti nach Oberdrum. Ich habe noch wenig Fahrpraxis. Es ist keine gute Idee, als Fahranfänger besoffen im geliehenen Auto seines Vaters zu fahren. Schließlich sehe ich bei der Rettung andauernd, welche Folgen Alkoholmissbrauch am Steuer hat. Sid ahnt meinen Gewissenskonflikt: »Fahr' los, um diese Zeit patroullieren die Bullen nie.«

Wir verstauen die Bierkisten im schneebedeckten Garten vorm Haus. Schneegekühltes Bier kann nicht einmal Breiti in einem Zug aus der Flasche trinken. Breiti gräbt neben der Kiste ein kleines Loch und legt die Grasdecke frei. Dann holt er aus der Werkstatt im Keller eine kleine Schaufel und gräbt in den gefrorenen Boden einen durch zwei kleine Löcher verbundenen kleinen Tunnel. Anschließend leert er eine große Colaflasche aus, brennt ihr ein Loch hinein und füllt die Flasche mit ein wenig Wasser auf. Er legt die leere Flasche neben das Loch.

»Heute rauchen wir Erdloch. Das ist das Geilste überhaupt! Zur Abkühlung rauchen wir aus der Flaschenbong.«

»Verstehe, das ist also die Überraschung, die du so groß angekündigt hast.«

»Kiffen ist doch nichts für Silvester. Ich habe was Besseres.«

Breiti lächelt.

Seine Lehre als technischer Zeichner fordert ihn nicht richtig. Er ist technisch geschickt, intelligent und ein guter Zeichner. Der Beruf gefällt ihm, doch in seiner Firma wird er nicht auf Topniveau ausgebildet. Die älteren Kollegen bringen ihm kaum etwas bei, meistens muss er nur Pläne reinzeichnen. Wenigstens verdient er als Lehrling gut. Im Vergleich zu unserer Schulzeit sind wir mittlerweile reich.

Um neun kehrt Stella mit der Militärfraktion aus dem

Club K2 und fünf Leuten ein, die ich noch nie gesehen habe. Breiti begrüßt alle mit einer Runde Wodka. Caro kommt als nächste, überreicht mir einen Sechserträger Bier und küsst mich auf den Mund. Ich bekomme weiche Knie. Seit ich sie kenne, hat sie mich noch nie richtig berührt. Ihr Outfit ist wieder verschärft: Sie trägt blickdichte, graue Strümpfe, einen schwarzen Minirock und einen engen, schwarzen Rollkragenpullover. Ich kann mich an ihr nicht sattsehen. Als Farbkontrast trägt sie eine rote Kette um den Hals. Caro wirkt ausgelassen. Sie darf nicht bei mir übernachten, aber bei einer Freundin. Ihre Freundin ist fiktiv, also wird sie bei mir übernachten. Beim Ausreden einfallen lassen ist sie ähnlich einfallsreich wie ich.

Meine Gäste und ich gehen in mein zum Partyraum umfunktioniertes Schlafzimmer trinken. Nach einer halben Stunde macht eine von Stellas Freundinnen schlapp. Sie fragt mich nach dem Badezimmer. Ich bringe sie hin und sie kotzt in die Wanne. Seit ich Zivildiener bin, können mich kleine Fontänen wie diese nicht mehr erschüttern. Nach dem ersten Schwall kniet sie sich hin und würgt weiter. Zwei weitere kleine Portionen kommen ihr hoch. Wenigstens war sie so anständig, in die Wanne zu kotzen. Im Wohnzimmer wäre die Reinigung ungleich schwieriger. Dem Mädchen ist ihr Missgeschick peinlich, sie nimmt den Brausekopf, dreht das Wasser auf und beginnt, ihre Kotze wegzuspülen. Danach verzieht sie sich ins Gästezimmer und verschläft die restliche Party. Ein typischer Anfängerfehler, denke ich mir, man sollte eine Silvesternacht nie zu überhastet beginnen.

Am Weg zurück fangen mich Breiti und Caro in der

Werkstatt meines Vaters ab. Breiti streckt mir seine geöffnete Hand entgegen: »Hier, deine Überraschung.« Er gibt mir einen schmalen Streifen Papier mit fünf kleinen Bart-Simpson-Abbildungen.

»Was soll ich denn mit dem Bart Simpson anfangen?«

»Na, du bist doch Fan, oder?«

»Ah, ist das eine wertvolle Sammlerzeichnung?«

»Genau... Nein, was du hier siehst ist ein Bart Simpson. Hab´ ich vom Schnee bekommen. Der spendet gute Laune. Alle Gute fürs neue Jahr.«

Ich schäme mich vor Caro, weil ich mal wieder keinen Plan habe, was ein Bart Simpson sein soll. Wenn wir so viel Spaß wie die Simpsons haben, dürfen wir das probieren. Das Papier sieht harmlos aus und wir wollen uns ja amüsieren. Wenn ich eines dieser Blättchen zu mir nehme, sollte Caro auch eines essen. Ich will sie beeindrucken. Ich weiß aber nicht, ob das eine gute Idee ist. Gewissensbisse dieser Art plagen Caro nicht. Sie fragt auch nicht nach, was ein Bart Simpson ist. Sie weiß nur, sie mag diesen Comichelden. Sonst hätte sie mir nicht ihr T-Shirt geschenkt. Bart Simpson ist unser Seelenverwandter. Breiti ermahnt uns, den restlichen Partygästen nichts von unserem kleinen Partyexperiment zu erzählen. Er zerteilt die Blättchen mithilfe einer Rasierklinge, gibt mir und Caro jeweils eine Hälfte und erklärt uns, was zu tun ist:

»Besser, ihr beginnt mit einer niedrigen Dosierung. Keine Ahnung, wie das Zeug fährt. Wenn wir nichts spüren, können wir immer noch nachlegen.« Er selbst schiebt sich ein ganzes Blättchen in den Mund. »Am besten ihr klemmt es unter die Zunge. So wirkt es am besten.«

Wir lutschen, wie wir es von Bonbons kennen und gehen zu den anderen im Partyraum. Wir sind gut drauf, allerdings eher vom Bier als vom Bart-Simpson. Nach einer halben Stunde schwindet mein Zeitgefühl. Ich weiß nicht mehr, wie spät es ist und es ist mir egal, wie lange eine Minute dauert. Ich bekomme angenehme Hitzewallungen und wir verwandeln uns allmählich in Comicfiguren. Ich frage Breiti und Caro, ob sie mit mir ins Freie gehen. Wir bilden auf der Terrasse einen Kreis und geben uns die Hand. Breiti hebt die Hände in die Höhe und beginnt, Ringelreihen zu tanzen. Ich habe seit dem Kindergarten nicht mehr so schön getanzt. Wir tanzen den Oberdrumer Festtagskreis. Ich umarme abwechselnd Breiti und Caro. Diese Umarmungen tun mir gut, ich fühle ihre Körperwärme. Obwohl wir im Freien tanzen, ist uns nicht kalt.

Das Bier rinnt wie Wasser. Sonst muss ich nach ein paar Zügen absetzen, weil mir sonst der herbe Hopfengeschmack zu intensiv wird. Je mehr ich trinke, desto nüchterner fühle ich mich. Ich trinke Bier um Bier und werde nicht ein bisschen betrunken. Hungergefühl habe ich auch keines. Mir wird auf einmal unglaublich kalt und ich weiß nicht mehr, wie lange die Party schon dauert und vor wie langer Zeit wir das Zeug geschluckt haben. Diese Nacht wird nie enden! Ein Leben ohne Zeitgefühl stelle ich mir schrecklich vor. Ich bekomme Angst und höre mein Herz und meinen Puls klopfen. Ich schließe die Augen. Als ich sie wieder öffne, nimmt mich Breiti bei der Hand und wir gehen in den Garten. Überall am Himmel sehen wir Leuchtkörper. Ich kann meinen Blick nicht von der Lichterpracht lassen. Ich stelle mich etwas abseits der Partygäste, um die Lichter zu genießen. Ganz versunken in das Feuerwerk spüre ich eine Hand in meinem Gesicht. Es ist Caros, sie streichelt mir über die Wange, beugt sich zu mir und anstelle eines Neujahrswunsches küsst sie mich. Wir pressen unsere Münder aneinander. Ich erkunde mit meiner Zunge ihre Lippen, aber da öffnet sich nichts. Einfach so ihre Lippen zu spüren ist auch schön. Ich ziehe Caro näher zu mir und lecke ihre Wangen und ihre Nase. Ich presse wieder meinen Lippen auf ihre. Ich drücke und versuche mit meiner Zunge zärtlich ihre Lippen zu öffnen. Langsam öffnet sie ihre Lippen, vorsichtig berühren sich unsere Zungenspitzen. Wir küssen so lange, bis Breiti und Sid vorbeikommen und uns eine Flasche Sekt bringen, um mit uns das neue Jahr zu begrüßen. Knutschend im Garten meiner Eltern mit meiner Traumfrau, besser kann das Jahr nicht beginnen.

Als wir aufhören, uns zu küssen, bekomme ich Angst, weil ich mir einrede, Caro will mich nicht mehr küssen. Ängstlich umklammere ich ihre Hand. Ich will nicht mehr saufen und mit den anderen feiern, ich will die Nacht mit Caro verbringen. Obwohl ich Gastgeber bin, interessiert mich der weitere Verlauf der Party nicht. Ich nehme Caro und gehe mit ihr in das leere Schlafzimmer meiner Schwester, weil die mit den Eltern weggefahren ist. Wir legen uns angezogen aufs Bett. Wir umarmen, streicheln und küssen einander. Caro ist entweder die talentierteste Küsserin der Welt oder Bart Simpson spielt mir Streiche. Ich höre ihr Herz pochen. Ihr Atem vermischt sich mit meinem, unsere Zungen verschmelzen ineinander. Ich lehne meinen Kopf zurück. Ob ihr der Simpson ähnlich gut einfährt? Ob sie auch kein Zeitgefühl mehr hat? Ob sie unsere Berührungen auch so intensiv genießt? Ich liege einen Moment schweigend neben ihr, es könnten auch fünf Stunden sein. Ich mache mir Sorgen, ob wir aus diesem Vakuum jemals erwachen werden. Caro streichelt mir über die Haare, was mich erzittern lässt. Ich klappere mit meinen Zähnen. Vorsichtig stülpe ich ihren Rollkragenpullover nach oben und greife nach ihrem BH. Ich berühre ihren linken Busen und er hat keinen Platz in meiner linken Hand. In meiner Erregung stülpe ich ihren BH über ihren Busen. Etwas Festes prallt mir entgegen. Ich führe meine zweite Hand zu ihrer Brust. Nicht einmal mit beiden Händen schaffe ich es, ihre Brust zu umschließen. Ich berühre sie und streichle sie, fahre ihr über die Nippel und beiße sie sanft. Trotz ihrer beeindruckenden Größe sind sie prall und fest. Ich werde meine Entdeckung niemandem verraten. Dieses Paar Brüste ist dominant wie jenes von Pamela Anderson. Wenn ich nur wüsste, warum Caro diese Pracht im Alltag so gut versteckt. Ich bilde mir das alles bestimmt nur ein. Der Bart Simpson, was immer das auch sein soll, beeinträchtigt meine Sinne. Als meine Kehle austrocknet, unterbricht Caro unsere Küsserei: »Ich habe Durst.« Sie denkt sogar das gleiche wie ich.

Als Partyveranstalter sich den ganzen Abend nicht blicken zu lassen, ist nicht sehr gastfreundlich. Caro schaut beim Runtergehen auf die Uhr und stellt kichernd fest, dass es schon fünf Uhr morgens ist. Als sie auf die Toilette gehen will, ist diese versperrt. Wir warten eine Minute und klopfen. Niemand antwortet. Wir gehen weiter in den Partyraum. Drei Alkoholleichen schlafen auf meinem Bett. Der Rest ist gegangen. Breiti und Sid sitzen auf dem Tisch und trinken Bier. Während Sid betrunken ist, aber drogenfrei, wirkt Breiti nüchtern, ist aber gleich verpeilt wie wir. Diese Bart-Simpson-Reise hört nie auf. Das hätte mir Breiti sagen müssen. Ich habe Angst, dass ich nie mehr einschlafen kann. Wir sind weder müde noch betrunken. Also trinken wir weiter Bier. Stella hat sich vor Stunden am Klo eingeschlossen und ist seither nicht mehr aufgetaucht. Sid hat Angst, ihr könnte etwas passiert sein, weil sie auf unsere Rufe nicht geantwortet hat. Weil sie immer so schweigsam ist, kann sie durchaus auch eine depressive Verstimmung und sich selbst wehgetan haben.

Mir ist noch immer heiß, obwohl ich im T-Shirt dasitze. Sid runzelt die Stirn und sagt:

»Irgendetwas stimmt hier nicht. Warum ist es so extrem heiß?« Er öffnet die Tür und will eine Runde drehen. Kaum draußen, stürzt er schon wieder rein und schreit: »Romed, komm, irgendein Idiot hat eure Sauna aufgedreht! Die hat schon mehr als 120 Grad – oder was da die Höchsttemperatur ist. Kannst du das ausschalten? Sonst fliegt uns die Bude um die Ohren. Wahnsinn, wie heiß es da draußen ist!«

Wir lachen.

»Eine Explosion zum Jahresanfang ist geiler als jedes Feuerwerk!«, rufe ich.

»Bist du plemplem? Was ist mir dir los? Du grinst nur blöd, während euer Haus in die Luft fliegt.« Sid reißt mich an der Schulter und zerrt mich zur Tür hinaus bis vor den Instrumentenkasten der Sauna. »Schau mal, du Trottel. Willst du echt das Haus deiner Eltern zerstören?«

Ich fühle mich pudelwohl. Ich verstehe Sids stressige Art nicht. Die Kontrolllampe leuchtet in einem sanften orangefarbenen Ton und die restlichen Armaturen haben hübsche Rundungen.

»120 Grad, du Depp, und du starrst regungslos drauf, ohne etwas zu tun. Wo kann man das ausschalten? Reiß' dich zusammen.«

Ich drücke auf einen Knopf, öffne die Saunatür und warte. Feuchte Hitze strömt mir entgegen, sie tut mir gut und ich möchte mich gerne in die Sauna legen. Sid hält das für keine gute Idee:

»Ich werde bei dir auf der Couch pennen. Später helfe ich dir beim Zusammenräumen. Du solltest auch schlafen gehen. So drüber habe ich dich noch nie gesehen.«

Er bringt mich und Caro ins Schlafzimmer. Wir legen uns angezogen unter die Decke. Auch sie ist nicht müde. In unserer Höhle sind wir sicher vor Spaßbremsen wie Sid. Warum macht er so einen Stress? Ein bisschen Hitze im Winter ist gut fürs Herz. Ich lege meine Hand auf Caros Busen…

Eine Hand klopft unsanft auf meinen Kopf. Einmal, zweimal, dreimal. Ich bin nicht tot. Sid rüttelt mich: »Na, du Turteltaube, weilst du wieder unter uns Normalsterblichen? Du hast neun Stunden gepennt. Es ist vier Uhr. Im Haus schaut es aus wie nach einem Bombenangriff, obwohl ich seit zehn aufräume. Ich helf' dir noch ein wenig, den Rest musst du selber machen. Wir sehen uns beim Salurnerball. War eine legendäre Party...«

Sids Stimme tut mir weh. Ich kann mich an wenig erinnern. Ich habe geküsst, Ringelreihen getanzt und mich an Caros Brüste geschmiegt. Auch sie kommt erst allmählich zu sich. Wir brauchen eine Viertelstunde, um wieder einigermaßen bei Sinnen zu sein. Seltsamerweise habe ich keine Kopfschmerzen, aber ich bewege mich in Zeitlupe. Ich habe weder Durst noch Hunger, obwohl ich seit gestern Nachmittag nichts gegessen habe. Ich küsse meine neue Freundin.

»Guten Morgen«, sagt sie, »war cool gestern. Sollten wir öfter machen.« Auch sie muss nach Hause. Und ich habe morgen Dienstantritt in Fieberbrunn.

Zum Nachdenken habe ich keine Zeit. In zwei Stunden muss unser Haus wieder bewohnbar sein. Sid hat nicht übertrieben. Überall liegen Bierflaschen und Zigarettenreste herum. Stella hat das Klo verwüstet. Im Wohnzimmer hat ein Idiot den Teppich mit einem Brandloch versehen. Alles in allem hätte es aber schlimmer kommen können. Um zehn vor sechs bin ich mit dem Putzen fertig. Mir fällt ein, dass ich mich gestern in die Sauna legen wollte. Ich gehe zur Sauna und erschrecke. Am Armaturenbrett zeigt die Temperaturskala noch immer 55 Grad. Laut Sid war die Sauna kurz vorm Explodieren. Gestern war mir das vollkommen egal, jetzt bekomme ich eine Panikattacke. Welcher Gast hat mir diesen bösen Streich gespielt? Ich bin nachdenklich und fühle mich einsam. Mein schlechtes Gewissen stellt mir viele Fragen. Ich habe diese sicherlich verbotene Droge nur genommen, um bei Caro zu landen. Ich würde alles tun, nur damit sie meine Freundin sein will. Am liebsten würde ich meinen Eltern alles beichten, wenn sie heimkommen. Dauernd sehe ich Bilder von der explodierenden Sauna vor mir. Nur mein Schutzengel hat mich gerettet. Ein zweites Mal wird er nicht so nachsichtig sein.

Es wird Zeit, eine Entscheidung zu treffen. Selbst wenn mich der Zivildienst stresst und mich die Leute nicht mögen, darf ich mich nicht aus Frust ins Nirvana beamen. Was mir fehlt, ist ein Ziel. Frauen zu instrumentalisieren ist blödsinnig. Das war der Fehler an der Sache mit der Entjungferung. Ich habe meinen Umgang mit Frauen rein technisch betrachtet. Fast so, als handelte es sich um ein Fußballspiel oder ein Skirennen, um einen Wettlauf mit fixen Regeln gegen die Zeit. Gegen die Stoppuhr vögeln zu wollen, ist dumm. Nur weil meine Freunde reifer sind als ich und Drogen nehmen, muss ich nicht jeden Blödsinn mitmachen. Meine leidenschaftlichsten Küsse waren nur vergängliche Hirngespinste im Rausch. Soll ich das meinen Eltern verraten? Dass ich meine neue, feste Freundin erst wegen der fantastischen Wirkung dieses Bart-Simpson-Wundermittels angebraten habe, weil ich nüchtern beim Skifahren zu schüchtern war?

Sid hilft mir noch länger als geplant beim Aufräumen. Wenn ich ihn brauche, kann ich mich auf ihn verlassen. Doch selbst beim Putzen muss er sticheln:

»Na ja, lange haben wir ja geglaubt, du bringst bei den Frauen gar nichts weiter, weil du so patschert bist, aber mittlerweile bist du ein echter Frauenmagnet geworden. Die Caro ist schon scharf, die hat ja einen Megabusen. Da kannst sicher deinen Kopf drinnen versenken.« Ich lächle verlegen. »Sag mal, ist der eigentlich echt? Mir ist das erst gestern aufgefallen und wir haben uns immer gewundert, warum du der Caro wie ein Hund nachläufst. Ich glaub' ich fang jetzt auch an, Kassetten zu verkaufen und einen auf Journalist zu machen. Seitdem du einen Schreiberling spielst, hast du mehr Erfolg bei den Frauen als ich. Diese Caro ist echt scharf. Wie die Sonja Kirchberger, eine richtige Venusfalle.« Sid klingt begeistert. Wenn er von ihren

Brüsten spricht, nennt er sie Medizinbälle, Töpfe, Glocken oder Melonen. »Wie in den Russ-Meyer-Filmen. Kennst du ›Faster, Pussycat! Kill! Kill!‹?« Ich hab‘ keine Ahnung, von was er spricht. »Typisch für dich, du Landei. Organisier‘ dir mal seine Autobiographie. Russ Meyer ist der weltweit führende Experte, was weibliche Brüste betrifft. Alles Natur und ohne Silikon. Du weißt gar nicht, was du für ein Glück hast. Ich wett‘ mit dir, du wirst nie mehr so was Edles in deinen Händen halten.« Sid lacht sein freudigstes Grinsen.

15
Bruce Lee fährt auch Ski

In Fieberbrunn ist alles eine Nummer kleiner als in Kitzbühel. Die Rettungsmannschaft besteht nur aus zwei hauptberuflichen Fahrern und ich bin der einzige Zivildiener. Im Ort gibt es zwei Lebensmittelgeschäfte, ein Wirtshaus und ein Lokal, welches einen auf irisches Pub macht. Die Fieberbrunner werden weniger von Touristenhorden überrollt. Am stolzesten sind die Bewohner dieses Kaffs nicht auf ihre Skilifte, sondern auf den Pharmakonzern, der Elmex produziert. Diese Zahnpastamarke habe ich nicht gekannt, aber jeder im Dorf redet ständig davon. Mehr als Zahnpasta gibt es hier nicht zu entdecken. Ich habe mich damit abgefunden, die nächsten fünf Monate als Eremit lesend und Gitarre spielend auf meinem Zimmer zu verbringen. Und ich habe mir, weil es in diesem Kaff keine Videothek gibt, ein Buch über Russ Meyer mit einem großen Bildteil bestellt. Sid hat vollkommen recht: Caros Busen wäre höchstqualifiziert für die Hauptrolle in einem seiner Filme.

Meine beiden Kollegen kann ich noch nicht realistisch einschätzen. Ich arbeite erst seit sieben Tagen hier. Willi ist der Ältere und steht kurz vor der Pensionierung. Er wirkt gutmütig und ist recht freundlich. Vor dem zweiten Fahrer, Anton, habe ich großen Respekt. Er hat geschorene Haare und braune, gemeine Augen. Mit diesen überprüft er jede meiner Bewegungen. Da der Fuhrpark unserer Dienststelle klein ist und wir wenig Routinefahrten haben, sitzen wir meistens nur im Aufenthaltsraum. Damit die Zeit vergeht, lasse ich mich zum Putzen des Hauses einteilen. Das fällt rein rechtlich nicht in mein Aufgabengebiet, aber ich bin froh, irgendetwas arbeiten zu dürfen. Ohne Auto- und Hausputzen arbeite ich in einer Acht-Stunden-Schicht höchstens eine halbe Stunde. Ein, zwei Fahrten pro Dienst sind das Maximum. Meistens sitze ich auf der Eckbank und lese Zeitungen oder Bücher. Am Abend im Zimmer schaue ich in die Luft. Nach meiner kleinen Silvestereskapade habe ich mir vorgenommen, das neue Jahr gemächlicher anzugehen und nichts zu trinken. Nach dem sechsten Tagdienst halte ich die Langeweile nicht mehr aus und steuere direkt nach Dienstschluss das Möchtegernpub an. Als Einsiedler werde ich nicht enden. Ich setze mich an die Holzbar und bestelle ein Bier. Sie schenken Huber Bräu aus dem Nachbarort St. Johann und keine irischen Biersorte aus. Das Bier schmeckt dennoch vorzüglich. Ich bin begeistert. Etwas milder und weniger herb als unser Falkensteiner, dennoch fantastisch süffig. Ich will hier nur Kontakte knüpfen und mich nicht besaufen. An den Tischen sitzen ein paar Jugendliche, die von der Arbeit gekommen sind. Ein paar tragen noch ihre Blaumänner.

Neben mir sitzen zwei Skilehrer, ebenfalls in Arbeitsmontur, die sich angeregt unterhalten. Der eine ist braun gebrannt mit langen Haaren und schaut aus, wie ein Skilehrer in seiner rot-weiß-roten Skilehreruniform eben ausschauen muss. Der andere erregt hingegen meine Aufmerksamkeit. Auch er hat lange, braune Haare, aber asiatische Gesichtszüge. Ich tippe auf einen Chinesen oder Koreaner, weil er eher Bruce Lee ähnelt als einem Japaner. Einen chinesischen Skilehrer habe ich nun echt nicht erwartet. Er merkt, wie ich ihn mustere und schaut mich freundlich an. Ich forme meine Hände zu einer Faust, wie ich es vom Taekwondo-Training kenne und verbeuge mich etwas. Er lächelt und kommt zu mir.

»Wer bist denn du? Dich habe ich noch nie gesehen. Sag mal, machst du Kampfsport oder warum grüßt du mich so? Ich heiße Clemens und komme aus Wien, Favoriten, ich arbeite nur im Winter hier als Skilehrer.«

»Cool, du hast sicher voll den Exotenbonus bei den Frauen. Man weiß ja, was ihr Skilehrer für einen Riss habt. Ich heiße Romed und bin Zivildiener. Ich trainiere seit drei Jahren klassisches Taekwondo, aber in Fieberbrunn gibt es dafür keine Schule.«

»In diesem Kaff gibt es nichts außer diesem Pub. Deswegen unterrichte ich lieber hier in der Pampa als bei den Schickimickis in Kitzbühel. Ich mache auch Kampfsport - Karate und Ving Tsun. Ich suche eh einen Partner. Hast du Zeit, mit mir zu üben?«

Ich strahle Clemens an; ich kann mein Glück kaum fassen. Ich habe keine Ahnung was Ving Tsun ist, aber die Aussicht darauf, meine Abende kämpfend zu verbringen, euphorisiert mich. Durch meine ausufernde Feierei habe ich fast auf meine große Leidenschaft, den Kampfsport, vergessen. Kurz glaube ich, Clemens verarscht mich und ich bin mal wieder zu vertrauensselig und gutgläubig, aber bevor ich weiter nachdenken kann, erteilt mir Clemens eine erste Lektion. Er packt mich an den Unterarmen, streckt die rechte Handfläche gerade aus und meine linke

Hand biegt er nach rechts. Die steht nun im rechten Winkel zum Arm und ich wirke wie ein Krüppel. Ich habe keine Ahnung, was er vorhat. Dann formt er seine Hände spiegelgleich zu meinen und berührt mich mit ihnen.

»Was wir hier üben, heißt ›Klebende Arme‹ oder ›Chi Sao‹. Wir bewegen unsere Arme nach vor und zurück. Das geile daran ist: Wir kämpfen mit unseren Instinkten, nicht mit unseren Augen. Wenn du das begreifst, wirst du auch bald blind kämpfen können. Es geht darum, durch Körperberührung den Angriff des Gegners zu antizipieren, seine Kraft auszunützen und ihn mit dieser zu besiegen.«

Ich verstehe kein Wort von dem, was er mir sagen will und folge seinen Anweisungen. Nach zehn Minuten verstehe ich das Grundprinzip. Ich bin begeistert und will nie mehr etwas anderes machen. Ich wundere mich nur, warum die anderen Gäste unsere seltsamen Handverrenkungen völlig ignorieren. Wir müssen ziemlich vertrottelt aussehen. Clemens errät meine Gedanken und meint: »Du bist mein Gottesgeschenk. Seit vier Saisonen bin ich Skilehrer, mehr als 30 Kollegen und Einheimische wollte ich überreden, mit mir zu kämpfen. Doch du bist der erste, der erkennt, wie genial das alles ist.«

Seitdem trainieren wir täglich eineinhalb Stunden gemeinsam in meinem Zimmer und gehen dann ein Bier trinken. Inzwischen sind wir gute Freunde. Obwohl er seit seiner Geburt in Wien lebt und nicht einmal chinesisch spricht, wird er in Tirol wegen seiner Hautfarbe oft in verstümmeltem Deutsch angesprochen und für einen Ausländer gehalten. Clemens wundert sich, warum ich ihm, obwohl ich kaum Zuwanderer kenne, nie die Frage nach seiner Herkunft stelle. Auf solch eine infame Idee käme ich nie. Bruce Lee hat für das Selbstbewusstsein Asiens gleich viel geleistet wie Franz Klammer für Österreich. Obwohl ich gerne Ski fahre, steht mir Bruce Lee viel näher als unsere Skihelden. Clemens ist ein guter, geduldiger und ein strenger Lehrer. Wenn ich in Wien mit dem Studium beginne, werde ich mich sofort in der Kampfschule, wo er trainiert, anmelden. Die Trainings mit ihm helfen mir über die öden Dienste und das Warten auf Caro hinweg.

Um die Caro-lose Zeit zu überbrücken, schreiben wir uns Briefe. Ich weiß nicht, ob ich diese Briefe mag. Wenn sie schreibt, wirkt Caro weniger wie eine selbstbewusste Barbiepuppe. Sie schreibt von Alltagsstreitereien mit ihrem großen Bruder, dass der Lutscher noch nie eine Freundin hatte und sie wegen mir aufzieht. Und ihr Papa macht ihr Druck wegen der Schule, sie steht in Rechnungswesen und Englisch auf einem Fünfer. Schlechte Noten beeinflussen ihre Laune. Caro hat ähnliche Probleme, wie ich sie vor der Matura auch kannte. Sie ist eben doch keine Fantasie. Mit ihrer Vorliebe für gewagte Outfits ist sie aber beim Anziehen meine Wirklichkeit gewordene Superheldin. Sie ist nicht fröhlich, sie ist launisch. Sie ist gleichzeitig dominant und unbeholfen, jung und wild. Sie hat Angst, sitzen zu bleiben. Sie erzählt mir, dass ihr Papa ihr Hausarrest gibt, weil sie wegen mir zu spät heimgekommen ist. Ich bin ihr erster Freund, der erste Mensch, der sie geküsst hat. Das wird sich schon einspielen mit uns. Ich werde sie schon noch richtig kennenlernen. Ich kann nichts dafür, wenn ich mich in ihrer Nähe nicht konzentrieren kann. Ich will ihr ständig an die Wäsche.

Weil unsere Leben als Zivi und Schülerin so traurig sind und wir uns in den Briefen nicht immer nur beschweren wollen, überlegen wir uns ein Spiel: Wir schreiben über Mode und wie wir sie tragen können. Sie schickt mir Fotos von Kleidern, die ich ihr kaufen darf. Ich zeige ihr Fotos von Sonja Kirchberger und Cordula Reyer, damit sie weiß, was mir gefällt. Wir diskutieren über Kleidung, die ich ihr möglicherweise schenken könnte. Sie mag es, Anziehpuppe und Modell zu spielen. Für den Sommer habe ich ihr einen knallroten Schwimmanzug gekauft. Es ist nicht eindeutig klar, ob ich sie zu den Outfits überrede oder ob sie mir die Sachen vorschlägt oder ob sie einfach gerne gewagte Kleider trägt und nicht so religiös verklemmt ist wie ich. Ich habe eindeutig zu lange ministriert. Dass ich Caros fester und alleiniger Freund bin, ist nicht die einzige Verbesserung gegenüber der Zeit in Kitzbühel. Hier, fernab der Kitzbüheler Reichtümer und Schnellstraßen gibt es keine gefährlichen Unfälle. Nur einmal berge ich einen Betrunkenen von der Piste. Dieser Eumel hat sieben Bier intus, als er sich das Schienbein bricht. Er bemerkt seine Schmerzen gar nicht richtig, so betrunken ist er, obwohl das eine sehr schmerzhafte Verletzung ist. Die Saufbirne redet mich während der ganzen Fahrt voll, wie geil das Skitrinken sei, wie geil es sei, von einem Rettungsauto abtransportiert zu werden, wie geil es sei, mit einem gebrochenen Bein vier Wochen in Krankenstand gehen zu dürfen. Der Typ ist gut drauf und sein gebrochenes Bein stört ihn nicht weiter. Er wird nur kurz aufmüpfig, weil er während der Fahrt ein Bier trinken will und ich ihm keines geben darf. Nicht einmal ich komme auf die Idee, in einem Rettungsauto Alkohol zu trinken. Die restliche Fahrt will er mich überreden, im Supermarkt einen Sechserträger für ihn zu organisieren. Abgesehen davon ist nichts los.

Mein Verhältnis zu Anton verschlechtert sich täglich. Dabei gebe ihm keinen Grund, mich zu schikanieren, weil ich jeden seiner Befehle sofort und ohne Widerrede befolge. Er ist ein bisschen autoritär veranlagt. Er sagt, ich sei sein Untergebener. Er mag es, mir das Gefühl zu geben, dass ich unter ihm stehe. Ich vermute, er mag mich nicht, weil ich mit Clemens trainiere. Mir war anfangs nicht klar, was er gegen meinen Kampfkunstkumpel hat, bis er mich fragt, warum ich mich mit »Schlitzaugen« abgebe und ob ich zu blöd sei, Tiroler Freunde zu finden. Anton ist also auch nichts anderes als ein verschissener kleiner Rassist. Anstatt Karate zu üben, soll ich einem Schützenverein beitreten, schlägt er vor. Ich habe ihm geantwortet, dass Clemens ein Wiener ist und ein netter Kerl. Er hat gemeint, Wiener sind gleich scheiße wie Chinesen. Ich hätte es wissen müssen. Mir graust vor diesem Menschen. Er fühlt sich gut, wenn er andere niedermachen kann. Ich verstehe nicht, was er gegen Clemens hat. Er ist höflich, interessiert, hat gute Manieren und Bildung, seine Hautfarbe hat er sich ebenso wenig ausgesucht wie Hansi Hinterseer seine Frisur. Er fährt besser Ski als die meisten Tiroler, die ich kenne, dennoch akzeptiert ihn Toni nicht als gleichwertig. Diese Erkenntnis macht mich wütend. Ich bin grantig auf mich, weil ich ihm nicht geradeheraus sage, wie räudig ich sein Verhalten finde. Ich fürchte mich vor Anton und bin zu feige, meinem Kampfkunstfreund beizustehen.

Ich will nicht schon wieder Probleme mit einem Vorgesetzten kriegen. Solange man mich in Ruhe lässt, provoziere ich niemanden. Meine Unterwürfigkeit hilft natürlich nicht. Anton hat das Talent, mich mit seinem stechenden Blick nervös zu machen. Seit er das bemerkt hat, macht er sich einen Spaß daraus, mich zu erschrecken und mich zu Fehlern zu verleiten. Bei der letzten Fahrt hat er mit der Tragbahre blitzschnell das Gewicht verlagert, worauf ich mein Gleichgewicht verloren habe und wir fast den Patienten auf den Boden geworfen hätten. Nachher auf der Dienststelle hat er es als meine Schuld dargestellt. Er hat mich dann in der Garage am Genick gepackt und mir mit der anderen Hand auf die Stirn geschlagen. Wir waren allein und ich kann diesen Vorfall nicht nachweisen. Anton entpuppt sich als noch hartnäckigerer Quälgeist als Hans. Oft schreit er mich grundlos an oder weckt mich in der Nacht auf, indem er gegen meine Tür klopft. Allmählich bin ich eingeschüchtert. Clemens hat mir geraten, mich nicht zu wehren. Für ihn ist jeder vermiedene Kampf ein gewonnener. Clemens sagt:

»Anton ist ein unglücklicher Mensch. Er kann nur dann Glück empfinden, wenn er andere quält. Verhalte dich ruhig und bleib freundlich. Wenn du keine negativen Gefühle zeigst und die restlichen vier Monate durchbeißt, hast du eine Lektion fürs Leben gelernt. Begreife diese Prüfung als eine der 36 Kammern der Shaolin. Ohne Widerstände zu überwinden, wirst du nie ein einsatzfähiger Kämpfer.«

Ich habe Clemens für seine Tipps gedankt und biete Anton einfach so wenig Angriffsfläche wie möglich. Clemens lebt nach einem klaren Motto: Wir sind nicht auf der Erde, um die Absurdität unserer Lage zu verstehen, sondern um mit dem ganzen Irrsinn zu leben. Vermiedene Kämpfe, Kämpfe generell helfen dabei, diese Absurditäten zu akzeptieren. Langmut, Nachsicht und das Ignorieren der systematischen Unterdrückung sind unerlässlich.

Dank Clemens bin ich ausgeglichener als zu meiner Kitzbüheler Zeit. Das Training mit ihm ist fordernd und auch meine Beziehung zu Caro vertieft sich. Meine Mutter hat doch recht behalten: Wenn die Richtige kommt, werde ich es merken. Caro und ich haben noch nicht miteinander geschlafen, denn uns läuft nichts davon. Sie möchte nichts überstürzen. Ich bin ihr erster Freund. Selbstverständlich würde ich gerne mit ihr schlafen, aber es reicht mir vorläufig auch mit ihrem prallen Busen zu spielen. Sie zu drängen oder zu überreden, widerstrebt mir. Umso überraschter bin ich, als sie mir mitteilt, sie wolle mit mir zum Salurner Ball gehen und anschließend bei mir übernachten, weil sie sich nun doch bereit fühlt. Sie hat das ganz ruhig gesagt, meine Hand genommen und sie in ihren Schoß gelegt. »Ich hab mir das lange und gut überlegt«, sagt sie, »ich will mit dir schlafen, weil ich mich in dich verliebt habe.« Das ist ein besserer Grund, als einfach Sex haben zu wollen, weil meine Freunde bereits Sex hatten und ich ihnen nacheifere. Caro kümmert sich weniger um ihre Umwelt als ich.

16
Weil du so schön bist, mein Tiroler Herz

Als ich Caro am Abend des Salurner Balles von zu Hause abhole, stockt mir der Atem. Dieses raffinierte Dekolleté gewährt mir mehr als nur tiefe Einblicke. Ich verspreche ihrem Vater, der meinen begeisterten Blicken genau folgt, auf seine Tochter gut aufzupassen und sie pünktlich und unversehrt zum Mittagessen heimzubringen. Von ihrer Wohnung zum Ball brauchen wir zu Fuß nur fünf Minuten. Im Vergleich zu Caros weltmännischem Auftreten, ihren vom jahrelangen Dauerlaufen perfekt geformten Beinen, ihrem drallen Pfirsichhintern und den alles überstrahlenden Brüsten, die ständig Gefahr laufen, aus dem enganliegenden, schwarzen Kleid herauszufallen, wirke ich gewöhnlich mit meinem Anzug von der Stange, dem weißen Hemd und der geborgten Krawatte. Caro trägt Stöckelschuhe mit breiten, hohen Absätzen und überragt mich um einen halben Kopf, während ich nur meine schwarzen Adidas und keine eleganten Lederschuhe trage.

Wir sind nicht das einzige Paar, das komisch aussieht. Viele der Ballbesucherinnen wirken mondän, während ihre Begleiter wie verkleidete Bauerntölpel auftreten. Der Kolpingsaal unterstreicht die Provinzialität des Balles. Bisher haben Sid, Breiti und ich Bälle gemieden, weil dort nur Spießer hingehen. Weil wir unfähig waren, einen eigenen Maturaball zu organisieren, haben wir beschlossen, einfach den Salurner Ball ein bisschen aufzumischen. Diese farbentragenden Mittelschüler mit ihren hässlichen, orangefarbenen Bändern und komischen Hüten sind Witzfiguren. Es sind entweder Streber oder Minderleister, die zur Verbindung gehen, weil der Schuldirektor selbst Salurner ist und er keine Bundesbrüder durchfallen lässt. Mit den Faulen vertragen wir uns aber ganz gut, die haben ähnliche Interessen – Saufen, Feiern, Frauen – wie wir. Die Streberfraktion, die die Balleröffnung mit anschließender Polonaise organisiert hat, wird von uns ignoriert, indem wir uns in den Disko-Raum zurückziehen. Nach einer halben Stunde müssen wir den Raum wieder verlassen, weil Sid den DJ, der Bon Jovi, Abba und Whitney Houston spielt, provoziert. Angefangen hat alles ganz harmlos: Sid hat auf der Tanzfläche angefangen, Pogo zu tanzen und »für immer Punk« zu grölen. Breiti tanzt mit und statt einen zivilisierten Paartanz zu vollführen, springen sie im wie wildgewordene Bergziegen herum. Als die anderen Gäste beginnen, mitzutanzen und die ersten Gläser auf den Boden fallen, geht das Licht an und der DJ stoppt die Musik. Er greift zum Mikrofon und spricht: »Liebe Ballbesucher, wir feiern einen Ball. Bitte verhaltet euch zivilisiert. Ich ersuche Sid höflich, die Tanzfläche zu verlassen. Wenn ihr weitertanzt, hauen wir euch raus.«

Bei einem Ball Hausverbot zu bekommen, wäre für Sid eine Auszeichnung. Er überlegt kurz, was er machen soll und entscheidet sich zu meiner Überraschung für einen strategischen Rückzug. Wir gehen rauf in den Ballsaal und setzen uns. Wir beobachten ehemalige Lehrer und andere Partygäste, die linkisch versuchen, Walzer zu tanzen. Babsi ist auch da und wirkt ein bisschen traurig, als sie mich mit Caro sieht. Ich kann das nicht ändern, habe aber ein schlechtes Gewissen. Während ich im Niemandsland meinen Sklavendienst absitzen muss, studiert Babsi schon in Innsbruck und ich werde sie leider wohl nie mehr wieder sehen. Kurz bin ich traurig... Sid, Caro und ich sitzen direkt neben der Tanzfläche. Breiti setzt sich mit Laura zu uns an den Tisch. Laura schaut mich komisch an, fast so als ob sie mir was sagen möchte. Caro interpretiert ihren Blick richtig: »Du, Romed, ich muss dir noch was beichten. Laura hat mich gar nicht zu dir geschickt. Ich bin von mir aus gekommen. Ich mag dich, seit ich dich das erste Mal gesehen habe.«

Breiti brät unterdessen unverschämt bei Laura und man muss kein Hellseher sein, um zu wissen, dass die beiden bald küssen werden. Kein Problem, ich habe nur Augen für Caro. Breiti steht plötzlich auf und verschwindet wortlos. Zehn Minuten später kommt er, seinen Oberkörper gänzlich in Klopapier eingewickelt, wieder zum Tisch und sagt: »Ich schenke mich heute der Laura, weil sie Geburtstag hat.« Vor so viel Romantik schmilzt selbst die nun mehr gar nicht mehr so krass asexuelle Laura dahin. Sie lächelt verlegen; nach einer kurzen Nachdenkpause setzt sie sich auf Breitis Schoß. Er nimmt ihre Hand und sie sitzen Händchen haltend da. Das viele Klopapier missfällt einem alten Herren der Salurner, der zu unserem Tisch kommt.

»Was soll diese Maskerade? Entfernen sie sofort das Klopapier! Sonst muss ich Sie bitten, den Saal zu verlassen.«

Breiti schaut kurz zu Sid, der nur mit dem Kopf schüttelt. Er steht auf, geht zum Klo und kommt als normal gekleideter Ballbesucher wieder zurück. Sid ist kurz vorm Explodieren.

»Diese dreckigen Faschos. Mein Vater ist auch bei den verpissten Salurnern. Dauernd kritisieren Sie uns.«

Breiti versucht, ihn zu beruhigen: »Ist doch nichts passiert. Ich wollte sowieso nicht den ganzen Abend als Geschenk verkleidet herumsitzen.«

»Es geht ums Prinzip. Selbst laufen die Affen verkleidet herum, aber der Rest muss nach ihrer Pfeife tanzen.«

»Ach, ich hol‘ lieber Bier.«

Ich halte mich aus diesem Streit lieber raus. Ich gehe mit Caro auf die Tanzfläche und wir tanzen einen Foxtrott und zwei Walzer.

Als Apfelsafttrinker gehören wir zu einer Minderheit unter den Ballgästen. Die meisten Salurner haben ihren Deckel schon abgenommen und neben sich auf den Tisch gelegt. Mit zunehmendem Alkoholkonsum verlieren auch sie ihre bürgerliche Fassade. Am Nebentisch beginnen zehn Burschen zu singen: »Gott erhalte, Gott beschütze, unsern Kaiser, unser Land. Mächtig durch des Glaubens Stütze, führ‘ er uns mit weiser Hand...«

Sid hört ihnen fassungslos zu, dann pöbelt er: »Ihr ehrlosen Monarchisten! Seit 1918 haben wir keinen Kaiser mehr. Ihr müsst aufwachen. Ihr habt verloren.« Er hebt seine Stimme: »Ich mag Bier sogar sehr viel, Aquavit und billigen Sprit, ‘nen Kümmerling dazu, und voll bin ich im Nu…« Das ist eines unserer Lieblingslieder.

Breiti und ich stimmen mit ein: »Ich mag Portwein und Sangria, Baileys und Sambuca, zur Krönung noch Pinot, sind wir schon voll? I wo! Ich mag Whisky, Bols und

Gin, Likör auf den ich schwör, 'nen Sherry obendrein, Hauptsache, er haut rein. All das mag ich – und ganz doll Schnaps.«

Wir halten unsere Gläser provozierend in Richtung Salurner. Wenn die Burschenschaftler reaktionäre Dreckslieder singen, kontern wir eben mit zeitgenössischem Liedgut. Caro und Laura grinsen, auch die Gäste an den umliegenden Tischen beobachten das Wettkampfsingen belustigt. Unsere Antwort auf ihr Studentenlied stachelt die Salurner weiter auf. Sie stimmen ein neues Lied an:

»Der Gott, der Eisen wachsen ließ, der wollte keine Knechte, drum gab er Säbel, Schwert und Spieß dem Mann in seine Rechte, drum gab er ihm den kühnen Mut, den Zorn der freien Rede, dass er bestände bis aufs Blut, bis in den Tod die Fehde...«

Sie haben unseren Fehdehandschuh aufgenommen und singen tatsächlich dieses unglaublich schwachsinnige Kriegslied. Sie verteidigen ihr Revier, es ist ihr Ball und sie lassen sich nicht einschüchtern. Sid empört sich weiter:

»Hinter eurer katholischen Fassade seid ihr nichts anderes als verschissene Nationalisten. Ihr seid aber sogar zu blöd für Mensuren.«

Ein Salurner kontert: »Halt die Pappen, du Zivilversager und lerne deine Krawatte richtig binden.« Er hebt sein Bierglas und hält es seinen Kameraden entgegen. »Auf die Studentenverbindung Salurn. Auf Tirol, Gott und Vaterland.« Nach diesem Trinkspruch beginnt er wieder zu singen: »Deutschösterreich, du herrliches Land, wir lieben dich! Hoch von der Alm unterm Gletscherdom...«

Weiter kommt er nicht, denn Sid steht auch auf, streckt die linke Faust in die Höhe und skandiert: »Für immer

Punk!« Er fängt er an zu singen und wir stimmen ein: »Es ist vorbei, und es war doch schön. Wir bleiben gern hier, doch wir müssen nun gehen, alles hat mal ein Ende, weiß doch jeder von euch. Auf Wiedersehen. Doch bevor ihr geht, hört uns kurz noch zu, wir können sonst nicht schlafen, finden keine Ruh, da gibt es noch etwas, was ihr wissen müsst und das immer gilt: Für immer Punk, möcht' ich sein, für immer Punk! Willst du wirklich immer Salurner bleiben? Für immer Punk...«

Wir bilden einen Kreis und umarmen einander. Wir weichen vor den verkackten Salurnern nicht zurück. Wir werden es nicht dulden, dass sie ungestraft revisionistisches Liedgut trällern. Als Sid wieder den Refrain anstimmt, greift jemand Breiti ziemlich ruppig auf die Schulter. »So, für euch war's das.« Breiti erschrickt, weicht zurück und läuft eine Runde um den Tisch. Der Rauswerfer mit Salurner-Kappe rennt ihm hinterher. Das Ganze passiert so schnell, dass ich gar nicht erkenne, wer es ist, der da Breiti nachläuft. Es sieht komisch aus, wie der Erwachsene meinen Kumpel verfolgt. Schließlich gibt der Opa auf. Er hat keine Chance, Breiti einzuholen. Stattdessen bleibt er vor Sid stehen. Ich kann es kaum glauben, aber der Kerl, der Breiti herumgeschubst hat, ist der Direktor von unserem Gymnasium! Wie kann ein 55-jähriger Mann nur so tief sinken, einen 18-Jährigen tätlich anzugreifen und ihm nachzulaufen?

»Geht nach Hause. Dein Papa ist auch Salurner. Schämst du dich nicht, bei uns so herumzugrölen?«

Sid schreit ihn an: »Obernosterer, du wirst mich nicht duzen. Ich bin nicht mehr dein Schüler. Du hast uns gar nichts zu sagen. Wenn deine Salurner Fascholieder singen, haben wir jedes Recht, auch unsere Lieblingslieder anzustimmen. Obernosterer, bring' mir meinen Mantel. Wir gehen!«

Sid ist streitlustig und besoffen, unser ehemaliger Direktor zornig, von Sids frechem Auftreten irritiert und ebenfalls beschwipst – eine denkbar schlechte Konstellation. Ich gehe zu ihm, nehme ihn am Arm und versuche, zu beschwichtigen:

»Herr Direktor, wir gehen schon. Wir wollten nur unsere Lieder singen, weil ihre Bundesbrüder auch gesungen haben. Entschuldigen Sie, wenn wir zu laut waren.«

Ich verstehe nicht, warum Sid so herumbrüllt. Ich verstehe auch nicht, warum unser ehemaliger Direktor einen auf autoritär macht und auf sein Hausrecht besteht. Jedes weitere Wort ist Zeitverschwendung. Ich finde diese Eskalation peinlich und ziehe Sid sanft zum Ausgang. Der schimpft noch eine Weile vor sich hin, im Freien vergisst er dann aber seinen Ärger. Die kalte Tiroler Winterluft besänftigt ihn mehr als meine Beschwichtigungsversuche. Mit jedem seiner Worte hatte Sid recht, aber wen interessiert in Tirol oder sonst wo schon die Wahrheit? Es ist eine Schande, welche Lieder zum etablierten und erlaubten Kanon gehören. Alle honorigen Bürger haben einfach weggehört. Nur Sid hatte den Mut, dagegen zu protestieren. Ich rufe uns allen Taxis und fahre mit Caro heim.

Für Caro war es der erste Ball. Jetzt werden wir im Bett weitertanzen. Eine erwartungsvolle Stille erfüllte mein Schlafzimmer. Weil ich aufgeregt bin und nicht weiß, was ich mit meinen Händen tun soll, gebe ich ihr einen Kleiderbügel für ihr Ballkleid und eines meiner T-Shirts zum Schlafen. Wir ziehen uns aus und legen uns ins Bett. Caro hat ihre Unterhose und die Strümpfe noch angelassen. Wir liegen nebeneinander und ich höre ihr Herz klopfen.

»Romed, du kennst dich ja gar nicht aus. Ist es eigentlich falsch, dich soweit zu bringen, dass du mich bedingungslos liebst? Die meisten Jungs sind doch Würmer, die betteln und tun alles, um mich zu bekommen. Mit mir zu schlafen, ist eine Ehre. Ein Privileg. Ich hab' mir dich genau ausgesucht...«

»Bist du dir sicher? Ich kann schon noch warten.«

»Ha, ha, du fragst mich doch dauernd um die Ecke bei dem Thema. Ich seh's an deinen Augen. Du willst schon seit Sylvester. Nein, ich will mit nur mit dir mein erstes Mal erleben. Ich mag dich, weil du meistens nur groß rumredest, aber nicht so ein Draufgänger wie der Breiti bist. Du achtest mich und nimmst dir nie zu viel heraus. Du bist ein Schlitzohr, aber eines, dass nur mir gehört und mir immer treu sein wird.«

Caro beißt mir in die Lippen und dann tänzelt sie mit ihren Brüsten vor meinem Gesicht. Sie ist eine Frau, deren Horizont eindeutig länger als bis zum nächsten Schulfest reicht. Ich küsse ihren Busen auf der Seite, und dann massiere und streichle ich meine zwei Doppel Ds. Ich habe es nicht eilig. Ich will ihre Unterhose ausziehen und brauche ihre Hilfe. Allein schaffe ich das heute nicht. Wir lachen, obwohl es nichts zu lachen gibt. Ich merke, wie sie zittert. Ich merke, wie ich zittere. Sie merkt, wie ich zittere. Wenigstens sind wir gleich fiebrig. Nach dem Aufstehen wechsle ich gleich das Leintuch und schmeiße das alte weg. Es ist blut- und schleimverschmiert. Das darf die Mama nicht finden. Caro ist enttäuscht, sie hat sich die Sache mit dem Sex schöner vorgestellt.

»Romed, können wir bitte nie mehr miteinander schlafen und nur mehr so zusammen sein? Das gestern hat voll wehgetan.« Sie runzelt ihre Stirn. »Ich bin echt schockiert. Ich möchte nie mehr Sex haben. Küssen schon und einander streicheln, aber alles andere gefällt mir nicht. Außerdem bin ich traurig, weil du schon wieder abreist.«

17
Endstation Sainihåns

Die Anreise nach Fieberbrunn verläuft beschwerlich. Bin ich nach Kitzbühel nie länger als eineinviertel Stunden gefahren, brauche ich von dort bis Fieberbrunn noch einmal drei Stunden, obwohl die beiden Gemeinden nur knapp 30 Fahrminuten voneinander entfernt liegen. Das Weiterfahren ab St. Johann, von den Einheimischen »Sainihåns« genannt, klappt nie auf Anhieb, aber länger als eineinhalb Stunden musste ich noch nie herumstehen. Warten bin ich aus der Schulzeit gewohnt, also übe ich mich in Gleichmut ich freue mich auf meine Trainingseinheiten mit Clemens. Die Skilehrer in Fieberbrunn sind eine bunt gemischte Gesellschaft: Ein Slowene, ein Tscheche, ein Oberösterreicher, ein Wiener und eine Italienerin arbeiten im Schichtbetrieb. Clemens liebt Skifahren, findet aber die Klischees über seinen Beruf peinlich. Für Affären mit Touristinnen ist er zu schüchtern und diese erwarten sich kernige Tiroler, keine chinesisch-stämmigen Wiener. Ich dachte, dass ihm dank seines Exotenbonus die Frauen nachlaufen, aber er ist der Skilehrer mit den wenigsten Frauengeschichten, obwohl er gut aussieht. Mehr Interesse als die Touristinnen zeigen die weiblichen Einheimischen an ihm. Als wir nach einer Trainingseinheit ins Pub gegen, macht ihn die Kellnerin ganz schön an. Ihre Kollegin interessiert sich für mich, aber ich muss sie enttäuschen, ich bin vergeben. Caro bleibe ich für immer treu.

Wir trainieren täglich. 30 Liegestütze, 40 Sit-Ups, 100 Kniebeugen. Es folgen Seilspringen, ein klassischer Zirkel sowie zehn Liegestütze auf zwei Fingern. Dann beginnen wir mit dem Sparring. Ich verwandle mich in eine Kampfmaschine und mache große Fortschritte. Das kann ich vom Zivildienst nicht behaupten. Anton provoziert mich jeden Tag. Zweimal täglich wische ich den Boden, weil er behauptet, das Rote Kreuz hätte die allgemeinen Hygienebedingungen verschärft. Außerdem teilt er mich zusätzlich zum Telefondienst ein, während er ins Caféhaus gegenüber geht. Ich bin darüber nicht erbost, eher erleichtert. Während des Telefondienstes kann er mich nicht attackieren. Telefonieren ist langweilig. Oft rufen Spaßvögel an und erzählen mir skurrile Geschichten und wollen mich überreden, fiktive Ziele anzufahren. Ich kenne mich im Bezirk noch immer nicht gut genug aus, um nicht darauf reinzufallen. Wenn ich Anton das Ziel nenne und es sich herausstellt, dass die angegebene Straße gar nicht existiert, brüllt er mich an. Ich hege den Verdacht, Freunde von ihm rufen mich an, um uns zu ärgern. Gerade eben hat wieder so ein Clown angerufen und gefragt, ob ich seinen Bruder von der Hausbergkante abholen kann, weil der sich wegen der Steilheit des Hanges nicht mehr traut, weiterzufahren. Ohne meine Antwort abzuwarten, hat er mich ausgelacht und aufgelegt. Manche Menschen sind wirklich leicht zu unterhalten. Ich rufe meine Mutter von der Dienststelle aus an und klage ihr mein Leid:

»Mama, ich halte es nicht mehr aus.« Ich beschwere

mich über Anton und die Kitzbüheler und beschimpfe sie: »Die Nordtiroler sind alle Idioten. Sie behandeln mich wie den letzten Dreck. Diese Wichser schicken mich Semmeln holen und ich muss dauernd Autos waschen. Das sind solche Arschlöcher, das kannst du dir nicht vorstellen.«

Sie ermahnt mich, meine Worte sorgfältiger zu wählen. Irgendwo muss ich ja Dampf ablassen. Sie versteht meinen Ärger und tröstet mich, dass ich nur mehr vier Monate absitzen muss. Erleichtert lege ich auf. Eine Minute später läutet das Telefon. Ich hebe ab.

»Raggler, hier spricht die Bezirksstellenleitung. Sagen Sie, sind Sie wahnsinnig? Sie haben Ihren Hass soeben über die Funkanlage im gesamten Bezirk rausgeplärrt. Jede Beschimpfung wurde aufgenommen, alle Mitarbeiter haben ihren lächerlichen Wutausbruch mitbekommen. Sie haben Ihre Wohnungsnachbarin, ein verdientes Ehrenmitglied des Roten Kreuzes, gefülltes Ei und deren Mutter eine fette Mastgans genannt. Das geht so nicht. Das wird Konsequenzen haben. Ich komme um drei zu Ihnen. Bereiten Sie sich auf etwas vor. So einen Idiot wie Sie hatten wir noch nie.« Er legt auf.

Leicht fahrig überprüfe ich die Funkanlage. Tatsächlich! Ich habe vergessen, sie auszuschalten und mein Telefonat konnte im ganzen Bezirk live mitgehört werden. Ich kann mich nicht mehr im Detail erinnern, über wen ich alles geschimpft habe, aber mit Sicherheit über die ehemaligen Kitzbüheler Kollegen, meine versiffte Unterkunft, die jetzigen Kollegen und das Rote Kreuz als Institution. Wörter wie Kasperl, Amateure, Ausbeuter, Wichser, Brotköpfe, Inzestkinder, Schluchtenscheißer oder Tourismusnutten habe ich mit Sicherheit verwendet und darüber hinaus noch mit einigen spontanen Flüchen ausgeschmückt, verziert und garniert. Ich überlege mir, welche dienstrechtlichen Konsequenzen mein Verhalten haben kann. Leugnen würde wenig helfen, schließlich hat der ganze Bezirk meine Life-Show mitverfolgt. Als Anton von seiner Pause zurückkommt, lächelt er triumphierend. Er weiß bereits Bescheid.

»Ihr Osttiroler seid voll die zurückgebliebenen Nordslowenen. Nicht einmal die Kärntner wollten euch, wir wollen euch erst recht nicht. Nur der Wallnöfer hat euch immer die Treue gehalten, der alte Narr. Am besten wäre es, den Felbertauerntunnel wieder zuzuschütten.«

»Anton, reiß' dich zusammen. Du machst mich fertig und trotzdem bemühe ich mich, alle Arbeiten superkorrekt zu machen. Aber du hörst nicht auf. Du bist ein ekelhafter Mensch. Was kann ich für dein verpfuschtes Leben? Deine Matrone zu besteigen, ist sicher nicht einfach, ich weiß eh…«

Seine Frau zu beleidigen, ist kaum geeignet, um den Streit zu schlichten, aber ich liege ohnehin schon am Boden. Sollen sie mich doch unehrenhaft entlassen oder zum Heer zwangsversetzen oder einsperren. Ich lasse mich nicht länger quälen. Anton hebt seine Hand.

»Du Penner, wage es nicht, mich noch einmal zu berühren. Diesmal schlage ich zurück und ich schwöre dir, du wirst verlieren.«

Ich boxe eine schnelle Kombination in die Luft. Anton ist überrascht über die Wucht meiner Schläge und weicht zurück.

»Bürschlein, du drohst mir?«

»Nein, ich warne dich nur. Solltest du mir noch einmal zu nahe treten, mich angreifen oder schikanieren, trete ich dir solange in die Eier, bis sie Rühreier sind.«

Anton bekommt Angst. Er hat mich oft genug mit Clemens trainieren gesehen. Er ist über meinen Kampfgeist verwundert. Bislang dachte er wohl, ich sei ein ideales Opfer. Ich verschränke meine Arme.

»Um drei Uhr kommt die Bezirksstellenleitung. Da kannst du dich gerne beschweren. Mich lässt du aber in Ruhe, oder du wirst es bereuen.«

Ich verlasse den Telefonraum und gehe ins Dienstzimmer. Ich setze mich und warte, bis der Bezirksstellenleiter kommt. Als dieser flankiert von Anton den Raum betritt, verzichtet er auf Begrüßungsfloskeln und spricht gleich Klartext:

»Raggler, Sie sind der größte Schwachkopf, den ich jemals getroffen habe. Wagen Sie nicht, sich wieder bei den Idioten in Wien zu beschweren. Wir sind hier in Tirol und ich bin ein persönlicher Freund des Landehauptmannes. Ob Ihr Vater ihn auch kennt, ist mir egal. Ich kenne ihn besser. Sie werden ab sofort St. Johann zugeteilt. Höre ich noch eine einzige Beschwerde über Sie, versetzen wir Sie nach Landeck und Sie müssen vier Strafmonate zusätzlich Dienst leisten. Außerdem werden Sie sich schriftlich bei Ihrer ehemaligen Nachbarin entschuldigen.«

Anton nickt zustimmend.

»Okay«, presse ich heraus.

»Was heißt hier ›okay‹? Sie sind der erste Zivildiener, der zweimal versetzt wird. Sind Sie einverstanden?«

»Ja.«

»Wagen Sie es nicht, wieder in Wien rum zu flennen

und sich beim Ministerium über unsere Dienststelle zu beschweren. Sonst mache ich Sie fertig.«

Er verlässt grußlos den Raum.

Seinen Auftritt hatte ich mir schlimmer vorgestellt. Er pudelte sich auf, aber wirkte mit seinem gespielten Ärger weniger Furcht einflößend als vertrottelt. Ich bin froh, erneut versetzt zu werden. St. Johann liegt an der Hauptstraße und das Autostoppen wird damit wieder einfacher. Aus diesem Dreckskaff verbannt zu werden, ist ein Geschenk. Die Skisaison neigt sich dem Ende zu und dann werden auch die Sanitäter entspannter. Um den halbherzigen Entschuldigungsbrief komme ich nicht herum. Ich rechtfertige mich bei der fettleibigen Frau und allen, die ich beflegelt habe. Ich muss das tun, auch wenn ich nicht überzeugt bin, etwas Falsches gemacht zu haben. Ich bereue nichts! Den Brief zu verfassen, dauert nicht länger als drei Minuten.

Von Anton verabschiede ich mich nicht. Jedes Wort wäre überflüssig. Diesen Sadisten werde ich nie mehr sehen. Hätte Clemens nicht beruhigend auf mich eingeredet, hätte ich mit Anton zu raufen begonnen. Clemens meint, ein echter Krieger kämpft nicht mit Idioten. Der Abschied aus Fieberbrunn fällt mir auch deshalb so leicht, weil Clemens wieder nach Wien zurückfährt. Er zeigt mir noch einige Übungen, die ich alleine machen kann. Wir tauschen Adressen und Telefonnummern aus. Spätestens im Herbst werden wir wieder gemeinsam trainieren. Allein wegen dieser Freundschaft hat sich der Zivildienst gelohnt. Ving Tsun passt besser zu meinem Körperbau als Taekwondo. Ich werde diesen Kampfstil von der Pike auf erlernen. Clemens hat mir einen kleinen schwarzen Panther geschenkt, weil die Bewegungen dieses edlen Tieres Vorbild für mich sein sollten. Ich bin mir sicher, wir werden Freunde bleiben. Er ist kein Mensch, der einen vergisst.

Bei der Heimfahrt herrscht ein Scheißwetter. Es ist schon 20 Uhr, übler Schneeregen fällt vom Himmel und es gibt wenig Verkehr. Selbst auf der Hauptstraße in Kitzbühel muss ich eine halbe Stunde warten, bis mich ein Busfahrer mitnimmt. Er sitzt allein in einem 40-Sitzer und soll in Slowenien Reisegäste abholen. Das Baujahr des Busses muss in den späten 1960-Jahren gewesen sein. Ich setze mich schräg hinter ihn auf die rechte Seite, damit ich mit ihm sprechen kann. Er ist Slowene und ziemlich gebildet. Er erzählt mir von seinen Busfahrten quer durch Europa. Er spart solange, bis er einen Balkangrill in Innsbruck eröffnen kann. Ständig nennen mich die Nordtiroler »Nordslowene«, also fühle ich mich ein wenig geistesverwandt mit meinem Chauffeur.

Als wir den Pass Thurn hinauffahren und die steile Bergstraße beginnt, schaffen wir mit der alten Mühle nicht mehr als 60 Stundenkilometer. Wir kriechen richtig und der Schneeregen wird stärker. Es kommen uns kaum Autos entgegen. In der Nacht auf der sonst stark befahrenen, heute fast menschenleeren Straße zu fahren, ist abenteuerlich. Die Heizung im Bus funktioniert nicht, wir sitzen beide in unseren Jacken und Mützen im Bus. Als wir Mittersill erreichen, beginnt die nächste Steigung Richtung Felbertauerntunnel. Nach der Ortschaft gibt es überhaupt keinen Verkehr mehr. Selbst für diese Ministrecke brauchen wir länger als eine Stunde. Der Bus wird minütlich langsamer. Zwanzig Minuten später ist es soweit: Dicke Rauchschwaden entweichen dem Motorraum und der Bus bleibt stehen. Wir können nicht mehr weiterfahren. Irgendetwas ist kaputt. Der Fahrer parkt seinen Bus am Straßenrand.

Es gibt weit und breit keine Telefonzelle, die nächstgelegene Ortschaft ist nur nach stundenlangem Fußmarsch erreichbar. Der Busfahrer schlägt vor, im Bus zu schlafen. Er schaut nicht mal nach, um den Schaden zu inspizieren. Er verbringt die Nacht lieber hier. Mein Fahrer hofft, sein Gefährt morgen in der Früh wieder zum Fahren zu bringen. Solche Pannen hat er des Öfteren. Ich bedanke mich für sein großzügiges Übernachtungsangebot und fürs Mitnehmen, aber ich muss meinen Schatz sehen. Ich vermisse Caro. Also beschließe ich, zu Fuß weiterzugehen. Wenn ich der Straße entlang marschiere, muss im Laufe der Nacht irgendwann ein Auto kommen und mich mitnehmen. Bis heute hat das immer geklappt, zu jeder Tages- und Nachtzeit. Es ist schließlich erst zehn. Zwar schneit es und es ist bitterkalt, aber mein Parka hält mich warm und ich habe keine Lust, die Nacht in einem kaputten Bus auf dieser beschissenen Bergstraße zu verbringen.

Der Busfahrer entschuldigt sich für die Unannehmlichkeiten. Ich steige aus. Es ist stockdunkel und ich sehe nicht einmal meine Hand. Beim Autostoppen sind mir an dieser Stelle noch nie Fußgänger begegnet. Gefährlich ist es nicht, kein einziges Auto kommt mir entgegen, nur frostig, kalt und nass. Ich gehe eine halbe Stunde, ich gehe eine Stunde, ich gehe eineinhalb Stunden. Kein einziges Auto fährt vorbei. Allmählich bekomme ich Zweifel, ob mein Plan ausgereift ist. Ich bin müde, darf mich aber nicht hinlegen. Schlafe ich ein, erfriere ich. Das weiß ich noch von der Grundausbildung. Langsam freunde ich mich mit dem Gedanken an, die ganze Nacht durchwandern zu müssen. Bis zum Felbertauerntunnel gibt es auf der Salzburger Seite weder ein Dorf noch vereinzelte Häuser. Wenn ich Pech habe, muss ich bis nach Matrei zu Fuß gehen. Das schaffe ich nie! Obwohl – mehr als achtzig, neunzig Kilometer können das nicht sein. Wenn ich pro Stunde zehn Kilometer schaffe, bin ich in acht Stunden dort.

Mit meinem nassen Gesicht sehe ich aus wie Reinhold Messner kurz vor seiner Begegnung mit dem Yeti. Ich könnte schon lange bei Caro sein, bin aber in der Pampa. Ich konzentriere mich auf jeden Schritt. Ich fürchte mich, Handschuhe habe ich auch keine dabei. Also stecke ich meine Hände in die Taschen des Parkas. Es ist stockdunkel und ich friere. Nach einer weiteren Stunde verlässt mich der Mut. Ich muss mich zusammenreißen, um mich nicht hinzusetzen und zu weinen. Zu spät, schon kullert mir eine Träne über die Wange. Ich sollte nicht so verweichlicht sein; wenn ich diese Schmerzen und die Kälte nicht gleichmütig ertrage, werde ich nie ein guter Kämpfer. Der Wind brennt auf meinen Wangen. Es hat bestimmt minus fünf Grad und meine Schuhe sind vom Schneeregen komplett durchnässt; meine Füße quellen auf wie Germknödel. Wenn mich nicht bald ein Auto mitnimmt, werde ich einsam im Schnee verrecken. Es ist sinnlos, nach Hilfe zu rufen. Ich kenne die Strecke auswendig vom vielen Stoppen. Leider ist der Bus genau dort eingegangen, wo keine Telefonzellen oder wenigstens Notrufsäulen aufgestellt sind. Ich probiere es trotzdem und schreie ein lang gezogenes, leicht röhrendes

»Hilfe« in die menschenleere Landschaft. Ich wandere im Niemandsland. Zum Trinken habe ich auch nichts. Vom langen Gehen bin ich durstig. Es ist halb eins in der Nacht und ich mobilisiere meine letzten Reserven; wenn es sein muss, gehe ich bis zum Morgengrauen weiter. Das ist meine erste Prüfung am entbehrungsreichen Weg zum Ving-Tsun-Meister.

Irgendwann muss ein Auto kommen, tröste ich mich. Irgendwann wird mich ein gottverdammtes Auto mitnehmen. Ich denke an Clemens. Diese Nacht ist meine zweite Kammer der Shaolin. Ich möchte eine Maschine sein. Keine Gedanken, keine Schmerzen, keine Gefühle. Keine Gedanken, keine Schmerzen, keine Gefühle... Dieses Mantra tröstet mich. Die Kampfmönche ernähren sich monatelang von nur einer Schale Reis pro Tag, um sich abzuhärten. Das hat mir Clemens erzählt. Ich bin ein verweichlichter Landbewohner; also reiße ich mich zusammen und gehe weiter. Schritt für Schritt, Kurve um Kurve. Schneefall hat den Schneeregen abgelöst. Als ich weit entfernt ein Licht sehe, glaube ich, mir das nur einzubilden, dann überkommt mich grenzenlose Begeisterung. Langsam wird das Licht stärker. Das muss ein Auto sein, ich täusche mich sicher nicht. Keine Ahnung, wer so spät noch unterwegs ist. Das wird mein Retter! Ich drehe mich um und überlege mir, wie ich den Autofahrer im Stockdunkeln zum Anhalten bewegen kann. Mein dunkelgrüner Parka ist kaum sichtbar. Eine Taschenlampe oder ein Feuerzeug habe ich nicht bei mir. Ich gehe zum Straßenrand und forme hastig ein paar Schneebälle, die ich auf das Auto werfen will, um auf mich aufmerksam zu machen. Das Auto ist in Sichtweite, das Fernlicht blendet mich. Ich winke mit den Händen und werfe einen Schneeball, der sein Ziel verfehlt. Diese Aktion war völlig sinnlos, aber mir fällt nichts Besseres ein. Als das Auto nur mehr höchstens fünfzig Meter vor mir ist, nehme ich meinen restlichen Mut zusammen, stelle mich mitten auf die Straße und fuchtle in ausladenden, kreisförmigen Bewegungen mit den Armen. Ich hechte zurück an den Straßenrand und warte ab, ob sich das Tempo des Wagens verringert. Das Auto wird langsamer, fährt aber an mir vorbei. Ich renne wieder auf die Straße und werfe schnell einen weiteren Schneeball. Ich treffe die Heckscheibe. Das Auto bremst ab. Ich versuche, den Autofahrer auf mich aufmerksam zu machen. Als ich den Wagen erreiche, klopfe ich hektisch an die Seitenscheibe. Das Fenster öffnet sich.

»Entschuldigung, ich bin Autostopper und wir hatten eine Panne. Könnten Sie mich vielleicht mitnehmen nach Lienz?«

»Was machst du denn hier mitten im Niemandsland? Ich habe dich nicht gesehen. Ich habe mir schon gedacht, da wäre ein Reh. Steig ein, du bist ja krautnass.«

Es ist 1:15 Uhr, als ich in den Peugeot 205 einsteige. Der Wagen verfügt über eine tadellose Heizung. Eine dreiviertel Stunde später falle ich übermüdet in mein Bett. Ich habe meinem Fahrer leidgetan, spontan hat er beschlossen, mich bis vor die Haustür zu fahren. Ich wollte ihm 100 Euro für seine Lebensrettung zahlen, aber er hat nur gemeint, ich solle in Zukunft nicht mehr bei jedem Wetter stoppen.

Ich hasse das Rote Kreuz. In Fieberbrunn haben sie mich von Tür zu Tür auf Mitgliederwerbung geschickt.

Ich musste armen Landbewohnern teure Mitgliedschaften aufschwatzen. Je mehr ich hinter die Kulissen dieses Vereines blicke, desto klarer erkenne ich, dass er nur wegen der zwangsverpflichteten Zivildiener überlebt. Das Rote Kreuz sollte mit Profis arbeiten, wir Zivildiener und die Freiwilligen sind so schlecht ausgebildet, dass wir im Notfall sowieso nicht situationsangemessen helfen können. Die Regierung hat sich überhaupt nichts überlegt, als sie den Zivildienst eingeführt hat. Wofür soll ich dem Staat Österreich dankbar sein? Dass ich von der Rettung statt vom Militär fertiggemacht werde? Beim Bundesheer kann es unmöglich menschenverachtender zugehen als beim Roten Kreuz. Ich schulde Tirol und dem Staat nichts.

Meinem Körper hat das Ausschlafen gutgetan. Ich gehe in die Stadt. Über meine staatsbürgerlichen Pflichten nachzudenken, bringt nichts. Ob sich Caro von ihrem Schock schon erholt hat? Ich habe mir große Sorgen gemacht. Völlig unbegründet; Caro strahlt. Ich bin neugierig, was ihren Stimmungsumschwung bewirkt hat. Sie will den Abend mit mir alleine verbringen. Sie schlägt vor, ins »Hoppla« zu gehen und Apfelsaft zu trinken. Kein guter Ort, um sich vor den Freunden zu verstecken. Seit Silvester lebe ich alkoholfrei. Straight Edge und das Mönchtum sind meine wahren Berufungen. Mittelfristig will ich auch mit dem Biertrinken aufhören und Veganer werden. Wir setzen uns an den kleinen Ecktisch. Ernst ist verwundert, weil wir Apfelsaft bestellen. Er lästert:

»Hab' ich mir schon immer gedacht, dass Biertrinken bei dir reine Pose ist. Wenn du das Bierglas zum Trinken ansetzt, verziehst du deine Mundwinkel nach unten, weil du dich zum Trinken überwinden musst.«

Im Grunde meines Herzens bin ich Apfelsafttrinker. Ernst stänkert und stellt weitere Mutmaßungen an: Ob ich von Caro gezähmt worden bin? Warum ich meine Zeit nur mehr mit einer einzigen Frau verbringe? Ob ich einer jener Männer bin, der seine Freunde vernachlässigt, wenn er eine Freundin hat? Ich lasse den alten Mann schwafeln. Ich mag nicht mit Ernst reden. Caro kümmert sich wenig um die Scherze des Gastwirtes. Endlich hat er all seine Weisheiten von sich gegeben und geht wieder hinter seine Theke. Ich proste Caro mit dem Apfelsaft zu.

»Ich bin schon wieder versetzt worden. Ab Montag werde ich in St. Johann arbeiten. Bin ich froh, bei dir zu sein. Wie läuft es denn so?«

»Am Anfang war ich nach unserm ersten Mal ja ziemlich verwirrt so für eine Woche …. dann ist aber was Komisches passiert. Ich habe im Zimmer meines Bruders herumgeschnüffelt und dabei zufällig ein Buch gefunden – ›The Joy of Sex‹. Kennst du das?«

»Nein, nie davon gehört.«

»Das ist ein Buch, da geht es um die Kunst der Liebe, so wie das Kamasutra.«

»Ach, vom Kamasutra hab‘ ich schon gehört, aber das kenn‘ ich leider auch nicht. Sowas gibt‘s bei uns ja nicht zu kaufen.«

Ich verstehe nur Bahnhof.

»Also ich hab‘ mir das Buch stibitzt und ein bisschen darin rumgeblättert. Da steht drinnen, es sei ganz normal, wenn man beim ersten Sex Schmerzen hat. Das ist einfach biologisch so eingerichtet. Du warst eh total rücksichtsvoll. Wegen dir hatte ich keine Schmerzen. Mein

Jungfernhäutchen war nur widerborstig. Ich weiß jetzt, was ich anders machen muss. Wenn ich mit dem Buch fertig bin, borg ich es dir. Das taugt dir sicher. Normalerweise schenkst ja immer nur du mir Kassetten und Gewand. Jetzt zeig' ich dir mal ein paar sinnvolle Sachen.«

Caro lächelt verführerisch. Ich kenne keine Bücher über Liebestechniken. Ich habe überhaupt keine Ahnung von Liebestechnik. Nur die Palmers-Plakate und die Russ-Meyer-Autobiographie mit dem ausführlichen Bildteil studiere ich gewissenhaft. Ich muss mich bei ihrem Bruder bedanken. Die Lektüre macht sie wieder neugierig. »Wir könnten kurz auf die Pfadfinderbude gehen, ich muss erst um halb elf daheim sein«, schlägt sie vor. Zehn Minuten später schiebe ich Caros Hintern über die Leiter hinauf ins Hochbett. Es ist ungeheizt; dafür ist es wenigstens geräumig. Wir haben hier mehr Platz als in meinem Kinderzimmer mit dem kümmerlichen, nur 90 Zentimeter breiten Bett. Ich öffne ihren BH und ziehe ihr den Pullover aus. Ihre Brüste bilden eine Einheit wie der Rote Turm und der Spitzkofel. Caro beißt mir in meine rechte Brustwarze. Dann macht sie dasselbe mit der linken und steckt ihre Zunge in meinen Bauchnabel, bis ich sie hocherregt wegdrücken muss.

»Im Buch steht, du sollst mich langsam verführen und nicht gleich in mich eindringen. Mach, was dir einfällt und was mich erregt. Du spürst an meinen Bewegungen und an meinem Atem, was mir taugt. Glaub mir einfach und überrasch mich.«

Ich streichle sie langsam und überall... heute hat sie keine Schmerzen:

»Das war gut. Ich glaub', wir sollten das öfters machen.«

Sie ist über ihren Sinneswandel selbst belustigt. »Darf ich dich um etwas bitten? Sag' deinen Freunden nicht, dass wir miteinander schlafen. Das sag' ich meinen Freundinnen auch nicht. Die sollen denken, wir beide küssen einander nur. Ich behaupte immer, Sex interessiert mich nicht. Dabei glaub' ich, bin ich eine Schlimme.«

»Wie du willst. Ich erzähle meinen Freunden nie was. So etwas finde ich blöd.«

»Laura und die anderen denken echt, wir hätten nichts miteinander. Laura und ich finden es einfach cool, zu sagen, wir sind frigide. Ist gut für den Ruf. Vor dir habe ich nur was mit Laura gehabt.«

Die Anfahrt zu meiner nun schon dritten, wenn man die Grundausbildung in Innsbruck dazuzählt vierten, Dienststelle verläuft problemlos. Ich platziere mich vor der Lienzer Stadtausfahrt und halte ein »St. Johann in Tirol«-Schild in die Höhe. Drei Minuten später sitze ich bereits in einem geräumigen VW-Kombi. Mein heutiger Fahrer ist ein Jackpot. Er bringt mich bis vor die Tür der Rettung. Ich bin weniger nervös als vor meinem Dienstantritt in Kitzbühel. Ich habe schließlich schon Erfahrung vorzuweisen. Wie mich die neuen Kollegen empfangen werden? Mir eilt ein gewisser Ruf voraus und meine kleine Panne mit der Funkanlage ist noch nicht vergessen. Sonntagabend ist tote Hose. Im Aufenthaltsraum sitzen nur zwei Männer. Ich stelle mich vor und bekomme ein sauberes Zimmer zugewiesen.

In der Früh melde ich mich zum offiziellen Dienstantritt. Meine neuen Kollegen gaffen mich wie ein Naturwunder an. Ich bin stolz auf den schlechten Ruf, den ich mir redlich erarbeitet habe. Ein paar können nicht glauben, dass ein, trotz der schon längeren Haare, noch immer relativ brav aussehendes Muttersöhnchen wie ich so viele Probleme machen kann. Ich fühle mich wie ein begehrtes Exponat in einer Kunstausstellung. Ein dickbäuchiger und bärtiger Mann kommt auf mich zu und sagt: »Ich bin Werner, du fährst diese Woche mit mir.« Er stellt mir meine fünf neuen Kollegen vor und zeigt mir den Fuhrpark. Kurze Zeit später befinden wir uns schon auf unserer ersten Routinefahrt. Werner legt eine Kassette ein; er spielt Neil Young. Ich kann ein schüchternes Lächeln nicht verbergen.

»Magst du Neil Young? Ich stehe auf seine Musik. Meine Kollegen hören leider nur Volksmusik. Wenn du nichts dagegen hast, hören wir bei unseren Fahrten lieber Folk.«

Das wird mein erstes angenehmes Dienstgespräch seit 150 Tagen. Werner grinst.

»Ich habe mir schon gedacht, dass du ein verträumter, braver Bub bist. Weißt du, die Kollegen haben gemeint, du wärst ein Rebell, weil du schon so viele Probleme gemacht hast. Ich mache mir lieber mein eigenes Bild. Wenn du normal arbeitest, werde ich bei meinen Kollegen als dein Fürsprecher auftreten. Ich bin froh, wenn bei uns nicht nur angepasste Dummköpfe arbeiten. Deine Haare sind übrigens gar nicht lang. In deinem Alter haben mir meine Haare bis zum Arsch gereicht.«

Er zeigt mir ein Foto; ich habe einen Seelenverwandten gefunden. Wir genießen die ganze Harvest-Platte ohne zu reden. Werner spielt selbst Gitarre und ist gelernter Koch. Diesen Beruf kann er wegen einer Lebensmittelallergie nicht mehr ausüben, weswegen er auf Rettungssanitäter umgesattelt hat. Werner himmelt das Rote Kreuz nicht an, er bewertet seinen Dienstgeber durchaus kritisch und erzählt mir von zahlreichen Schweinereien in der Dienststelle. Er findet die strukturelle Ausbeutung der Zivildiener nicht richtig und meckert über die Abgestumpftheit seiner Kollegen. Es scheint, als hätte Werner nur auf mich gewartet, um mir sein Herz auszuschütten. In mir sieht er einen Leidensgenossen und er freut sich, mir alles von sich erzählen zu können. Werner ist ein netter Kerl und obwohl er innerhalb der Dienststelle nur der geduldete Außenseiter ist, gelingt ihm ein Kunststück: Meine neuen Kollegen begegnen mir unvoreingenommen.

Bald muss ich mich nicht mehr zu jedem Dienst zwingen. Im Aufenthaltsraum scherzen die Kollegen mit mir und bedanken sich, wenn ich für alle die Jause hole. Kein einziger kritisiert meine Haare, meine Osttiroler Herkunft oder findet sonst etwas Hassenswertes an meiner Person. Die neuerliche Versetzung erweist sich als Glücksfall. Auch wenn es schwer vorstellbar ist: In St. Johann ist noch weniger los als in Fieberbrunn. Meine Dienste verbringe ich mit Mühle, Halma oder Kartenspielen oder wir schauen uns »Baywatch« an. Das ist die erklärte Lieblingsserie meiner über 50-jährigen Kollegen. Mich interessiert diese Serie nicht, weil meine private Pamela in Lienz auf mich wartet.

Wenn wir nicht fernsehen oder spielen, verplempern wir rumsitzend unsere Zeit. Ein, höchstens zwei Ausfahrten pro Tag muss ich fahren und das sind nur Routinefahrten mit irgendwelchen Omas. Personalmanagement ist ein für das Rote Kreuz unbekanntes Konzept. Völlig egal, wie wenig Ausfahrten wir haben, immer arbeiten drei Partien. Uns ist so langweilig, dass wir uns streiten, wer die wenigen Ausfahrten übernehmen darf. Nicht wegen des Trinkgeldes; in St. Johann haben die Patienten weniger Geld als in Kitzbühel. Einfach, um wenigstens für eine halbe Stunde pro Tag dem Aufenthaltsraum zu entkommen. Ich bewundere Werner und die anderen Kollegen, wie professionell sie mit dieser unwürdigen Arbeitssimulation umgehen. Werner hat vor zwei Jahren – im Alter von 32 – mit seinem Jurastudium begonnen. Er studiert in Mindestzeit, obwohl er ausschließlich während der Dienstzeit lernt. Zwei andere Kollegen sind gelernte Tischler und haben in der Garage eine kleine Werkbank errichtet. Im kleinen Aufenthaltsraum haben wir einen Hometrainer und eine Hantelbank aufgestellt. Dort trainiere ich täglich mindestens eineinhalb Stunden. Ich bin wieder so fit wie während meiner Taekwondo-Hochphase. Dieses Training auf Staatskosten ist fordernd, dennoch frage ich mich, ob es für mich nicht sinnvoller wäre, schon längst zu studieren. Die Politiker, die die Wehrpflicht einführten, haben nie eine Bedarfserhebung gemacht. Mehr als 50 Prozent der Zivildiener sind überflüssig. Meine einzige sinnvolle Funktion war die des Blitzableiters für frustrierte Kollegen.

18
The Nobel Savage Caro (Call me)

Vom Stützpunkt St. Johann aus ist es mir gelungen, mein geplantes Hardcorekonzert im Club K2 zu organisieren; neben Out of Order wird als Vorband das Bergisel Massaker auftreten. Ein autoaggressiver Bandname. Weil in St. Johann so wenig zu tun ist, erledige ich problemlos alle Vorbereitungsarbeiten fürs Konzert während meiner Dienstzeit. Als Türsteher habe ich die Militärfraktion vom Club K2 verpflichtet, wir kassieren freiwillige Spenden. Wenn sich diese Zwei-Meter-Türme vor den Gästen aufbauen, legt jeder mindestens 10 Euro ab. Out of Order werden das gesamte Eintrittsgeld als Gage bekommen. Es käme mir schäbig vor, für meine erste Promotorentätigkeit Geld zu kassieren. Sollte das Konzert gut laufen und ich hauptberuflich Konzertveranstalter werden, kann ich mit dieser Arbeit auch später noch genug verdienen.

Mit diesem Konzert leiste ich Pionierarbeit: Es wird das erste Hardcorekonzert auf Osttiroler Boden sein. Die Vorbereitungen für das Konzert sind schon abgeschlossen; ich habe mir ein Bandfoto organisiert und dieses gemeinsam mit einem kleinen Text an die Lokalzeitung »Osttiroler Bote« geschickt. Sie haben den Text eins zu eins übernommen, was mich ziemlich überrascht hat. Ich habe außerdem auch ein Plakat und einen Flugzettel gestaltet. Beides schwarz-weiß, selbst zusammengeschnippelt und geklebt. Ich bin kein Grafiker. Ich habe einfach ein altes Plakat von den Sex Pistols kopiert und was draufgeschrieben und die Flugzettel im Copyshop vervielfältigt. Am Freitag verteile ich gemeinsam mit Caro die Flyer und hänge unsere Plakate in allen Lienzer Lokalen auf. Ähnlich wie damals beim Verkauf der »Sonic News«-Abos ist der Erfolg überwältigend. Weil Caro dabei ist, brauche ich bei unserer Verteilaktion nicht mal viel Werbung machen oder sprechen. Ihre Anwesenheit genügt, um alle Flyer in Rekordzeit loszuwerden. Anschließend gehen wir gemeinsam zur Gendarmerie, um das Konzert anzumelden. Das einzige offene Problem ist jetzt noch die Unterbringung der Bands. Für ein Hotel habe ich kein Geld, daheim oder bei meinen Freunden können wir so viele auch nicht unterbringen, also werde ich den acht Musikern samt Freundinnen das Heim überlassen. Nach dem Konzert werden wir dort noch ein wenig feiern. Ich limitiere die Gästeliste strikt auf zwanzig Personen; diese Feier soll schließlich exklusiv bleiben

Die Plattenbesprechungen für Moritz schreibe ich ausschließlich während meiner Arbeitszeit. Es gibt nur ein kleines Problem beim Verfassen der Texte: In unserer Dienststelle gibt es kein passendes Abspielgerät. Bislang haben jedoch weder Moritz noch ein Leser bemerkt, dass ich meine Artikel schreibe, ohne mir die Platten anzuhören. Ich schaue mir das Cover an und schreibe einfach drauflos... Wenn absolut nichts los ist, lege ich mich schlafen. Werner hat mir letztens sogar einen Joint angeboten, aber ich habe abgelehnt. Er raucht ab und an einen Ofen während des Dienstes und es stört mich nicht. Meine neuen Kollegen sind wesentlich entspannter als ihre

Pendants in Kitzbühel und Fieberbrunn. Keiner ist bei den Schützen, Tiroler Patriot oder Jäger. Die Zeit der Demütigungen ist vorbei, ohne mich verstellen zu müssen.

Die Politiker in Wien beschließen vermutlich nur Gesetze, um ihren Untertanen jegliche Lebensfreude aus dem Leib zu prügeln. Sie wollen uns unsere Träume stehlen. Statt junge Männer für einen Hungerlohn arbeiten zu lassen und aktiv Lohndrückerei zu unterstützen, sollten sie lieber Lernpläne entrümpeln und ihre Außenpolitik überdenken. Der Eiserne Vorhang ist Geschichte, niemand wird Schnitzelland angreifen. Die Wehrpflicht befriedigt ausschließlich die sadistischen Gefühle hängen gebliebener Ausbeuter. Nur um diesen Menschenschlag zu ärgern, habe ich mir meine Haare überhaupt erst wachsen lassen. Ich sehe schon wie der kleine Bruder von Jim Morrison aus; Breiti und Sid ziehen mich damit ein wenig auf. Mit so einer Hippiefrisur mag ich nicht den ganzen Sommer verbringen. Und einen echten Afro bekomme ich mit meinen Locken leider nicht hin. Wenn ich die Zivildiensttüre zum letzten Mal schließe, werde ich meine langen Zotteln abschneiden und sie den ehemaligen Kollegen per Post nach Kitzbühel schicken.

Die Frühlingsluft stimmt die Pendler milde und in weniger als eineinhalb Stunden bin ich zuhause. Babsi ist leider immer noch verärgert und richtet mir über Breiti Unfreundlichkeiten aus: Ich sei ein Schlawiner, der Frauen benutzt und sie acht elende Jahre lang verarscht hätte. Ich habe mit ihr geschlafen, obwohl ich um ihre Gefühle wusste. Das kann ich leider nicht mehr ändern, denn ich erkunde gegenwärtig grad jeden Zentimeter von Caros Körper. Alex Comfort ist nicht nur Bestsellerautor; er ist auch ein Vordenker und Aufklärer, ein Lehrer, Vorbild und Menschenfreund. Ich bin dem Schöpfer seines zeitlosen Klassikers zu aufrichtigem Dank verpflichtet. Seit Caro den – wie es im Untertitel heißt – »Erotikratgeber für Ihre Liebsten« gelesen hat, ist sie von einem erstaunlichen Forscherdrang beseelt. Es ist unser »honeymoon«, ein ewiger Sommer. Caro ist neugierig und weiß, was sie will. Das ist eine kolossale Kombination. Sie will keinen Freund, der abends nur zu Hause sitzt und für sie kocht. Sie will keinen Chef und Klugscheißer, der sich eine Freundin zum Vergnügen hält. Ich bete sie auch nicht einfach an. Das wäre ihr zu wenig. Sie will nicht angehimmelt werden, sie will einen Hot Boy. Sie ist aktiv, ich bin aktiv, wir beide sind proaktiv. Wakamba nennen diesen Bewusstseinszustand die Quilombos. Osttirolerinnen sind Göttinnen. Wir müssen sie ehren. Die bigotte Tiroler Lebensart gibt es nur in Heimatfilmen. Wir sind beide gleich willig. Caro schlägt gerne neue Stellungen vor. Dieses so technisch klingende Wort kennen wir aus unserer gemeinsamen Lektüre, aber aus ihrem Mund klingt es eindeutig erstrebenswert. Es gibt mehr als hundert verschiedene Stellungen, ich habe mir die Mühe gemacht und nachgezählt. Wir werden langsam richtig geübte Liebhaber. Wenn sie mich vom Autostoppen abholt, verziehen wir uns gleich auf die erste Parkbank am Iselkai, weil wir bis zur zweiten noch drei Minuten gehen müssten. Viel zu lang.

Caro hat mich zweimal nachhaltig irritiert: Zuerst hat sie behauptet, asexuell zu sein und Sex eklig zu finden und nun ist sie vom Gegenteil überzeugt; sie glaubt, sexsüchtig zu sein wie Michael Douglas. Und sie sagt das ernst und ohne zu lachen oder mich aufreizen zu wollen. Sie glaubt fest dran. Ich habe keine Ahnung, was Sexsucht genau bedeutet und ob das was Schlimmes ist. Viel bedrohlicher als diese vermeintliche Obsession ist allerdings ihr neuester Spleen und ich weiß nicht so recht was ich davon halten soll. Sie spart – und spricht dabei mit einem vorwurfsvoll-drängenden Unterton – auf eine Brustverkleinerung: »Weißt du, Romed, Nadja Auermann hat ihr neues Cover nur bekommen, weil sie Körbchengröße B hat. Niemand bucht mehr Bondgirls. Dieses Weiche ist nicht mehr zeitgemäß. Frauen müssen knochig sein und wehrhaft.« Die Menschheit steht wohl am Beginn einer neuen Zeitrechnung. Ich verfluche die Vogue-Redaktion. Meine Argumente überzeugen sie nicht. Sie leidet an ihrem Busen. Diesem Operationstermin sehe ich entspannt entgegen. Bis Caro das Geld zusammengespart hat, braucht es sicher noch ein Weilchen.

19
Out of Order

Einer mit Dreadlock und zwei Dreimillimeterkurzhaarschnitte, einer davon Sänger Bugg:iie De:bug, steigen aus ihrem leidlich fein gealterten VW-Bus aus. Ich helfe beim Ausladen. Wir stellen Schlagzeug, Mikros und Verstärker auf. Um drei kommt der Tontechniker, den ich zur Gratisarbeit für den guten Zweck überreden konnte. Er hört eigentlich Heavy Metal und kann mit dem Musikstil von Out of Order nichts anfangen. »Die beherrschen die phrygische Tonleiter nicht«, sagt er und ich nicke. Er will die Instrumente ständig nachstimmen, weil ihm der Sound zu räudig klingt. Die PA haben wir gleich bei ihm um 50 Euro ausgeborgt. Ich mache mich nützlich, stelle mich in die Mitte des Raumes und horche, wo der Sound am überzeugendsten klingt. Ich spiele den erfahrenen Konzertveranstalter.

Wir gehen noch schnell auf Hendl und Bier in die »Lerche«. Die Rechnung übernimmt Clubchefin Margit, weil sie für unser Konzert 100 Euro Kulturförderung abgegriffen hat. Wir feiern die neu begonnene und immerwährende Osttiroler-Nordtiroler-Einheit trotz lokaler Streitigkeiten. Diese Eifersüchteleien zwischen Gemeinden, Tälern und Bezirken haben keine Zukunft. Es gibt nur ein Tirol. Ich begleite Out of Order bei ihrem unaufhaltsamen Aufstieg in den Pophimmel. Bugg:iie De:bug wünscht sich 35 Zuhörer. Ich wundere mich, warum die Bandmitglieder alle so ruhig dasitzen. Mich hält nichts mehr. Ich gehe raus zum Eingang und bläue den beiden Türstehern ein, grimmig zu schauen; sie lachen und schicken mich Bier holen.

Um halb sieben kommen die ersten Gäste, es sind Sid, Breiti und Caro. Sie trägt heute enge Jeans, blaue Adidas und ein weites weißes T-Shirt, mit dem sie ihren Vorbau kaschiert. Sie will nicht dauernd angestarrt werden. Eine kleine Schlange bildet sich vor der Tür. Babsi ist auch da und winkt mich zu sich. Ich kann mich nicht mehr länger vor unserer Aussprache drücken.

»Dich trifft man gar nicht mehr«, beschwert sie sich gleich, »ich habe heute sturmfrei. Magst du bei mir übernachten?«

»Babsi, tut mir leid, das geht nicht, ich muss die Band betreuen. Weißt eh, das gehört zu den Pflichten als Organisator.«

»War nur ein Test. Du brauchst nicht so blöd herumdrucksen. Breiti hat mir erzählt, dass du mit Caro zusammen bist. Und mir erzählst du immer, du willst keine Freundin.«

»Ja, ich bin mit Caro zusammen. Ist einfach so passiert. Mit uns war das ja nichts Festes. Ich bin mit dir in die gleiche Klasse gegangen, ich kenn' dich einfach zu gut.« Ich kann sie nicht abwimmeln. Und ich steh' schon auch irgendwie auf sie. »Babsi, trink was mit uns, wir können zusammen feiern.«

»Kommt Caro auch?«

»Glaub schon, dass sie kommen wird«, lüge ich, weil sie ja längst schon da ist, »weiß nicht so genau. Ich sehe sie auch nicht öfter als dich.«

Mir ist die Situation peinlich und ich schäme mich für meine Lüge. Ich muss mich von Babsi losreißen, weil ich schließlich ein Konzert organisiere. Konzertmanager zu sein, macht mich scheinbar attraktiv für die Damenwelt.

Bugg:iie De:bug hat sich gewünscht, ohne Bühne aufzutreten. Er findet, so wird das Konzerterlebnis intensiver. Out of Order spielen mit dem Publikum auf Augenhöhe. Bugg:iie De:bug trägt als Bühnenoutfit ein Matrosenkostüm. Der Gitarrist und der Drummer spielen mit nacktem Oberkörper. Sie wollen den Gästen zeigen, alkoholfrei zu leben lohnt sich. Der Bassist trägt Jackett und Krawatte, verzichtet aber auf eine lange Hose. Bugg:iie De:bug eröffnet das Konzert wortkarg wie damals im »Haus am Haven«: »Wir sind Out of Order und wünschen euch einen fleißigen Abend.« Beim zweiten Viervierteltakt weicht die Menge erschrocken zurück. Einige verlassen vor der Lärmwand schnellstens den Raum. Bugg:iie De:bug rennt durchs Publikum und schlägt sich mit dem Mikrofon seine Stirn blutig. Die konzentrierte 29-Minutenshow endet mit Feedbacklärm ohne Schlagzeug. Die Band verschwindet grußlos im Backstageraum, ohne auf die Zugabe-Rufe zu reagieren.

Ich hole die Einnahmen und übergebe den Stars die stolze Gage von 150 Euro. Bugg:iie De:bug will bald wieder kommen. Die Club-T3-Chefin ist auch zufrieden. Da der Drummer wie sie als Sozialarbeiter arbeitet, hat sie gleich einen Gesprächspartner gefunden. Sid und Breiti betätigen sich als Fremdenführer und zeigen der Band die Stadt, das heißt, sie gehen ins »Alt Lienz« und ins »Hoppla«.

Ich bin mit meinem ersten Konzert zufrieden. Ich bedanke mich bei Margit und der Security, die belustigt sind, weil ich so glücklich bin. Und Margit ist genervt und in Eile, weil sie den Club pünktlich um zwölf zusperren muss. Ich verspreche ihr, unsere Party zu verlagern und auf der Pfadfinderbude sittsam abzuhalten. Ich gehe rauf; für ein paar Minuten ist es schön, allein zu sein. Aber bald füllt sich der Raum. Bekannte, Freunde, Musiker und mir Unbekannte strömen herbei. Die strenge Einladungspolitik und meine handverlesene Gästeliste werden ignoriert. Mehr als zwölf Leute waren noch nie auf einmal da. Irgendein Idiot hat das Fenster geöffnet und schreit aus dem Fenster. Ich bitte Breiti, die Musik leiser zu drehen. Ich ersuche Gäste, die ich nicht kenne, zu gehen, weil das als exklusive Privatparty gedacht war. Ohne Erfolg. Ist mir auch egal. Heute ist unsere Nacht. Ich öffne ein Bier und trinke es in einem Zug aus. Ich öffne ein neues und trinke weiter, weil Caro schon heimgegangen ist. Die beruhigende Wirkung des Hopfens entfaltet sich und die Musik wird immer leiser. Breiti ist im Infight mit Babsi, die entgegen ihrer Ankündigung doch mit uns feiert. Wenn sie knutschen, hasse ich ihn. Sie hat mich vergessen und mag nur mehr Breiti, der sich wiederum mit ihr vergnügt, weil Laura nicht da ist. Warum machen wir immer mit den gleichen Frauen rum? Wenn er Caro jemals anrühren sollte, klatsche ich ihm mehrere Dutzend Kettenfauststöße ins Gesicht.

Ich gehe zu Sid in den Hof. Ich will erstklassige Osttiroler Bergluft atmen. Sid raucht eine Zigarette und nuckelt an seinem Budweiser-Dosenbier, als ein Auto heranrollt. Das Fahrzeug hält und natürlich ist es die Polizei.

Sie werden mich verhaften! Ich zittere und räuspere mich. Ein Beamter, dessen Gesicht ich noch nicht einmal vom Sehen kenne und der unglaubliche 50 Jahre alt ist, kurbelt die Scheibe herunter.

»Was ist denn da für ein Lärm? Anrainer haben sich beschwert. Gehört ihr zu den Salurnern? Wegen denen bekommen wir öfters Anrufe.«

Kurz überlege ich, ob ich nicht einen Salurner spielen könnte, aber mein Vorrat an Dreistigkeiten hat sich erschöpft. Ich bleibe ausnahmsweise lieber bei der Wahrheit. Ich muss meinen Kopf hinhalten. Ich bin heute nicht unsichtbar wie sonst.

»Nein, wir haben im Club K2 ein Konzert veranstaltet und feiern noch ein bisschen«, antworte ich.

»Habt ihr das Konzert angemeldet?«

»Weiß ich nicht«, lüge ich, um Zeit zu gewinnen, »da müssen Sie die Klubleiterin fragen.«

»Der Klubraum ist im Parterre. Da ist alles dunkel. Der Lärm kommt aus dem ersten Stock.«

»Ach ja, richtig. Wir feiern auf der Pfadfinderbude weiter, bei denen bin ich Mitglied.«

Der Beamte traut mir nicht über den Weg. Er bemerkt meine Nervosität.

»So, so, von den Pfadfindern bist du? Mit denen hatten wir noch nie Probleme. Darfst du das überhaupt?« Er hat mich ertappt und hakt nach: »Hat es dir die Sprache verschlagen? Mein Nachbar ist der Professor Stolz und der ist doch bei diesem Verein, oder? Soll ich ihn anrufen? Dann kenne ich mich aus...«

Ich schweige. Mein Glücksvorrat ist aufgebraucht. Ich darf ein staatliches Vollzugsorgan nicht anlügen.

»Nein, formale Erlaubnis haben wir keine. Als der Club K2 zugesperrt hat, sind wir einfach raufgegangen. Ich habe einen Schlüssel fürs Heim, weil ich dort freiwillig putze. Es sind leider mehr Leute als erwartet gekommen und alles ist ein bisschen ausgeartet.«

Ich schaue möglichst betroffen, wie die Aktivisten, die sich an Bäume ketten, um gegen den sauren Regen zu kämpfen.

»Dann bin ich schon gespannt, was Professor Stolz dazu sagen wird. Die Party ist hiermit beendet.«

Der Polizist befiehlt Sid, raufzugehen und die illegale Feier von Amtswegen für beendet zu erklären und notiert meinen Namen. Die Band muss im Bus schlafen; das ist mein geringstes Problem. Mich beschäftigt eine wichtigere Frage: Wie erkläre ich meinem Pfadfindergruppenleiter diesen Vertrauensbruch? Wie konnte ich das Vertrauen dieses korrekten und gutmütigen Kerls nur so missbrauchen?

Der weder freundliche noch bedrohliche, daher für mich nicht näher einschätzbare Polizist fragt, woher ich komme. Er hört genau zu. Er ist ein erfahrener Gesetzeshüter und kennt alle unangenehmen Fragen. Ich drucksе herum und widerspreche mir. Er fragt mich, warum ich so hoch rede? Weil ich verdammt aufgeregt bin und Angst habe. Bestimmt weiß er längst, dass ich eine illegale Partyzentrale betreibe und verhaftet mich auf der Stelle. Die Gäste verlassen schweigend und brav aneinandergereiht wie bei einer Pfadfindergruppenwanderung das Haus. Sid hat sein ganzes Redetalent aufgeboten. Als Letzter kommt Breiti mit Babsi unterm Arm.

Der Polizist fragt mich weiter aus. Er wirkt weniger

verärgert als müde. Teenagerfeste zu beenden ist für ihn wohl Alltagsroutine, außerdem hat er gegrinst, als ich ihm vorher meinen Namen und Wohnort verraten habe. Er hat gesagt, er kennt meinen Papa. Aber nicht nur so vom Sehen, wie man sich halt bei uns kennt. Nein, die beiden haben eine gemeinsame Geschichte. Das hat er mir nach längerem Schweigen dann alles verraten, weil er plötzlich statt dem vielen Rumfragen nur mehr selbst reden wollte:

»Lass' mir den Victor schön grüßen. Wir haben gemeinsam geboxt. Dein Papa war ein harter Knochen. Hat nie aufgegeben und immer an den Sieg geglaubt. Gefeiert hat er auch gerne. Wir sind alle nur einmal jung. Was dein Erzeuger alles so drauf hast, weißt du ja selber. Lass' ihn mir schön grüßen. In einer Stunde fahren wir hier wieder vorbei. Sehe ich ein Licht, hole ich dich ab und bring dich eigenhändig heim. Ich wecke dann den Victor auf. Verstanden? Du bist jetzt 18 und strafmündig. Du bist für den Blödsinn, den du machst, alleine verantwortlich. Du kannst dich nicht mehr auf deine Eltern herausreden. Also reiß' dich zusammen und enttäusch' mich und deine Oldies nicht. Komm' morgen um 15 Uhr aufs Wachzimmer. Da besprechen wir alles weitere...«

Wie Professor Stolz wohl reagieren wird? Er hat mich mehr oder weniger sechs Jahre lang durch den Lateinunterricht geschoben, dieser große Humanist und Menschenfreund. Und ich missratener Kerl nutze hinterfotzig seine Großzügigkeit aus. Statt Knoten zu üben und die Umwelt zu retten, haben wir anständig gefeiert. Ich gehe zu Fuß die vier Kilometer heim, weil ich mich nicht traue, angetrunken Mofa zu fahren. Gleich nach dem Aufstehen komme ich wieder und putze die Bude. Spurenverwischen bleibt ein unbestreitbar großes Talent vor mir. Vielleicht habe ich doch eine kriminelle Ader.

Überpünktlich betrete ich das Wachzimmer. Papas Jugendfreund winkt mich zu sich und sagt: »Victor hat mit mir schon telefoniert. Na, du bist mir ein Früchtchen. Aber erstmal Glückwunsch zur bestandenen Matura. Wo und was willst du denn studieren? Geh ja nicht zu die Wiener Bazis, sonst verkommst du auch zu einem ewigen Besserwisser, Nörgler und Raunzer. Ha, ha, aber nun zum eigentlichen Grund unseres Treffens. Ich erklär's dir kurz und schmerzlos: Du bekommst keine Anzeige. Professor Stolz lässt dir ausrichten, du sollst mir den Schlüssel geben. Du zahlst 50 Euro in die Vereinskasse; und Stolz will dich nie mehr außerhalb der Pfadfinderstunden auf eurer Bude sehen. Stolz ist der Überzeugung, dass du außerdem nie das Schlüsselzitat aus dem ›Club der toten Dichter‹ vergessen darfst: Zeige mir ein Herz, das frei ist von törichten Träumen, dann zeige ich dir einen zufriedenen Menschen. Mach also nicht bei jedem Quatsch mit, nur weil du beliebt sein möchtest. Es ist nicht verwerflich, anständig zu sein. Als Land-Sheriff habe ich es ja nicht so mit Lebensweisheiten von Dichtern und Denkern, deshalb sage ich dir noch was alltagstauglicheres, du waschechter Tiroler-Bua: Es gibt wichtigeres als bis ans Lebensende einen Ruf als Oberdrumer Wolf zu kultivieren. Wenn mir dein Vater nicht versichert hätte, du hast ein reines Herz, hättest du jetzt ein Problem. Nicht alle Jugendlichen in deinem Alter haben das Glück, einen solchen Vater zu haben. Und dank' deinem Lehrer für seine Nachsicht. Auf unserer Dienststelle will ich dich auf jeden Fall nie mehr sehen, es sei denn, du meldest Konzerte an ...«

Ich taumle vors Wachzimmer und brauche eine längere Nachdenkpause, bis ich die neue Situation realistisch einschätze: Mein Partyraum ist Geschichte. Ich bin ein bisschen traurig. Nun denn, adieu Bude, adieu Zivildienst, adieu Tirol.

CHRISTIAN
MOSER-SOLLMANN
Tito, die Piaffe und das Einhorn

ISBN 978-3-9504426-2-5
Gebundene Ausgabe

ISBN 978-3-9504426-4-9
E-Book

Dachbuch
Verlag
www.dachbuch.at

Tito, als Politikberater praktisch Berufsstänkerer, lebt am Puls der Zeit. Selten zu Hause und doch nie unterwegs, rappt und pöbelt er sich durch den Wiener Alltag. Tito ist wie alle ein Rädchen im großen Uhrwerk und fest verwurzelt in der Wiener Un-Kultur, die er unermüdlich mit Kritik überschüttet. Dabei rechnet er mit allem und jedem ab: der Stadtpolitik, der verlogenen Popkultur und ihrem bemitleidenswerten Nachtleben sowie der übermächtigen Liebe, die ihn schlussendlich vollkommen aus der Bahn wirft. Ein gewiefter und lauter Gedankenstrom des einundzwanzigsten Jahrhunderts, getarnt als schnörkelloser Liebesroman.

»Erfrischend! Ein Roman, zwei Erkenntnisse: Erstens – Wiens Bobos, das sind in erster Linie sinnsuchende Provinzler. Zweitens – auch Provinzler pflegen kolossale Großstadtneurosen.«
– *David Pesendorfer, NEWS*

»Das erste Kind dieser Beziehung ist gut geraten.« – *ORF*